MINGUO TONGSU XIAOSHUO
DIANCANG WENKU

民国通俗小说典藏文库·冯玉奇卷

纸醉金迷

冯玉奇◎著

中国文史出版社

目　　录

第一章

月上柳梢头误伤彼姝
思亲襟常湿泪滴春衫

叮铃铃的一阵自由车的铃声响，冲破了黄昏静悄悄的空气。这就见那条平坦的北四川路上，行驶着一辆自由车。车上坐着一个年轻的男子，身穿庄青布的长夹衫，脚穿赭黄色的跑鞋。这服装显然是个商店里的练习生，至多也只不过是个小职员罢了。

这个少年便是本书主角之一，姓陶名松雪，浙江武林人，今年才十八岁。松雪的爸爸陶信存，是在他幼年时早已去世。母亲韩氏，在信存去世后一年，便即迁居上海，做工度日，养活他和妹妹、娘三个人，直到现在整整也有十个年头了。松雪的妹妹玉容，今年十六岁，长得娇小玲珑、活泼可爱，兄妹俩人非常亲热。韩氏由杭州到上海，松雪还只有八岁，玉容仅六龄，千辛万苦，在这十年中，好不容易地把孩子抚养成了人，但自己的身子到底还是憔悴得多了。

松雪见母亲额上的皱纹一年一年地增加，身子也衰弱了许多，大不如前的貌美，心里甚感痛苦，于是决心在小学毕业那年，找寻出路，以尽养亲的责任。果然不到一月，就给他考进闸北欧阳路的大成纱厂，做了一个练习生，现在已有一年光景。

欧阳路是个近江湾的地方，工厂区内带有乡村的风味，其实是个贫民窟的所在。松雪的家离大成纱厂是很近的，所以松雪抽空也常回家去探望慈亲和妹妹。

1

今天松雪心里是十分的不宁，因为昨夜他回家去望母亲和妹妹的时候，知道母亲是已病有一星期多了。当时松雪拉着妹妹的手，暗暗地曾哭了一回。因为不能在外住宿，松雪自然不得不忍泪回到厂里去。厂中的事务又这样繁忙，一会儿做那样，一会儿做这样，一会儿又要差到外面去购物，所谓练习生者，亦等于资本家的仆役，无非是美其名罢了。

一个人有了心事，往往会发生意外的事情，松雪也当然不能例外。他骑着自由车经过横浜桥的时候，险些被汽车撞了一下。在松雪已是吓得魂飞魄散，但是那车夫不知仗了谁的势力，还要大骂"猪猡，瞎了眼珠，寻死吗"。松雪心里虽然是非常愤怒，但在这个黑暗势力的社会下，那是没有理由可以辩说的。所以他涨红着脸儿，也只好自管恨恨地向归厂的途上前进了。

暮色是已降临了大地，在秋的季节里，松雪踏上那条冷清清的施高脱路的时候，四周是更显得寂寞。在松雪善感的心头，会激起一阵无限的凄凉——唉！妈妈已病了一星期，昨夜我瞧她的脸色是憔悴得可怜。虽然妈到现在也只不过三十八岁的人，但十年来的辛劳，使她两颊已失却了青春时期的红晕。这是谁累了她？可不是我和妹妹两个人吗？为了要使我俩的小生命慢慢地长成，妈是不得不受尽社会的磨折，辛劳去换来所得的代价，培养成现在我们这两个人。不过我们既已到了成年的时代，又有什么能力来帮助妈呢？妹妹是个女孩子，那倒不用说她。单说我自己已是个十八岁的少年了，整天地工作，血汗所得的代价是每月的三元钱。我拿了这三元钱，是否可以去养活我的妈和妹子？唉！连给妈请个大夫瞧瞧都请不起，那还论其他的吗？但愿吉人天相，早占勿药，能够早日痊愈，这真使我要深深地感谢上帝了。母子天性激动了他心头思亲的痛，忍不住他满眶子里的热泪，纷纷地掉下了满颊。

"啊哟！"松雪抬了头，泪眼模糊地望着满布浮云的天空，云随着那风力的吹送，不停地来回地驶行，心头正感到十分的悲哀。忽然一阵女子尖锐的声音猛可触入了耳鼓，使他意识到准是车撞痛了人，慌忙把正在前进的车给刹住。同时低头回眸一瞧，心里顿时吃了一惊。不但撞痛了人，竟把一个女学生撞倒在石子路上了。

"哟！对不起！对不起！可跌伤了哪里没有？"

松雪急急地跳下车子，涨红着脸儿，意欲俯身去扶她起来。大概因为跌得不轻，那女学生痛得坐在地上，有些站不起。左手紧紧摸着右臂膀，颦蹙了蛾眉，显然是十分的痛苦。松雪见她并不起立，那别人家可不是五岁六岁的姑娘，总不好意思将人家抱起来，遂连忙又蹲下身去。就在这时候，松雪的两眼突然发觉她的右臂膀是染有鲜红的血渍。松雪知道是闯了祸，他那颗心跳跃得竟像小鹿般地乱撞，情不自禁地把她雪白臂膀握来，摸出他袋内的一方手帕，给她轻轻地包扎。

"这位小姐！真抱歉极了，竟把你跌伤了臂膀，但是我并不是有心，请你原谅我。"

"哼！还说不是有心哩！这样广阔的马路，什么地方不能驶行？不要说你一辆自由车，就是三四辆汽车也能并驶通过呢。况且你铃也不曾按，我又不曾走在马路中心，你竟不管一切地向前撞过来。戏弄女子，也没有这一种恶毒的，你这人真是个无赖……"

那女学生似乎还只有痛出一些知觉来，听松雪这样说，一颗芳心真有说不出的愤怒，倒竖了柳眉，圆睁了杏眼，恨恨地说出了一大篇的话来。但说到"无赖"两字的当儿，她的明眸忽然瞧见松雪的两颊上是挂满了晶莹莹的泪水。这出乎意料之外的，倒使她不禁为之愕然，瞅住了松雪的脸儿，竟是呆住了。

松雪因了母亲病而淌出的眼泪，瞧在那女学生的眼里，心头却是一层误会。暗想：他竟淌泪了，显然他是个软心肠的人，说他有心戏弄女子，这大概不会的吧！这就不免向他打量一回，虽然是个贫穷人家的少年，但脸蛋儿却生得俊美动人，单瞧他两只炯炯有神的眼珠，已可以知道那少年不是个平常的人。那女学生心头既对松雪有了一种好感，因此觉得自己对他的话儿未免是太苛酷一些，使他有些难堪。心里很不好意思，垂了粉颊，却是默不作声。

松雪听她说出这几句愤激的话儿，虽然感到是太轻视了自己一些，未免过甚其辞。不过在她的立场上说，她的误会倒也怪不了她。因为这样广阔的马路，自己竟偏偏地把她撞倒，这不是有心的恶作剧吗？万恶的社会，在她一颗芳心里镌有了一个深刻不良的印象，所以她会想到这一层去。松雪这样想着，心里又焦急又惭愧，待要向她辩白，但一时却也说不出一句话。不料就在这个当儿，她忽然红晕了两颊，又显出万分娇羞的神情，默默地低头无语，仿佛有懊悔之色，一时心里又感到非常的奇怪。为了奇怪的缘故，对她自然注意了一些。觉得这位姑娘的脸庞却和自己的妹妹一样秀丽，因了服饰的不同，她当然较我妹妹更要漂亮一些。这样美丽的姑娘，自己竟把她撞伤了臂膀，甚至发现了鲜红的血水。那不但是十分地抱歉，而且自己心里也代她疼了一阵。对于她的责骂，却认为自己是应该承受的。红着两颊，忍不住又轻轻地说道："小姐，你说我有心戏弄女子，那我可不是这一种人。假使我果然这样没有人格的话，我决不会有好的结果。不过我把小姐撞得跌出了鲜血，那我实在感到无限的不安。唉，我该死，我太大意了一些，竟累苦了你！"

"哼，你这些戴着假面具的话，我始终是不会相信你的。无论如何怎样不小心，也终不至于向人家姑娘的身上乱撞的。你为什么不撞到电线木杆上去呀？我问你生了两只眼睛干什么用的呀？"

松雪这两句话听进在那姑娘的耳里，她便又抬起脸儿来，向松雪瞟了一眼。不知怎的她忽然又鼓起了小嘴儿，对他冷笑了一声，显然松雪的话是并不能够得到她十分的相信。松雪听了，虽然觉得她的话是带有了讽刺的意味，但却也具有相当的理由，不禁连连地点了几下头，心中敬佩她的细心，叹着道："你这话说得是，但我的心头却有不得已的苦衷……"

"什么？你这人说话稀奇了，难道你把我撞倒，还是有不得已的苦衷吗？"那姑娘颦蹙了柳眉，明眸紧紧瞅住了他，脸上显现了万分惊异的颜色。

松雪听她这样问，忍不住要笑出来，但又不得不绷住了脸儿，摇了摇头，说道："这是什么话，那我简直是放屁了。我说的不得已苦衷，因为我是想着心事，竟忘记了四周的一切，所以把你撞倒了。假使我真有心来戏弄女子，那我一定要被汽车撞死的！"

松雪因为不希望在她心里对于我们青年有个恶劣的印象，所以他竭力要辩白自己不是有心的。同时他又伸手，把她从地上扶起来。在他意思，自己已是罚了重誓，而且把她受伤的臂膀用手帕包扎好了，那自己也就完成了误撞人家的责任。所以他说完了这两句话，便回身摸着自由车的车头，好像要走了的模样。不料那姑娘却立刻又阻止了他上车，似乎好奇心激起了她的心头，用了猜疑的目光向他凝望着，说道："笑话，你这样年轻的人，有什么心事啦？"

松雪听她这样问，心里觉得这位姑娘有趣。但是不知道她爱管闲事呢，还是她故意要问个水落石出，预备揭穿我的秘密？不过我原没有什么秘密可以给她发觉，在她所以这样问，无非不相信我对她说的话罢了。遂回眸向她望了一眼，见她微弯了身子，左手还在抚摩她右面的大腿。显然她不但是右臂膀受了伤，而且大腿上也跌痛的了。一时心里又感到无限的不忍，自己把她撞伤了，若不管她走得动走不动地丢了她，独个儿地自管走了，这似乎太对不住人家。想到这里，情不自禁猛可又走到她的面前，搓着手儿，急问道："你的腿儿也跌坏了吗？不知道会不会走路？"

那姑娘见他并不回答自己所问的话，却又关心到自己会不会走路来。芳心暗想：不知他是真心的，还是假仁假义地作态？但自己素来是好强的，当然不愿意装腔作势，难道还想敲诈他的竹杠不成？遂微挺直了身子，摇了摇头，说道："这可不用你操心，你为什么不回答我的问话？"

"因为我的妈妈病得厉害，心里非常难受。为了自己在给人家做事，不能抽空去侍候在妈的病床旁边，所以虽然走在路上，使我竟有些心不在焉。我撞倒你，实在出于误会。我已向你立了重誓，你难道还不相信我吗？"

松雪听她一定要追问下去，这就不得不赤裸裸地告诉了她。说到这里，把他两道明眸又脉脉地凝望着她的粉颊，仿佛是要她相信自己的话儿。那姑娘听了，这才哦了一声，似乎松雪的孝思也激起了她的同情，点了一下头，说道："你是一个孝子，我原谅你的苦衷，你走吧！"

这两句话听进松雪的耳里，心里既感到十分的安慰，又感到十分的难为情。安慰的，她能够原谅我的苦衷；难为情的，孝子两字可有些不敢当。因此那两颊就会一阵绯红起来，但是人家已经叫我走了，那我当然不好意思留恋着。就在他回身过去的时候，忽然瞥见地上还散着几本厚厚的教科书，这分明是她跌倒时候松手掉落的，于是俯下身子，随手地拾起。当他递还给她的当儿，无意中瞧到那书面上写着挺秀娟的"许玉辉"三个字。心里不免暗想，她和我妹妹竟是一对姊妹了。遂又说道："你的府上在哪儿？假使你走不动路，我可以给你讨辆人力车，给你坐回家里去。"

"劳驾你，我走得动路，多谢你吧！"

许玉辉伸手接过了书本，对松雪却是露齿嫣然地一笑。松雪这就感到这位许小姐未免还带有些孩子的成分，愤激起来，可没有一些容情的余地。这时的客气，其实倒也可以不必。被她这样娇媚地一笑，心里倒是荡漾了一下。但他心里立刻又有了一个感觉，遂也向她微微地笑了笑，回身跳上自由车，头也不回地直向欧阳路驶行过去了。

"小陶，你在想什么心事？"空地上停放着一辆簇新的汽车，话声就在车厢里发出来。松雪回头望去，只见车夫阿六望着自己憨憨地笑。这是大成纱厂董事长许万仁的自备汽车，今天他到厂里来视察成绩，并且和厂长不知有什么事情在讨论。因为许万仁在厂长室里已会谈了半个小时。松雪听阿六这样问，便笑了笑，但这笑是非常勉强。不过他竭力要避免自己是并没有想什么心事，遂装出毫没事儿的样子，走到车窗的旁边，笑道："我有什么心事可想？我看那天色恐怕要落雨了。阿六，董事长每天最多的去处是什么地方？他要什么时候绕回家，也常常到哪儿去玩玩吗？"

松雪这样问着，一方面固然是搭讪一回解闷，一方面却是因为穷人每天的生活是这样苦，有钱人家的私生活不知怎样地过？阿六听了，便在开车处的窗口内半探了脸儿，笑着道："我家老爷的生活倒也很固定。他每天九点半到纱布交易所，大约十一点半到外面去吃午饭。下午又到金子市场去一两个钟点，有时候和朋友吃花酒去，有时候也上跳舞场去跑跑。这两天老爷真得意，花纱赚一百万，标金赚四十万。今天从交易所里出来，他脸儿上喜气洋洋，大概又很不错。"

阿六说到这里，他的脸上忍不住也会笑起来。听进在松雪的耳里，未免有些感慨系之，情不自禁地轻轻叹了一口气。

"咦，你为什么叹气？"松雪的感叹引起了阿六的奇怪。"我想有钱的人真有钱，十万几万算不了一回事。贫穷的人可真苦得了不得，单拿我们做学生子的说，辛苦了一个月，所得的代价，仅仅只有三元钱，你没有家庭的倒也罢了，假使家里有些负担的话，那真苦死了人。"

"不过你们年纪很轻，将来的希望可不小。虽然现在做练习生，几年以后，说不定也有做老板的可能。像我家老爷，在二十年前，何尝不是一个穷光蛋，运一来，你要推也推不开。现在可不得了，二姨太、三姨太争风吃醋，我瞧老爷真应酬得忙不过来呢。"

阿六说着，又笑起来。他的意思倒还有些安慰的成分，不过未免有些老气横秋，连他主人家的身世都说了出来。就在这个时候，忽听一阵咭咽的皮鞋声从里面响到了耳中。松雪回眸望去，只见厂长伴着万仁走出来，遂慌忙和阿六一点头，悄悄地离开了车厢旁边，站在远处，偷眼地瞧着。许万仁今天穿着西服，胡须剃得光光的，虽然已经是五十开外的人了，但看起来只不过四十左右罢了。厂长送他跳上汽车，亲自给他关上了车门，站在旁边，有些鞠躬的姿势。直待汽车开出了大门，他方才回身到里面去。

松雪望着天空中已落下来的雨点，心里觉得有些感触，不禁又叹了一声。遂忙从后面过去，齐巧和厂长打个照面。便很恭敬地站住，叫了一声马先生，说道："我想请两天的假……"

松雪的话声有些支吾，显然是带着恐惧的样子。原因是生怕厂长先生不答应，来了"不准"两个字。"有什么事情你要请假?"厂长马先生绷住了脸儿，瞪了他一眼。和刚才对待董事长的态度显然是两个脸孔。

"因为我妈病得厉害，家里没有人照料，请马先生答应了我的请求。"松雪的脸儿是显出惨淡的苦笑，话声是带有了哀求的口吻。母病两字似乎激起了厂长先生的同情，便严正地说道："这几天厂里工作真忙得了不得，本来无论谁都不能请假。但你的妈既生着病，那我就准你请两天假，不过回家后，不能多住，准定后天要来销假的。不然，就得开除，知道不知道？"

"今天已是夜了，明天一天，后天一天，那么大后天来销假吧。"松雪听厂长这样说，那真仿佛得了皇恩大赦一般的喜欢。但名义上是请假两天，实际却只有一天，便不得不鼓足了勇气，屈了手指，向厂长算着。厂长听了，凝眸沉思了一会儿，觉得果然不错，遂只得点头说道："大后天就是大后天，不过要早晨六点钟到厂的。"

"好的，我准定六点钟到厂是了。马先生，你慢些走，我还有一个请求……"厂长说完了这两句话，他便回身走了。松雪的心是又跳跃得厉害，他想着了母亲的病，终于立刻又赶了上去，抢过了他的头，向厂长作迫切的呼唤。

"请求，还有什么请求？"厂长被松雪拦住了去路，不觉皱起了双眉，显出很不耐烦的神气，这意态显然是感到了有些讨厌。"因为我妈病……得很厉害……""你妈病得很厉害，我早已知道了，不是已准许你请两天假了吗？"厂长听他又说出这一句话，两条眉毛锁得更紧了，不等他再说下去，立刻就截止他这样说。松雪的脸儿有些红晕，他的嘴唇掀动了几下，支吾了一会儿，终于又大胆地说道："我想，我想……请马先生帮一下忙，给我……""你这话不对呀！我又不是医生，你妈病了，我又有什么能力可以来帮助你呢？"

厂长马伯白生平最恨的就是人家要他帮一些忙，所以有人给他换一个双姓叫一毛，名字不拔，所谓一毛不拔。伯白既然是这样的一个个性，他听见请求、帮忙这些名词，几乎怕得比吃人的老虎一样。不料松雪偏偏先说一个请求，后又加上一句帮忙。听进在伯白的耳里，那可急得了不得，连忙又急急地推却。松雪被他这样一来，心里更加感到窘住了，两颊涨得血红，这就直截地说道："不，不，我想暂时把薪水借一借……"

"原来你要借薪水，那我可不管这个账，你自己向会计主任商量去好了。"伯白这才透了一口气，觉得全身是轻松了许多，含了满脸的微笑，向他望了一眼，好像尚恐他再缠绕一般地急急地回身走了。松雪眼瞧着厂长先生的身影在几点雨丝中逝去。他的心头是充满了羞辱的滋味，两颊是红得有些发烧。

吃过了晚餐，那雨点洒洒的声音就清晰得可闻。但是听进松雪的耳里，仿佛那雨点是滴在自己心坎儿上一样的难受。匆匆洗过了脸儿，三脚两步地走到会计科的室中来。只见会计主任金连生头戴西瓜皮的帽子，鼻加金丝边的眼镜，卷高了衣袖，一面拨着算盘档上的算珠，一面数着一叠一叠的钞票。忽然听到脚步的声响，使他意识到有人进来了，立刻把钞票放到抽屉里，倚偎了身子，翻开账簿，手指拨着算珠，的的剥剥地一阵来回打着，装出正在结账的模样。同时把他两只眼白多眼珠小的鼠眼儿斜乜了过来，一见进来的是松雪，顿时又显出神气活现的样子，挺起了胸口，向他瞪了一眼，大声地说道："松雪，你走路怎的没有声响？鬼头鬼脑的干吗？"

松雪听了，心里不觉起了一阵强烈的反感，暗自想道：这话简直是放屁，你自己鬼头鬼脑的不要有什么舞弊吧，怎么倒反而说我鬼头鬼脑呢？但是为了要问他暂时借薪水，这就不得不自认错处，满脸堆笑地走到写字台旁边，说道："我因为金先生在算账，恐怕惊吵了你，所以走得轻一些。对不起，对不起，可把你吓了一跳吗？金先生，抽支烟，你真巴结，夜里还要工作，不是太辛苦了吗？"

松雪做了一年多时候的练习生，在虚伪奸诈的社会里，知道了每个青年在社会的处世之道，所以不得不戴着假面具，先来了一下马屁功夫，把预先拿在手里的一支香烟递到连生的口边去。果然马屁是人人爱的，连生接过香烟，让他燃了火柴，他的脸上由绷住也会浮起一层笑意来，搭讪道："你瞧，雨下得这样大，怎么可以出去呢？"

"可不是，想不到今夜雨会落得这样大，金先生，我和你商量一件事，不知你肯允许我吗？"连生起初的脸上还含了笑容，及至听到商量一件事，那笑痕便慢慢地平静了。玻璃片里的两只眼睛睁得圆圆的，心中暗想：这小子怪不得给我吸香烟，这样地和我客气，这真所谓无事不到三宝殿了。遂冷冷地说道："你说吧，只要我做得到的事情，我总能允许你……"

　　"因为我妈生着病，我想把这个月的薪水暂时预早地先借一借，金先生大概一定可以答应我的吧。"松雪听他说出这个话来，希望燃起在他心头，快活得跳着脚儿，明眸凝望着他的脸儿，期待他说出一个圆满的答复。谁知连生一听这话，双眉一蹙，显出十分为难的样子，说道："这个嘛，这个可不行吧，今天才十七号啦，到月底还有半个月哩，厂长前天已经关照过，无论职员、练习生均不能挪款滥用，不然我要负重大的责任。这件事显然有些困难。松雪，这件事没有办法商量的了。"

　　连生说着，又把手指指着壁上的日历，显出一面孔正经的模样。松雪听了这几句话，仿佛当头浇了一盆冷水，一阵一阵的失望激起他心头无限的悲哀。他知道金连生的假面具，较自己要多戴上了两层，在魔鬼面前求情，他是只会给你讽刺的冷笑。松雪想到这里，悲哀的成分中掺和了十二分的愤怒，他不再可怜地哀求。铁青了脸色，狠视着连生，点了点头，冷笑了一声，便很快地退出了会计科的室门。脚跟摩擦在地板上，噔噔地作响，激出了不平的呐喊。

　　天空是黑漆漆得可怕，洒洒的雨点仿佛倾盆似的倒泻而下。松雪站在厂房前的阶沿上，瞧着这发狂似的暴雨中那一盏暗淡而微弱的门灯，想着妈妈病中的痛苦，真象征着门灯受了狂风暴雨的打击，以致摇摇欲坠那样的危险。心中只觉得一阵悲酸，那眼泪就纷纷地滴湿了衣襟。"唉，做到像我这样不如意的人儿，连老天爷都要欺辱我了。知道我今夜要回家去探望妈妈的病，它偏

11

偏落得好大的雨，这不是明明地和我作对吗?"到处碰壁激起了松雪心头无限的痛愤，握紧了拳头，向天空中一扬，恨恨地自语道，"怕什么，不要说落雨，就是落铁也得回去。环境虽恶，但我得奋斗呀!"

他说完了这两句话，只见一个黑暗的人影子踏上了稀湿的烂泥路，悄悄地在密密层层的雨缝里消失了。

第二章

冒雨来归一心知有母
含羞做婢忍辱只为穷

"妈，你别说这样的话，一个人生病终免不了的，过两天不是就会好的吗？"暗沉沉的一间茅屋里，点着一盏豆火似的油灯，闪闪烁烁的光芒照在灰黄色的墙壁上，映出了两个人的黑影子。一个是躺在床上，一个是坐在床边。那就是松雪的妈韩氏和妹子玉容。玉容含了满眶子心酸的热泪，瞧着妈瘦黄的两颊是憔悴得可怜。韩氏颓丧的话更引起了玉容心头的难受。

"好孩子，其实我倒也并不是伤心自己的死，因为我死了后，丢下你俩这孤弱的孩子，那叫我怎能放得了心呢？唉，我即使要死，也不能够死呀！"韩氏听了女儿的话，频频地点了一下头，骨瘦如柴的手儿抚着玉容白嫩的小手，忍不住已是淌下泪来，无限的伤心渗入了她处女微弱的心灵。被妈一淌泪，于是把她熬忍了许久的一满眶的热泪，也像雨一般地纷纷滚下了满颊。猛可投入韩氏的怀里，紧紧偎住她的脸庞，呜呜咽咽地哭了起来。

"孩子，唉，苦命的孩子，你别哭了，妈也许不会死哩！"韩氏抚着玉容的脸颊，话声是带有了哽咽的成分。玉容听了，觉得妈已在病中，我总不能引起她的伤心而加重她的病根。遂竭力忍住了伤心，拭去泪痕，勉强装出了笑容，柔声地说道："一些小病，原不要紧的。不过我心里所伤悲的，为什么我们竟这样穷？连给妈请个大夫瞧的钱都没有。唉！世界上既生长了我们人类，为什么要分出这样不平等的阶级呢?"

"孩子,你这话固然说得不错,但是请大夫瞧,也并不是可以保险医治得好。假使医生果然能够救人性命的话,那有钱的人不是永远可以不死了吗?但是要死的还是要死,任你打针,终没有用处。倒是我们穷人硬挺着,不打针不吃药,也许不会死哩!"韩氏说了这几句话,脸上浮现了一丝笑意,她把生死两字完全付诸于天命的了。玉容觉得死字有些触耳,便忙阻止她说下去。微仰起了脖子,含了满面的娇笑,说道:"妈,从此以后,我们不能说一个死字,你放心吧,妈的病不多几天就会好起来的。时候也不早了,你得静静地养一会儿神。"

"好的,你也该休息了。"韩氏点了点头,把脸儿别转过去,仿佛要睡去的样子。玉容慢慢地离开了床边,望着那一盏暗弱光芒的油灯,呆呆地出了一会子神。心里不知又有了一个什么感觉,她的粉颊上立刻又展现了晶莹莹的泪水了。

风仿佛发狂似的怒吼,雨好像山瀑那样地激泻,俄而千军哭喊,俄而万马奔腾。听进在玉容的耳里,全身瑟瑟地抖了两抖,不寒而栗,心头激起了一阵说不出的悲哀。

"妹妹,妹妹,你快来开门。"

忽然一阵急促的呼声惊醒了玉容的知觉,这声音虽然掺和在暴风雨中是显得隔膜而低沉,但玉容听得出那分明是哥哥的口吻。惊喜渗入了她的心房,三脚两步地走到窗口旁边。因为是夜里缘故,她尚有些不放心,连连喊了两声哥哥。只见松雪落汤鸡般的身子在窗口旁隐现出来。玉容心头又疼又急,连忙奔出卧房去开了门儿,让松雪走进屋子里来。玉容明眸望着松雪湿淋淋的人儿,唉了一声,似乎有些嗔怪他的意思,说道:"哥哥,这样大的雨,你干什么来呀?身子受了寒,冻出病来,那可叫妹子怎么好呢?快脱去了湿衣,快脱去了湿衣。"

"妹妹,你别声张,我哪里就会受寒?妈妈今天怎么样了?"

14

松雪并不顾虑到自己被雨淋湿，他急急地先问妈的病。玉容情不自禁地走上去，伸手去脱哥哥的湿衣裳，低声说道："妈妈的病不要紧，哥哥快脱了长衣吧。唉，这样大的雨，浑身全湿透的了。"

妈妈病不要紧这一句话，听在松雪的耳里，心中这才放下了一块大石。遂急忙地把长衫脱下，低头瞧短衫也已经湿透的了。玉容急得什么似的，把脚儿跳了跳，嗔他道："哥哥真孩子气，瞧你身上像个什么样儿？家里又没有换身的衣服，若不脱去了，又怕受寒生病，那可这么办？这样大的雨，为什么要回来呢？"

松雪被妹子一顿埋怨，低头瞧着自己的一双泥脚，鞋袜也是湿透的了，一时不免愕住了一会子。抬起脸儿，望了玉容一眼，说道："我想着妈的病，我什么都不管地要回来了。妹妹，你别埋怨我了吧。我心头可难受得厉害。"

玉容被他这样一说，也不知哪里来了一股子悲酸，眼皮儿一红，几乎要淌下泪来。走上一步，拉起松雪的手，柔声地说道："哥哥，我也并不是埋怨你，我为你担着忧愁啦，你回头怎么样回厂里去呀？"松雪知道妹妹是爱护自己的一个人，他心头当然很感动，意欲抱住妹子的身儿亲热一会儿。但自己已浑身湿透了的衣服，怎么近得了她的身子？听妹妹为的是担忧自己不能回厂，便忙又微笑道："妹妹，这个你别担忧，我今夜不回去了，因为我已向厂长请了两天的假哩。"

"那么你在这儿等着，我给你拿衣服来换吧。"

"我跟妹妹一同进去，妈妈睡着了没有？"

"不，你这个样子给妈瞧见了，妈是要生气的。再说妈才睡了一会子，你明天早晨见她吧！"松雪听妹妹这样说，觉得很不错，遂只好候在外面一间室里。约莫三分钟后，玉容手捧着一套短衫裤出来。只见松雪坐在椅子上，把鞋袜也抖脱去了。玉容把衣裤交到松雪的手里，说道："哥哥，你快换下来，我给你连夜地洗好了，明天也许会干的。"

"这是谁的衣裤呀？"玉容说着话，把身子已是回转去。今听松雪这样问，便又很快地别过脸儿来，望着哥哥噗噗地一笑，说道："这是我的衣裤，暂时穿一穿，反正又没有别的人瞧见……哥哥，你快换吧！再不换去，一定要受寒了，换好了，你喊我……"

松雪见她说完了这两句话，便又背过身子去，这情景显然是等候自己换衣服。一时也管不得这是妹妹的衣服，只好暂时把它换上了。含笑叫道："妹妹，我已经换好了衣服，你就回过身子来吧。"

玉容听他这样说，便很快地回转身来，乌圆的眼珠向松雪瞟了一眼，抿了嘴儿，露着雪白的牙齿，忍不住弯了腰肢哧哧地笑起来。松雪两手扯了扯衣襟，把身子扭捏了一会儿，笑道："妹妹，你瞧我这个样子可像一个姑娘？"

"唔，像是很像，最好再涂上一层胭脂，那人家准会把你当作女孩儿了。哥哥，你这样子还冷吗？我再把妈的褂子给你披上了好吗？"玉容点了一下头，因为自己的衣服短小，哥哥穿着，两条臂膀差不多露到肩上，这个打扮虽然滑稽有趣，但究竟正事要紧，所以她停止了笑，向松雪很认真地问。松雪摇头说道："冷倒不会冷的，最好妹妹想法子去拿双鞋子来给我拖一拖，不然难道叫我一辈子地坐在椅子上吗？"

"就是因为你这孩子太淘气，所以不让你走下来。"

松雪听玉容这样说，心里真感到了十分的有趣，便把指儿划在自己的颊上羞她，扑哧的一声笑出声来，说道："啊哟，妹妹你这话打哪儿说起，倒是一面孔做妈妈的神气了。"

玉容被松雪这样一取笑，那两颊上顿时笼罩了一层红云，雪白的牙齿微咬着殷红的嘴唇皮子，嗯了一声，秋波恨恨地睐了他一眼，猛可走上一步，把小手儿扬了扬，做个要打的姿势。松雪并不躲避，反而挨过身子来受打，一面忍不住咯咯地笑。玉容被哥哥笑得这样起劲，一时愈加不好意思，一骨碌翻身，却逃进房子里去了。

松雪瞧了妹妹这样不胜娇媚而又天真淘气的意态，心里把从厂里回来的一肚皮气愤就忘记得一个干净。心里不免又想起了被自己撞到的那位许玉辉小姐，真像我妹妹那样的可爱。我们当临别的时候，她忽然又向我嫣然地一笑，这真出乎我的意料之外。不知道她是有心的呢，还是无意的呢？想到这里，自己忍不住又笑着自己想道：你这样一个穷少年，难道别人家小姐会来爱上你不成？那当然是无意的了。癞蛤蟆别想天鹅肉吃，把人家的血也撞出了，人家不来责骂你，那已是你的大幸了，怎么还存这种非分的妄想呢？松雪这样一想，便把手儿抬起来，在自己的额角上连连打了两下。

"哥哥，你干这个做什么了？痴了吗？"就在这个当儿，玉容拿了一双自己穿的破鞋子，悄悄地从房里走出来。当她一脚跨出门槛时，俏眼儿忽然瞥见松雪拿手自打的样子，一时又奇怪又有趣，抿着小嘴儿，忍不住扑哧的一声又笑出来。

"没有什么，我的头仿佛有些疼。"松雪打了两下额角，想不到齐巧会被妹妹瞧见，虽然自己心中的秘密妹妹是不会知道，但到底感到有些难为情。心里一急，那两颊就浮现了一层红晕。但是急中生智，他就不能不说一句谎。玉容听他说有些头疼，一时倒猛吃一惊，立刻停止了笑脸，三脚两步地奔到松雪面前，放下了鞋子，明眸瞧着松雪的脸颊，情不自禁地把纤手按到他额上去，很焦急地问道："什么，你头疼了吗？可不是被雨淋得受了冷？"

"妹妹，你别急，我没有什么呀！"松雪见妹妹这份关心多情的样子，心里自然是万分的感动，连忙积极地安慰她，一面已是拖了地上放着的破鞋子，握住了玉容的小手，脸上显出了又喜忧又感激又有趣各种不同成分的笑容。

"妹子最怕着生病两个字，不料哥哥偏拿头疼来吓我哩！"玉容摸了他的额角，也觉得和常人一样，并无一些热度，这才放下心来。但却把秋波恨恨地白了他一眼，逗给了他一个似嗔非嗔的娇嗔。

松雪听了玉容的话，心里未免感到有些惭愧，对于妹妹，更加起了一阵爱怜之心。紧紧握着她的手儿，却是说不出一句话来。玉容瞧哥哥这样情景，忍不住又嫣然一笑，回转身子，却匆匆到厨下去了。不多一会儿，玉容端进一盆水来，把松雪的短衫裤袜子都放在里面。并又去生了一只炭炉子，拿到室中间，向松雪说道："哥哥，你把长衣在火里烤一烤燥，我不给你洗了。因为洗出了，明天怕也不会干的。"

"妹妹这话不错，本来你已经可以休息的了，为了我，又叫妹妹忙了，那我心里真感到不安。"

两人说着话，各已在小凳上坐下了。松雪把那双湿鞋子放在炭炉子的嘴旁，一面拿了长衫，罩在火上面不停地翻动着烤火。玉容拿了肥皂，擦在污脏的衣领上，用两手不住地来回地搓着。各人做着事情，默默地静了一会儿，室内的空气显然是静寂得死沉。只有外面那发狂般的暴风雨依然下得挺大，天仿佛要坍下来的神气。这声音听到松雪和玉容耳里，不自然地会感到一阵悲哀。

"妹妹，妈的病到底要不要紧？我想给妈请个大夫瞧瞧。"

"要当然是不要紧的，但对于请大夫这一层意思，我也早有了，不过一时地又到哪里去借钱呢？"

悄悄地松雪到底先开口了，这两句话是引起了玉容心头的悲伤，微昂起了粉颊，明眸睃住了哥哥，话声显然带有感叹的成分。

"唉，穷人难道就没法瞧大夫了吗？可杀的资本……家，剥

18

夺了我们穷人的汗血钱……"

松雪突然又想起厂长狠毒的冷面孔、会计主任势利的姿态，无限的愤怒激起心头无限的痛恨。他咬牙切齿，眼睛里几乎要冒出火星来。

"哥哥，你轻声些好吗？别让妈听见了。看妈明天的病势怎么样，假使厉害起来，我们总得想法子借些钱来，给妈请个大夫瞧。"

"不错，但愿吉人天相，妈的病能够一天一天地好起来，那真使我们要深深感谢老天了。"

松雪被妹妹这样一说，不禁又从愤怒中消沉了。两人互相地望了一会儿，眼角里忍不住都涌上一颗晶莹莹的眼泪。

"哥哥，你这两粒纽襻脱落了，为什么不早些来给妹子钉上了呀？"

玉容因为竭力要忍住心头的伤悲，低下头来，瞥见短衫上的纽襻已经没有了两粒，遂忙又向松雪搭讪着。松雪也揩干了眼泪，装出并不难过的样子，说道："我原想叫妹子来缝上的，后来竟忘记了。那么明天干了，妹妹给我缝上两个纽襻吧！"

玉容点了一下头，两人又静了一会儿。松雪把长衫已经烤干，玉容也把衣服袜子洗好，拿到厨下去汰过了清水，给它穿到竹竿上去。一切舒齐，时钟已敲十下。松雪望着玉容的脸儿，很感激地说道："累妹妹辛苦了，还是早些睡吧。"

"哥哥，你这个话……自己兄妹还客气做什么啦？"

玉容却白了他一眼，但抿着嘴儿，忍不住又低头笑了。两人悄悄地到了卧房，走到韩氏床边。只听鼻声鼾鼾，妈显然是睡得很熟。玉容把松雪衣袖轻轻一扯，松雪会意，向玉容点了点头。于是两人走到一张板床的旁边，兄妹抵足而睡了。

昨日一夜大雨，想不到次日起身，却是红日满窗。松雪悄悄地先走到外面一间，手摸竹竿上的衣服，却还不曾全干，心里未免有些焦急。正在这时，玉容也随后走出，向松雪说道："短衫还没有干吗？反正你请两天的假，下午准可以燥的了。你把长衫罩上了，谁又知道你穿妹子的衣服呢？"松雪听妹妹这样说，觉得这话很有道理，遂忙又走到房中，把长衫披上。这时便听妈妈一阵咳嗽声，同时又喊了两声玉容。

"妈妈，你今天怎么样了？可好些了吗？妹妹在厨下笼炉子去，你要不喝口开水？"

松雪三脚两步地走到妈的床边，满脸含了微笑，向妈轻轻地问。韩氏忽然瞧见了松雪，心里好生奇怪，伸出枯槁的手儿，亲热地拉着他，说道："咦！松雪，你多晚回来的呀？"

"我才回来不多一会儿，因为心里记挂着妈的病，所以向厂里请了两天假。"松雪生恐妈听自己已是昨天夜里回来要不高兴，所以不得不撒了一个谎。韩氏听了，只微微地一笑，却并不表示什么。松雪见妈的精神是显然衰弱了许多，心里十分悲伤，遂倒了一杯开水，给她漱了口。韩氏扶着松雪的臂膀，只是瑟瑟地抖，凑口喝了半杯水，不觉又倒下床里。望着松雪的脸颊，叹了一声，说道："我想不到会病得这个样子！"

"一个人生了病，气力当然没有了。将来好了，气力就会有的。"

松雪竭力熬住了伤心，把他满眶子的眼泪只是包含在里面，脸上犹装出一丝勉强的笑意，轻声儿地安慰着。这时玉容已端了一碗小米粥进来，见哥哥眼角旁涌着泪水，便将他轻轻地拉开，向他丢了一个眼色。松雪会意，慌忙用手背拭去了泪水。玉容柔声地叫道："妈，你饿了吧？喝口粥润润喉咙吧！"

"我不想吃，松儿……从厂里回来可曾吃过粥？"

"妈，我是早已吃过了，你为什么不想吃？多少吃一些好吗？"

松雪见妈听了妹妹的话，摇了一摇头，绕过她暗淡的目光，又向自己望了一眼。松雪心头是充满了悲伤，妈自己已病得这样，她还关心着我呢！可见慈母爱子之心，真所谓无微不至的了。

"妈，哥哥是从厂里吃了来的，你若懒得坐起来，就女儿这样喂给你吃好不好？"

玉容听了两人的话，知道哥哥一定是骗着妈说今天早晨才回家的。眼珠一转，遂也附和了一句。一面把羹匙在碗内掏起粥汤，凑到韩氏口边给她吃。韩氏似乎不忍拂她的孝意，只得开了嘴儿吃下去。但是玉容第二羹匙拿到她的口边时，她却是摇摇头。松雪玉容兄妹俩瞧到妈这个情景，心里是悲痛极了，怎能够再熬得住他们满眶子里的眼泪，扑簌簌地滚了下来。

"孩子，你们……别伤……心……"韩氏瞧着儿子和女儿满颊挂泪的脸庞，心里自然也悲酸十分，叹了一口气，颤抖地说出了这一句话。但是听到两人的耳里，那是更增加心里的伤心，因此几乎要呜咽起来。

"玉容，你妈的病怎样了？今天可好些了吗？"正在这时，忽见隔壁的张大嫂匆匆地走进来。玉容回转身去，还没回答，那眼泪就大颗儿地掉下来。张大嫂倒吃了一惊，急急地走到床边，向韩氏望了一眼。韩氏也向她点了一下头，嘴唇掀动了几下，似乎欲说不说的神气。张大嫂遂先安慰她说道："玉容的妈，你这个病是不要紧的，千万别伤心。你若一伤心，他们这两个孩子懂什么，不是更加没有头绪了吗？我想大夫终得瞧一瞧，吃上一帖两帖药，不是就痊愈了吗？"

"张家妈妈，你这话虽然不错，但我们哪儿来请大夫的钱呢？"

张大嫂听松雪这样说，便沉思了一会儿，又向玉容望了一眼，忽然把松雪衣袖一拉，遂悄悄地走到外面一间去。松雪理会她的意思，忙着跟到外面。张大嫂向他招招手，两人走到窗旁，方才轻轻地说道："松雪哥，我瞧你妈的病实在是很危险，若再不医治，恐怕是不中用了。但是你们的日常生活，全靠十指操作所得才能维持，对于请大夫医治的钱，当然是你没有的了。我假使有钱的话，也可以帮你一些忙，无奈我那口子是个糊涂虫，所有收入的钱，全都给他买黄汤喝了。不过现在事到如此，当然要有个救济办法，难道瞧着你妈死吗？有一家许公馆，正要添置一个丫头，在他们家里做丫头，真像小康之家的小姐一样，吃得好，穿得好，只要稍会服侍几个太太小姐，那生活可适意得了不得。所以我的意思，不妨将你妹子玉容卖给许公馆做个丫头去，一方面可以救你妈的病，一方面又可以减轻你的负担，那不是两全其美的办法吗？不知你的意思以为怎样？"

松雪听她滔滔不绝地说出了这一大篇的话，心里不免踌躇了一会儿。但立刻又摇了一下头，望着张大嫂的脸儿，说道："你这样热心为我设法，那我自然十分感激。不过我家虽然穷，志气自高，叫妹子给人家做低三下四的丫头去，那我做哥哥的如何能够忍心？同时我也太对不起妹妹了。所以妈的病固然要请大夫瞧，但我总得想第二个办法不可，决不肯让妹妹去受委屈的。"

"哥哥，事到如此，还有什么第二个办法可想？并非妹妹喜欢下贱，为了救治妈妈的病，就是牺牲我的生命，我也甘心情愿，何况只不过去做人家的丫鬟呢。"

张大嫂被松雪坚决地拒绝，一时倒也弄得无话可说。不料正在这时，却见玉容从后面挤上来，淌着满面的眼泪，向松雪诉说着。松雪听妹妹这样说，心里是痛苦万分，除了淌泪水以外，却是默不作答。张大嫂见玉容自己肯答应了，便又说道："你妹妹这话有理，卖身医母也是她一片孝意。将来你妈果然病愈，这是一件多么快乐的事呀！况且给许家做丫头去，又不是永远没有见面的日子了。抽空的时候，不是仍可以回来见你们的吗？"

"哥哥，张家妈妈的话很对，我们总是医治妈的病最要紧呀！哥哥，你就答应了吧。"

玉容听张大嫂这样说，便又走上一步，伸手握住了松雪的手儿恳求着。松雪的心头仿佛有刀在割一般的痛，他并不说话，猛可地把玉容脖子抱住，两兄妹已是呜咽着哭起来。

　　"松雪！玉容！你们做什么……啦？"

　　两人的哭声，隐约地似乎被韩氏听到了，便在里面气急急地问。松雪玉容一听，慌忙离开了身儿，拭干了泪痕，携手又奔进房里，走到妈的床边，勉强装着满脸笑容，说道："妈，没有什么呀！你静静地躺着养神吧。张家妈妈真好，她情愿借钱给我们请大夫医治妈呢！"

　　"真的吗？那可叫我们怎样报答她好呀？"

　　韩氏听了，脸上也展现了一丝微笑。玉容含泪又好好儿地安慰了一番，便拉着松雪又到外面一间。

　　张大嫂遂忙问道："你们究竟怎么意思？假使好的话，我立刻就带了玉容到许公馆去接洽，同时也可以立刻拿钱回来，给你妈请大夫瞧病了。"

　　"张家妈妈，我哥哥是已经赞同的了。不过你在妈的面前，现在病中千万别让她知道。因为我已瞒着她，只说你借给我们钱，请大夫给妈瞧，所以妈感谢你的时候，你要接受的，同时也要好好劝着她。"

　　玉容听她这样问，便走上前去，含泪絮絮地说着。张大嫂点了点头，说声"这个我理会得，你放心是了"。玉容回身，齐巧和松雪打个照面，遂又握住他手，亲热地叫道："哥哥，你不用伤心，反正妹妹又不是去死了，将来我仍可以回家来探望你们的。不过妈在病中假使要我的人……那你不得不圆一个谎，骗骗妈了。"

　　玉容说到这里，已是声泪俱坠。松雪瞧着妹妹海棠带雨的脸庞，更觉辛酸，情不自禁地伸手抱住了玉容，又呜咽起来。但玉容立刻停止了哭，伸手把松雪嘴儿扪住，说道："哥哥，我们快别哭，妈妈又要听见的。"

松雪听了，自然也不敢哭出声来，两人抱着默默地淌了一会儿泪。张大嫂见兄妹俩人这样依恋不舍的神情，心里也很感动。但老是这样抱着淌泪，不是白白地耽误时间吗？便催她说："那么玉容你也别老引你哥哥难过了，我们走吧！"

玉容听了，只好轻轻地推开松雪的身子，明眸脉脉地望着松雪，叹了一口气，叫道："哥哥，我走了，你……好……生地侍候着妈……"

玉容说到这里，再也说不下去。正欲翻身跟张大嫂走出，忽然回眸瞥见竹竿上晒着的短衫，便猛可想着哥哥衣衫上还有几个纽襻落脱没有钉上，遂走了回来，把衣衫在竹竿上取下。张大嫂不知她做什么事，见她取衣，便笑着道："玉容，你这种破衣服还要带去干什么，她们小姐穿下的衣服可多着哩！"

"这不是我的，是哥哥的衣服，他落脱了两个纽襻，我趁这时还没走，就给哥哥先钉上了吧，反正一会儿就好了。张家妈妈，你就稍等一会儿吧！"

玉容说着话，立刻坐到桌边去，把引线取出，给松雪脱落的两个纽襻都钉上了。松雪瞧妹妹这个情景，心里也不知道为什么要这样伤心，那眼泪就像潮水一般地涌上来。

"哥哥，你别伤心呀！不是叫妹子瞧着心里亦感到难过吗？"

"妹妹，我决不伤心，你也不要难受，好在我们年纪都轻啦！只不过太委屈了你……"

两人说着话，已是携手出了草屋的门口，张大嫂见两人犹握着手儿不肯放开，遂拉着玉容的臂膀，连说走了。玉容在万分依恋不舍之下，只得挣脱了松雪的手，跟着张大嫂走了。松雪泪眼模糊地望着远去了的妹妹娇小的身影，他扪着嘴儿，忍不住闷声地哭起来。

第三章

暗里送秋波养花轩外
含嗔传春意待月西厢

"姊姊,你到哪里去呀?"许玉辉挟了书本,回到家里,由梧桐树从中穿入了另一个内院子里,只听一阵咯咽的革履声触送到耳中。玉辉抬头望去,那圆圆的月洞门内走出一个挺摩登的少女,正是自己的姊姊梨辉。心里一喜欢,便笑盈盈地奔了上去。从她一跳一跳的走路姿势看来,显然,玉辉还是一个十足带有花仙子成分的姑娘。

其实玉辉还只有十七岁,若照实足年龄算起来,她连十六岁还不到。因为她的月生很小,是在十二月里,那当然怪不得她还是一个天真纯洁的童心了。玉辉的姊姊梨辉,比她大四岁,今年二十一岁。自从女中毕业以后,就闲居在家里。

大凡一个人,不论是男是女,有钱的,没钱的,既然生长在世界上,总要做一些事情。这原因是人乃万物之灵,有思想,有理智,有情感。比不得猪仔等畜类,它们模模糊糊地生活,模模糊糊地死去,根本不知道怎么一回事。是人类呢,总要找一些事情做,所不同的只不过各人的环境高低不一罢了。

许梨辉是一个富家的女儿,家里仆妇如云。家庭生活,所谓茶来伸手,饭来开口。物质上的享受,是好到不能再好。她既高中毕业后辍学在家里,除了看报阅书,有时候给许老太太凑个搭子玩会儿骨牌外,简直无事可做。生活太悠闲了,也会觉得很乏味，倒不如贫穷人家的姑娘整天地淘米烧饭，买菜煮菜，洗衣洗碗，这样忙碌中的光阴来得好过。但是富家的女儿有的是钱，她当然有她的新发展。所谓人是活的，她总不至于呆坐在家里纳闷，因此不免常到交际场中去走走，日子一久，自然而然地把个许梨辉姑娘的生活走到另一个阶段里去了。这固然是金钱万能，但也未始不是金钱万恶。

"我出去买一些东西，玉妹，你这右臂怎么受伤的啦？"

梨辉见妹子骤然奔到前面，便拉了她的纤手，也笑盈盈地回答。说到这里，忽然瞥见玉辉的白嫩臂膀上包扎着一方手帕，且染有红红的血水，这把梨辉倒真个吓了一跳。玉辉乌圆的眸珠一转，两颊微微笼上了一层红晕，掀起酒窝，说道："这全是同学爱珍不好，抢篮球也不是这样抢法，竟把我挤了一跤，跌得真好痛啊！"

这大概是为了不惯说谎的缘故，玉辉说完了这两句话，心里想有趣，忍不住扑哧的一声笑了出来。梨辉瞧了妹妹这样娇憨的意态，为了姊妹俩不常在一块儿，此时心头也激起了十分的可爱。抚着白胖胖的柔荑，睨她一眼，笑道："妹妹，你这话不对，既跌得好痛，为什么却笑出来了呢？"

"姊姊，你这话也不对，难道叫我哭吗？……你去吧，去吧，我不耽搁你时间了，早些回来吧！"

玉辉秋波盈盈地白了她一眼，挣脱了姊姊的手，索性咯咯地笑着向前面奔了。梨辉说声这孩子有趣，望着玉辉走远了的身影，这才向大门口踱出去，脸上不由自主地浮了一丝笑意。

"啊呀！断命的哪个小丫……"

玉辉这一阵子向前奔过去，她的脸儿犹向后望着姊姊笑。谁知那边菊花丛里走出一个姑娘，齐巧和玉辉撞了一个满怀。那姑娘冷不防被玉辉撞了一下，以为是院中小丫头们嬉闹，所以便娇声地骂了出来。但是小丫头的头字还没有说出，已经瞧清楚那奔来的却是玉辉，便慌忙又满脸含笑地叫道："表妹，你在路上拾到了海宝贝吗？竟乐得这个样子，险些把我的人也撞倒了。"

玉辉也是吃了一惊，回眸瞧去，原来是表姊方静霞。遂握住她手，瞟她一眼，哧哧地笑道："我和姊姊闹着玩，你打哪儿来？"

"我才从姑妈那儿来，大表姊不是出去了吗？怎么你和她闹着玩？"

"在院子里我碰见她，表姊这时到什么地方去？松云小筑里吗？"玉辉盈盈地瞟了她一眼，又逗给了她一个淘气而又妩媚的娇笑。静霞红晕了两颊，啐她一口，把手儿扬了一扬，做个要打的姿势。玉辉舌儿一伸，忍不住又咯咯地笑着向葡萄棚下那边奔过去了。

方静霞是许老太的内侄女，许老太的哥哥方正，娶妻胡氏，单养静霞一女，不料三岁时，方正夫妇双双逝去。许老太可怜哥哥只有一滴骨血，遂把静霞领归抚养，直到现在不觉整整已有十四个年头了。静霞和玉辉虽然是同庚，但算起来实在相差一年。因为玉辉的生日是十二月十五日，静霞却是二月初一生的，不是整整要大了十个月半吗？静霞因为身体自幼衰弱，常有小病，所以自从初中毕业后，在高中里只读了一年书，便即辍学在家里。

松云小筑是玉辉二哥光辉的住处，在许公馆里靠西一个小洋房中，四围植有几丛修竹，十分清静幽雅。光辉长玉辉两岁，南洋高中毕业，现在已入法学专校肄业。光辉生得方面大耳、唇红齿白，性情温柔，对于功课，甚为努力。表妹静霞很钟情于二表哥，所以玉辉常常取笑她玩。

玉辉慢步地穿过葡萄棚，一颗芳心，不免想起了在路上撞她的那个少年，容貌倒实在生得很不错。他说因为想念妈妈的病，所以心不在焉地把我撞倒了，实在是出于误会的。这句话不知是真是假。不过他恳切地向我罚两次咒，想来总不至于会故意来戏弄我吧。况且他的脸上又挂着眼泪，当初我以为他因撞倒我而伤心，天下哪有这种多情软心肠的人嘛！那么他一定为了母病，忧愁得淌泪了，可见这少年倒是个孝子。玉辉暗暗地想到这里，忽然听到一阵男女嬉笑的声音送入了耳里，把她惊得回眸过去。只见那边池塘旁站着一男一女，男的西服，女的身穿旗袍，两人并站一起，好像很亲热的样子。玉辉不知是谁，便很快地奔了上去。原来男的是大哥明辉，女的是三姨娘秋月芳，两人似乎也发觉后面有人走上来，便很快地走开了一些身子。明辉见是妹妹，便笑道："妹妹，你放学回来了吗？"

"唔，刚回来，我道是谁，原来是大哥和三姨娘，你们在做什么？谈爱情吗？"

玉辉望了两人一眼，却弯了腰肢顽皮地憨憨地笑。月芳听了这话，两颊是娇红得厉害，恨恨地啐了她一口，把玉辉两手捉住了，笑骂着道："这妮子要死快哉！大少爷是我的儿子啦，你说这话不怕天打吗？我不撕了你这只贫嘴……"

月芳说了这几句话，便伸手到玉辉的颊上去，要拧她的嘴儿。慌得玉辉连连告饶，咯咯地笑道："我的好姨娘，你就饶了我吧！"

月芳这才放了手，谁知玉辉溜到明辉的身后，又向月芳瞟了一眼，笑道："两口子哩！"

"这妮子愈说愈不对了，真放不了你，这次可不再饶你。"

月芳虽难为情得脸儿血红，全身是怪热腺的，一颗芳心的跳跃，每秒钟至少有二次之多。她恨恨地又奔过去，要捉玉辉的人。玉辉拉着明辉的衣袖，好像老鹰捉小鸡般地兜来兜去。月芳恨得只是骂小妮子烂舌根的，玉辉却尽管哧哧地笑。

"好了，好了，别闹了，把我的人快要拉倒哩！妹妹，妹妹，你这人真顽皮，终脱不了孩子气，这种话能说的吗？叫旁人听了去，传到爸爸的耳里，却可怎么办？"

明辉把月芳拉开了，一面握住了玉辉的纤手，向她很正经地说着。但是他内心也跳跃得厉害，显然两颊也有些红。玉辉听哥哥这样埋怨自己，却还不服气，噘了小嘴儿，说道："这儿又没有旁的人，我原和你们说着玩，难道就会传到爸的耳中去了吗？你们不站在一块儿，我会说你们吗？"

"哟！这妮子倒还是她有道理呢！我出房来踱一会儿步，原和大少爷偶然碰见的，你胡说瞎道地冤我，晚上我可告诉你爸去，看你还生气吗？"

月芳听她这样说，鼓起了脸腮子，瞅住了玉辉，显然也生气了。玉辉却扑哧地一笑，走上来拉着月芳的手，笑道："姨娘，我说大哥，你干吗生气呀，其实我还是替你可惜哩！爸已经活到五十多岁的人了，他和你能配吗？假使姨娘嫁个大哥那样的年纪，不是就相称了吗？那么我的妈妈也不会老受爸的气了。我是好意，你怎么当我恶意呀？"

一个女孩儿家，总是倾向于母亲的多。玉辉虽然是个十七岁的姑娘，但她是多么的聪明，难道真会这样不晓得轻重吗？其实玉辉瞧着爸爸自从讨了两个美妾以后，对于妈妈就冷淡了许多，所以心里是很替妈妈不平。那么对于月芳这两个美丽姨娘，自然是存了轻视的心理。她也知道哥哥是绝不会去爱上爸的小妾，趁着今天他们站在一块儿，无非是挖苦她几句罢了。

当时月芳听玉辉这样说，虽然觉得是含有些冷嘲的意味，但倒是真的说到自己心坎儿里。她的俏眼儿不免偷偷地向明辉望了一眼，齐巧明辉微红了脸儿，也正在向自己望，四目相触，各人心里都荡漾了一下，忍不住浮显了一丝笑意。但月芳立刻又白了玉辉一眼，恨恨地向她手臂上打了一记。不料这一记打下去，把个玉辉痛得大叫起来。

"你不要装腔了，我这轻轻地拍了一下，你竟痛得这个样儿吗？"

"你瞧瞧我这臂膀上的血渍，刚才在校里跌伤的，还经得你这一下子打吗？三姨娘，我不依，我不依你，给我打过。"

玉辉痛得涨红了脸儿，伸出那条受伤臂膀给月芳瞧着。一面赖到她的怀里去，缠绕着不依。月芳抱了她身子，半亲热半嗔恨地哧哧笑道："还向我不依哩！谁叫你尖嘴利舌地取笑我，这就是报应呀。"

明辉这时脸上虽然浮着微笑，但心里却跳得厉害，暗想，妹妹这话，不知有心的还是无心的？因此望着两人缠在一堆，却是呆呆地出了一会子神。正在这个当儿，忽然又见那边假山后面转出一个花枝招展的妇人，嘻嘻地笑过来，说道："啊哟，怎么啦？二小姐和三姨娘打架了吗？"

明辉骤然被这话声惊觉，连忙回眸望去，原来是二姨娘夏潇云。便向她招了招手，笑道："二姨娘，你快过来把她们劝劝开，讲个和吧。"

"二小姐，怎么啦？三姨娘欺侮你吗？快告诉我，我给你帮忙。"

"你别瞎三话四吧，二小姐在我怀里撒娇哩！"

玉辉听月芳这样说，还把手儿抚摸着自己的脸颊。便啐了她一口，离开了月芳的身怀，忍不住又哧哧地笑了。

"你们真高兴，嘻嘻哈哈地把我也引出来了。"

"你引出来，我可回房去哩！"

玉辉听夏潇云这样说，便逗给了他们一个媚眼，笑盈盈向自己住的养花轩里奔去了。潇云待要喊住她，早已来不及，回眸向明辉和月芳斜瞟了一眼，抿嘴哧哧地笑道："唔，唔，我瞧你俩站着的背影，也真像两口子呀！"

明辉月芳突然听潇云说出这话，方才知道潇云在假山后面已是窃听多时的了。明辉红晕了两颊，却呆得半晌说不出话来。月芳啐了她一口，骂声"断命烂舌头根的，你也取笑我来了"。说

30

着，举起手来，向潇云打过去。潇云一面哧哧地笑，一面便向桥上逃去。明辉眼瞧着两个远去了姨娘的身影，心头七上八下地更加跳跃得厉害。就在这时，上房里翠环来喊道："大少爷，老太太喊你哩！找了大半天，原来却在这儿。"明辉这才定了一定心，镇静了态度，点头答应了一声，跟着翠环到上房里去了。

明辉较梨辉长两岁，四个兄妹中他是老大，今年二十三岁，再过一年，大学里可以毕业了。他也住在松云小筑里，和光辉分住着。楼上楼下都划成东西厢房，楼下做书室，楼上做卧房。明辉住在东厢，光辉住在西厢。兄弟两人，因为个性不同，所以平日很少有谈话机会，各人干各人所爱的事情，倒也并不相扰。

许老太的丈夫，原来就是大成纱厂的董事长许万仁。万仁投机得意，自然扬眉吐气，所以三年前就讨了一个潇云，今年二十四岁，原是吃花酒的时候朋友介绍的。潇云十六岁在堂子里做倌人，到二十一岁，也度过五年风尘中的生活。觉得这种生活到底不是终身的结局，因此预备从良。但是好的客人实在很少，有了钱，就年纪很大。有了美貌小白脸，偏偏又没有钱。不过在她们的思想中，觉得钱是世界上最亲爱的东西，所以她就嫁给了万仁。

大凡是商人，总是有贪心的，尤其是投机家，贪心更厉害。不过除了商人之外，也未始不是没有贪心。总而言之，世界上要没有贪心的人，实在是很少，简直是没有。贪心的人并不专在金钱，是包括世界上所有的一切。万仁是个社会上贪心的典型人物，他差不多已有一千多万的家产，但是他的欲望并没有满足，更希望有两千万三千万，甚至到一万万。从这一点想，他对于女人的贪也未始不是一样。所以讨了潇云后不到八个月，又在舞场里娶了一个秋月芳来。害得许老太气煞了人，后来还是光辉玉辉劝上了几天，许老太总算气宽了许多。但是万仁既有了两个美妾，照理亦可心满意足，但是他并不十分宠爱，依然在外面花天酒地。仿佛月芳和潇云两个人，也无非是他公馆里点缀点缀的东西，高兴了来宿一夜，不高兴就搁在闺中。本来老夫少妾，已经恨天怨地，何况万仁不把她们当作必需之品，因此闹出了暗无天日的事情来。

玉辉匆匆地回到养花轩的西厢房里，对面东厢房是她姊姊梨辉住的。她的表姐方静霞却睡在上房后面一间，以便给许老太做伴。玉辉的丫鬟红梅见二小姐回来，早已笑盈盈地把门帘掀起，让她进内。玉辉将书本放到写字台上，就在旁边转椅上坐下，把那条臂膀横到眼前，轻轻地把帕儿解开。只见白嫩的臂膀上擦去一块皮肉，血水已经凝成微紫了。红梅端着一杯莲子汤，正来给玉辉当点心吃，忽然瞧见这个情景，不禁啊哟的一声叫起来，说道："二小姐，你这是怎么受伤的呀？"

"抛篮球时候跌伤的，你给我拿些药水棉花来。"

红梅忙把莲子汤放在桌子上，匆匆地奔到玻璃橱旁，拿了一瓶红药水和一块药水棉花，先把玉辉的血渍揩干净了，然后涂上了一层红药水，又把棉花纱布扎上，用橡皮膏贴好。红梅哧哧笑道："二小姐，你瞧我这个医生做得怎么样？"

"这妮子，谁和你涎脸？"

玉辉白了她一眼，却也忍不住笑了。红梅向她扮了一个兔子脸，遂把红药水瓶、纱布等收拾过去。玉辉一面拿了银匙掏着莲子吃，一面又把那张帕儿透开，只见一堆一堆的已染有了好几处血渍。在血渍之中，忽然发现有用黑丝线绣成的三个字。玉辉仔细一瞧，见是陶松雪三个字。一时芳心好生奇怪，凝眸沉思半晌，方才理会那少年准是姓陶名松雪了。玉辉想到这里，不由自主地口里也念出这三个字来。红梅藏好药水纱布，回头见二小姐拿了这条手帕出神的样子，便走过来把她手中的帕儿拿去，微笑说道："二小姐，我给你去洗一洗吧。哟……这不是二小姐自己的，那帕儿是谁的呀？"

"是我同学的，因为她给我撞倒了，所以很抱歉地给我扎上了。"

　　玉辉被她这么一问，那两颊不免有些红晕，眸珠一转，不得不镇静了态度，向她撒了一个谎。红梅把手帕瞧了一会儿，她也发现陶松雪三个字。这就向玉辉瞟了一眼，扑哧地笑道："二小姐，这不像姑娘的名儿，恐怕是小姐的男同学吧？"

　　"不要你胡说八道的，管他是男同学女同学？算你识得几个字，就知道这三个字不是女子的名儿了？"

　　玉辉的芳心是忐忑地跳得厉害，秋波白了她一眼，却逗给她一个娇嗔。红梅哧哧地一笑，却不说什么了，把那手帕拿到面汤台边去洗了。玉辉匆匆地吃了半碗莲子汤，拿手巾拭了一下嘴唇，遂很快地跑出了卧房。只见小院子里那株梧桐树下正站着两个人，一个是姊姊房中的丫鬟红桃，一个是表哥李雨梅。雨梅是万仁妹子的儿子，乃是一个笃实的少年，家道清寒，万仁爱其才，所以将他介绍到东亚银公司去任职。今年二十二岁，和梨辉幼时感情颇好，后来梨辉被环境所支配，以致生活逐渐浪漫，雨梅虽然热诚地爱她，她却并无一些亲热的表示，在雨梅的心中，自然很感到有些痛苦。

　　"表哥，你找姊姊来的吗？不巧得很，姊姊早一步出去买物了。"

　　"唔，红桃已告诉了我，玉妹，你才放学回家吗？"两人说着话，携着手儿，便向上房里走去。雨梅回眸向玉辉粉颊望了一眼，微笑了笑，问道："这几天梨妹常常到外面去玩吗？"

　　"我也不详细，因为我在学校里的时候多……昨天姊姊大概在家里的。"

　　雨梅见二表妹走路一跳一跳，显然还是十足的孩子气。因为问不出梨辉近来的行动消息，心里自然颇感纳闷，遂默默地只管走路。两人一脚跨进上房，只见许老太和明辉正在谈婚姻问题，翠环在旁边，望着明辉脸儿只是憨憨地笑。玉辉奔到许老太的怀里，仰着脸儿，早已笑盈盈地嚷着问道："妈，你给大哥讨新嫂嫂了吗？是谁家的姑娘啦？照片有没有？快先拿给我瞧！"

"表妹，你这话错了，又不是你新姑爷的照片，怎么倒要你先瞧？难道大表哥不性急吗？"

雨梅瞧了玉辉这一副可人的意态，心里暂时把烦闷抛开了一些，忍不住哈哈地向她取笑。玉辉听了，这一羞涩，把两颊涨得绯红，回头啐了他一口，却伏在许老太的肩上笑起来。许老太对于玉辉是特别疼爱一些，一则是最小的女儿，一则玉辉也太讨人欢喜了。遂抚着她的头发，显出非常慈爱的样子，笑道："你听见讨新嫂嫂了倒喜欢吗，偏你这倔强的哥哥还不答应哩！雨梅，你想明辉今年也有二十三岁了，若同他爸一样年龄结婚，我孙子官儿也有好几个哩！"

许老太说到这里，回眸又向雨梅望了一眼。这意思仿佛是叫雨梅劝劝明辉。雨梅会意，点了一下头，望着明辉微红了的双颊，很神秘地笑道："表哥，舅妈的意思很不错，早讨个表嫂，她老人家也可以抱孙子了，你表哥也好抱儿子，我们也可以吃喜酒，同时接连地也可以吃红蛋，这是一件多么快乐的事情，你为什么却不答应呢？""表弟，你别给我抬城隍了，像我那样年龄娶妻子，实在太早，再说我还不曾毕业哩！"

明辉听雨梅嬉皮笑脸地向自己取笑着，便白了他一眼，脸上装出一面孔的正经神气。许老太听了，早已应着道："你还说早哩！从前你爸十六岁结婚的，比你要小七年。再说娶妻子也不妨害你的读书，现在又不要你负担家庭经济，现成给你讨女人，你还一味地不肯听娘话，那真叫人气哩！"

许老太说完了这两句话，绷住了脸儿，显然有些生气了。明辉并不辩解，他把婚姻问题竭力地撇开了不谈，向雨梅搭讪着道："表弟，你大概知道吧，早婚的害处实在是很厉害的。"

"你别给我信口胡说吧，早婚有什么害处？单瞧你爸和我，养了你们这四个孩子，哪一个不好呀？"

许老太不待雨梅回答，就很快地抢白着他。雨梅本来还想取笑着，给大家笑了一会子，今见许老太有些不高兴，因此也只好默默地微笑，并不插嘴上去。玉辉瞟了明辉一眼，向许老太笑道："妈，我晓得哥哥所以不要结婚，他在外面一定另有爱的人。"

"另有爱人也不要紧，只要他喜欢，我也没有不答应他的。现在我的意思，倒并不是硬要把他讨一个亲，只要你哥哥有对象，我也赞成他们结婚的。"

"表哥，你听见了没有？舅妈是大开恩宠了，你也不用假装道学先生，老说早哩早哩！"

雨梅听舅妈这样说，于是抓住了机会，又向明辉取笑。大家听他说得有趣，连明辉自己也笑起来。玉辉笑得最起劲，几乎直不起腰肢。

"我也没有什么女朋友，其实真的还不需要。妈，你也不用生气，且待明年我毕了业，就准听从妈的话是了。"

"你这孩子的个性这样拗执，那真叫我也没有办法的了，就随你去，反正明年也是眼前的事情，瞧你还有什么话说？"

许老太听明辉这样说，心里暗想，这话倒也中听，就待明年毕业后再说。一个少年，对于要娶妻总是喜欢的事，也许这孩子真用功书本，那倒也不能过分地强迫他。但心里虽然这样想，表面上却轻轻叹了一口气。明辉听了，全身顿时轻松了许多，显然这个婚姻问题暂时告了一个段落。

"表哥，我们到松云小筑去瞧二哥和静霞表姊去，不知他们在做些什么？"

彼此静默了一会儿，玉辉感到有些冷静，于是站起来，向雨梅望了一眼。雨梅点头说好，回眸过去问明辉去不去。明辉似乎在想心事，却没有回答。玉辉瞧哥哥出神的样子，忍不住扑哧地一笑，拉了雨梅的手，笑道："你理他呢？哥哥的心里，我猜他有些懊悔不该拒绝的了。"

明辉听了，这才醒来般地啐她一口。玉辉不待他说话，早已拉了雨梅咯咯地笑着奔出去了。

两人到了松云小筑，玉辉向雨梅摇了摇手，意思叫他轻些，她便蹑手蹑脚地走到西厢房门口，去探窥里面的秘密。只见表姊静霞鼓着小嘴儿，好像正在使性子。二哥光辉却在一旁赔笑脸，连说我错了。玉辉正要咻咻地笑出来，不料雨梅早嚷起来说道："这一出真好戏，可不是李逵骂了宋江，又赔不是吗？"

"表哥，你这人真笨，怎么说了这么一大套，那是叫作负荆请罪呀！"

"哦，原来就是负荆请罪吗？"

光辉和静霞正在室内故意闹着气，不料见雨梅和玉辉一吹一唱地咯咯笑进来。这把两人的脸蛋儿可羞得绯红。光辉连忙让座，静霞扬着手儿要打玉辉，笑嗔她道："你这妮子最不好，老是尖嘴利舌地打趣我，我可捶你，问你下次还要胡说吗？"

"霞妹，你这太不讲道理了，玉妹何曾有说你什么呀？"

玉辉见静霞要打她，便躲到雨梅的身旁，叫他帮忙。雨梅便伸开臂膀，拦着静霞走近来，笑嘻嘻地给玉辉辩护着。光辉这时已用自动茶壶倒上四杯玫瑰茶，回眸望着三人，笑叫道："别闹了，别闹了，我们坐着谈谈吧！雨梅表哥好多天没来了吧，行里忙不忙？"

三人听了，方才笑着走到写字台旁，大家在沙发椅上坐下，各握了茶杯。一会儿谈国家大事，一会儿谈社会新闻，一会儿谈儿女情爱，嘻嘻哈哈，越谈越起劲，显然室内是充满了欢悦的空气。

时间是一分一刻地过去，转眼之间，不知不觉天色黑了下来。光辉正去开亮电灯，忽然轰隆隆的一声雷响，接着雨声洒洒，不绝于耳。因为骤然之间，四个人都吓了一跳，静霞和玉辉竟都叫起来。就在这时，阿三匆匆进来，向大家说道："外面雨下得很大，上房里已开了饭，老太太叫我把少爷小姐都接过去吧！"光辉玉辉听妈妈竟叫阿三用汽车来接，大家忍不住又都笑起来。

第四章

爱舞若狂情甘为卿死
挥金如土暴雨折花残

悠扬清脆的广东音乐，一阵一阵地触送到耳鼓，使每个人一颗烦躁的心也会慢慢地幽静下来。这是霓虹灯光下的一个暗角落里，沙发的上面坐着一个漂亮的姑娘。她微昂了脸儿，秋波脉脉地只管向进口处凝望，似乎正在焦急地等人的模样。

这个姑娘就是许梨辉小姐，她自从常到交际场以来，认识了许多年轻的男子。其中最知己的是一个姓邵名品三的，人家都称呼他为三少爷。生得眉清目秀、风流潇洒，固一翩翩之美少年。两人相识至今，已有一年光景。在这一个年头里，两人每星期至少会晤两次。品三在女人家面前，功夫是挺好的。所以梨辉的一颗芳心就深深爱上了品三。表哥李雨梅的热情，自然是只好付诸东流了。

梨辉之所以爱品三，一方面固然爱他俊美可人，一方面也爱他因为是富家的儿子。原来品三的爸爸邵世雄是个金融界的领袖，同时也是一个投机的专家。共生三个儿子，长次均不幸早亡，只剩下品三一个人，因此愈加爱若珍宝。对于品三在外行动，从不过问。品三既放浪已惯，出入于歌榭楼台，问津于花丛柳间，自然是随心所欲、逍遥自在的了。

今天梨辉是品三打电话来约她的，叫她四点半钟在大光明跳舞厅里等候。谁知梨辉等了许久，却不见品三到来，一时心中好不焦急。直到爵士乐队换了广东音乐，仍不见他影儿。梨辉心头好生着恼，伸臂在白金镶钻石的长方手表上一瞧，短针已指在五点十分。暗自想道：不要他故意和我寻开心吗？那明后天碰见了他，可要好好儿地骂他一顿哩！梨辉想着，耳里听了那悠扬悦耳的乐声，脚底便有些痒起来。一个人坐着太闷气，于是她便到舞池里搂了一个舞娘跳舞去了。

"品三，你的架子可不小，自己约我四点半到这里，那你瞧瞧现在什么时候了。我当你被汽车……"

梨辉舞毕归座的时候，忽然见沙发旁站着一个西服少年。仔细一瞧，正是品三。便恨恨地白了他一眼，虽然是满脸堆着笑，但这意态显然有些生气。当她说到这里，顿了一顿，明眸瞅着他白嫩的两颊，一时倒又不忍说下去了。品三向她深深地行了一个六十度的鞠躬礼，赔了笑脸，连连地抱歉道："我这人该死，该死，那真太对不起你了。不过你固然等得心焦，要知我的心中也有不得已的苦衷呢！"

两人说着话，已是一块儿在沙发上坐下来。品三见她鼓起了红润润的两颊，兀是怒气未消的神情。遂把她手儿紧紧握着，摇撼了一阵，笑道："梨小姐，你别动气呀，我告诉了你，你就晓得我并不是故意和你开玩笑哩！下午一点钟的时候，我不是打电话来约你的吗，打好了电话，睡了一个中午觉，醒来还只有两点半，我就洗了一个脸。因为我约你在四点钟至四点半，所以心里很宽，并不感到时间局促。当三点钟的时候，我正预备坐车到这儿来，不料忽然来了一个不速之客，却是五年不见了的一个同学，现在市府里办事，特地来拜访我叙一叙阔别。我以为他坐不了半个钟点就会走的，谁知他这一坐下去，却是不肯站起来。一会儿谈这样，一会儿谈那样。我嘴里虽然和他说着话，但那一颗心是早已飞到你的身上来了。好容易地直到五点敲过，我去叫了点心来给他吃下，他总算告别走了。梨小姐，你想我那时候心中的焦急，不是比你更厉害着十分吗？"

梨辉听他滔滔不绝地说出了这一大篇的话，心中方才明白他迟来的原因。一时把满肚皮的怨气也消去了，情不自禁地对他嫣然一笑，说道："谁信得过你这些话，也许你被爱人缚住了，那也说不定。"

"爱人，我哪儿来的爱人？除非是你了……"

品三听她这样说，便涎皮嬉脸地偎过身子，望着她的娇靥憨憨地傻笑。梨辉噘了嘴儿，啐了他一口，说道："我可够不到资格做你的爱人。"

"这是哪儿话，也许我够不到资格吧！梨小姐，你真太客气，太客气！"

品三这一种手段、这一种神情，自然能够博得女子的欢心。这就叫梨辉绷住了的脸儿不得不又浮现一丝笑容来。秋波白了他一眼，手指在他额角一点，撇了撇嘴，却是没有说话。这时侍者把品三的牛奶拿上，因为是老主客，所以还含笑招呼了一声。品三只把头一点，回眸又向梨辉望了一眼，笑道："你刚才和舞女在跳舞吗？可是等得厌烦极了？"

"那你还用问我吗？今天叫我等候了这许多时光，不管你被朋友拉住或者爱人缠住，我总要罚你的。"

梨辉听他这样问，便在霓虹灯光下绕过无限媚意的俏眼，又向他含情脉脉地瞟了一下。品三听了，连声地笑道："该罚，该罚，梨小姐，你说吧，你要怎样罚，就怎样罚。我终不给你打一些折扣，那可好吗？"

"真的吗？我瞧你没有这样好人吧！"

"口说没有用，要事实证明，那才显出我心头的爱你。梨小姐，你说出来，看戏吃大餐，这不能算罚，你可要打副金链子的鸡心？你可要金刚钻的戒指？那我都可以给你去办到的。"

"这种东西我倒也不稀罕，假使你真爱我听我的话，那么你就给我到舞池里爬上一圈吧！"

品三听她说出这个话来，一时瞅住她的粉颊，倒不禁为之愕然。梨辉早已弯了腰肢，笑得花枝乱抖了。品三扳转她的肩头，装出一副尴尬的面孔，向梨辉问道："黎小姐，那你太挖苦我了，你算当我什么东西呀？我迟到了固然要罚，但是你应该怎样罚一罚呢？"

"我为什么要罚呀？这不是你自己说的吗？我要怎样罚你，你是不能打一些折扣的……"

梨辉乌圆的眸珠一转，瞟了他一眼，忍不住又哧哧地笑。品三听她这样说，倒是呆住了。但他也是个聪明人，终不至于会回答不出话，便望着她悄悄地笑道："梨小姐，你要罚我在地上爬，这也未始不可以。但现在且暂时留一留，将来我们在闺房里的时候，不要说爬一圈，就是爬五圈十圈，我也没有不依你的了。"

品三这几句话听进在梨辉的耳里，心中真羞涩得了不得，恨恨地在他大腿上拧了一把，同时还逗给了他一个娇嗔。品三瞧她这意态，并没有带着恼怒的样子，只有万分娇羞之中含有喜悦的成分，显然她的芳心里也很希望有这样的一天。一时心不住地荡漾，却望着她的娇容，只是憨憨地傻笑。

"你这只贫嘴越发会说话了，我可没有工夫和你缠绕。"

梨辉见他老是望着自己笑，这样得意忘形的神气，显然他内心是感觉得到了胜利。一个女孩儿家虽然在情人的面前，但到底也有些难为情。因此别转脸儿去，故作赌气的模样，不和他理睬。

"梨小姐，这一支音乐很清净优雅，我求你去舞一次好吗？"

约莫三分钟后，品三站起来，向梨辉很恭敬地弯了弯腰。梨辉虽然是生着气，但终没有拒绝的道理，只得含笑站起，不过俏眼儿却似嗔非嗔地白了他一下。两人一前一后到了舞池，梨辉回转身来的时候，又和品三的视线接了一个正着，两人忍不住又会心地扑哧笑出来。

"梨小姐，你笑什么呀？"

品三搂了她的纤腰，捏着她的玉手儿，假意笑着问。梨辉明眸斜乜了他一眼，搭着他的肩头，笑道："我笑你们男子都不是好东西，当面甜言蜜语，背后恐怕忘得一干二净了。"

"你们女子心最狠了，怎么倒反说我们男子不好呢？譬如拿我说，要不爱上了人，否则，就始终如一，虽刀斧加头，也是不肯变心的了。你们女人，恐怕就办不到。"

"呸，你别给我胡说，我们女子心最狠，你打哪儿知道？"

梨辉听他这样说，啐了他一口，雪白的牙齿微咬着红润的嘴唇皮子，这情景显然有些恼怒。品三却不慌不忙地说道："你不用动怒，我说这话，当然有个原因。譬如我刚才迟到了一些时间，别人家就咒骂我被汽车碾死了。你想，女人的心不是比男人狠吗？"

梨辉听他这样说，那明明是放着和尚面前骂贼秃，心里未免有些不高兴。但仔细想想这一句话，自己的确有些说得不应该。不过表面上终不肯认错，鼓起了两颊，说道："这就一句话，你便记得这样牢。那没有关系，我的心原是十分的狠毒，从今以后，你就不必和我交朋友了。"

"这又何苦来呢？我原和你说着玩，你当什么认真，只要你爱着我，就是你叫我真的去被汽车碾死，我也甘心情愿的。"

梨辉见他明眸脉脉地含了无限的柔情蜜意向自己凝望。同时又听他说出这两句话来，一颗芳心也不禁为之深深感动。螓首默默地低垂在他的胸前，轻声儿地说道："一个人说话，有无心和有意的两种。我和你无冤无仇，为什么要咒骂你给汽车碾死呢？"

梨辉这句话很明显地在解释自己是并非由心地说他被汽车碾死。听进在品三的耳里，心中真有说不出的喜悦。手儿搂着她的腰肢更紧一些，把颊儿大胆地偎到梨辉脸上去，柔声地说道：

"我知道你的心，你怎么肯叫我死去呢，亲爱的梨辉，不知你允许我这样直呼你名字吗?"

"呼名字比较从直一些，那也没有什么关系，我不是早已一些不客气地叫你名字了吗?"

梨辉并不拒绝他的脸儿贴过来，自己的粉颊也紧偎了他。两人胸贴着胸，各人心是跳跃得厉害，默默地领略着彼此心头涌上来的火样的热情，享受着一些小温存。不料音乐队好像有意和他俩作对似的，正在爱极欲狂的当儿，灯光一亮，乐声便停止了。梨辉慌忙离开了品三，两人四目相对，脸儿上都泛现了朵朵春色，忍不住低头笑了。

"梨辉，你饿了没有? 我们到外面去吃饭，还是在里面吃一些? 外面吃舒齐些，里面可没有好的菜。"

两人从舞池里归座的时候，品三向她轻轻地问。梨辉瞧了一下手表，摇摇头，瞟他一眼，说道:"还只有七点钟，我家里吃了点心出来，倒没有饿，你可曾饿了吗?"

"我是随你的意思，你不饿，那么我们就再坐一会儿是了。"

梨辉听他这样说，忍不住对他盈盈一笑，说道:"饿不饿，哪可以随我的意思，我们又不是一个肚子呀!"

"也许我们是一个肚子，因为你说不饿，我似乎也觉得很饱似的。梨辉，你想，这事可怪不怪?"

品三奉承女人的手段，真也可说是好到上乘的了。梨辉芳心可可，噘着嘴儿，啐他一口，忍不住又哧哧地笑了。

灯红酒绿中的光阴，当然仿佛过得特别的快，一会儿八点，一会儿九点。品三梨辉就在这两个钟点里，跳了许多次数的舞。在跳舞的时候，两人是非常的亲热。各人的脸儿是热辣辣地发烧得厉害，胸贴胸地搂抱，全身每个细胞里会起了异样的感觉。这感觉至少是带着肉感性的滋味，使两人的心中更会激动了极度的兴奋。为了太兴奋的缘故，因此两人连肚饿也忘记了。可见谈恋爱较之吃饭还要紧这一句话，倒也并不是过甚其辞了。

"梨辉，我们到外面吃饭去吧。想不到我这老兴勃勃的爸爸也会到这儿来了。彼此碰见了，可不好意思，我们还是避了他吧！"

品三忽然指着那面座桌上一个身穿哔叽长袍的老者，向梨辉附耳悄悄地说着。梨辉连忙回眸瞧去，只见座桌上并不止一个人，却围坐了四个人，瞧到其中一个身穿西服的老者时，她的芳心不禁怦怦地一跳。你道为什么？原来这个人却就是梨辉的爸爸许万仁。万仁在大成纱厂走出后，便到一品香赴邵世雄的宴会，餐毕，有的回去，有的便到跳舞场来游玩。梨辉当时发觉了爸爸也在其中，芳心暗想：年纪活到五六十岁的人，也都要到这种地方来游玩，那何况我们这班年轻的人呢？心里这样想着，表面上却装作没事一样，点了一下头，望着他扑哧地一笑，说道："不但是你爸一个人，老兴勃勃的人可多着哩！"

品三笑着，吩咐侍者开上账单，并买两元舞票，叫侍者拿给梨辉跳一次舞的舞女。于是两人臂挽臂，便走出大光明舞厅去了。

在舞厅里面，当然不晓得外面落着这样大的雨。待到了门口，这才听到洒洒的雨点，仿佛倒泻而下。狂风夹着雨水，吹到脸儿上来，全身也会感到一阵寒意。两人不约而同地都说了一句"想不到雨竟下得这样大"。皱了双眉，显然大家都感到有些讨厌。品三正欲到电话间去喊汽车，却被梨辉拖住了，笑道："你别忙，这边人行道上停着的那辆汽车不是我爸的吗？可以借用一下哩！"

梨辉说着话，便向那边喊了一声阿六。阿六在车窗里半探了头，听见这声音颇熟，遂回眸四顾，见是大小姐，遂把车子放了过来。拉开车门，给两人坐上车厢，含笑问道："大小姐，老爷也在里面，你没碰见吗？此刻你们要到哪儿去？"

"你给我开到红棉酒家去，在老爷那里，不用说起我。"

阿六答应了一声，便拨动机件，向前直开了。品三听梨辉的爸也在里面，心中暗想，怪不得梨辉刚才说老兴勃勃的人真多着哩！原来她是瞧见她爸的，但她怎不说呢？遂望了她一眼，笑着问道："你的爸坐在哪一个座桌上？莫非和我爸爸一块儿来的吗？"

梨辉听他这样说，忍不住扑哧的一声笑出声来，轻声儿说道："可不是，却被你猜中了。"

"那你为什么不早告诉我，我却不认识你的爸。"

"我又何尝认识你的爸，倒是他们两位老人家却先认识的了。"

品三听了梨辉的话，忍不住也笑了。汽车到了红棉酒家的门口，阿六把车门开了。品三早已拿出一张五元钞票，塞到阿六手里。阿六连忙道了一声谢，心中陡然想起白天里在厂中和练习生陶松雪的谈话，他说辛苦了一个月，只有三元钱的代价。那我只不过一举手之劳，就得五元钱的赏赐，无怪他要羡慕我们的生活了。阿六心中这样想着，眼瞧小姐和那个少爷走进了红棉酒家，方才掉转车头，仍旧开到大光明舞厅去了。

这是一间精美的房间，侍者泡上两壶香茗。品三握来，先给梨辉杯上筛了一杯，又递过菜单，请梨辉点菜。梨辉拿了杯子，凑在殷红的嘴唇皮上喝茶，瞟他一眼，嫣然笑道："我爱吃的菜，你还不知道吗？"

"老吃这几个菜，那有什么滋味，你倒不妨换调几个要别的吃，那一定是有风味的了。"

"那么说就你点菜吧，假使要我点的话，回头可又是上次吃的那几个菜哩！"

梨辉放下茶盏，把菜单仍递到品三的面前。品三听她这样说，望着她忍不住笑道："我吃菜是很随便的，你既喜欢吃上次这几个菜，那么我们今天就不用换调了。"

品三为了竭力要奉承她，所以在纸上便簌簌地仍旧写上次来吃的四菜一汤。写好了，又抬头含笑问她喝什么酒。梨辉拿过纸儿一瞧，便嫣然地笑道："菜既未改换，那么酒也和上次一样吧。"

"那倒很有意思，仍喝葡萄酒就是了。"

品三一面笑着点头，一面把写好的纸儿交给侍者。侍者弯了一下腰，便匆匆走出去了。品三见梨辉的脸蛋儿白里透红，还未喝酒就这样的娇艳，一时未免想入非非，心里不住地荡漾。梨辉见他目不转睛地呆望自己出神，心里自然是十分的难为情，秋波斜乜了他一眼，抿了嘴儿，笑问道："你老望着我做什么？我的脸上难道有什么花儿开着吗？"

"不，我想着你爸和我的爸，心里觉得有趣，老的和老的在一块儿，小的和小的在一块儿，那不是很有意思的吗？"

梨辉听他这样说，扑哧的一声，不觉又笑了起来。不多一会儿，酒菜上来，侍者给两人倒上了葡萄酒，便悄悄地退出。品三举起高脚玻璃杯，和梨辉握着的杯子碰了一下，笑道："今天这几个菜都是你爱吃的，酒应该多喝上一杯的。"

"那么我们就喝他一个醉可好？但是回不得家里去可怎么办？"

两人说着，喝了一口葡萄酒，大家都又笑起来，心里一高兴，就是喝了千杯的酒也不会嫌多。梨辉和品三一对情人谈心饮酒，各人的心头是蕴藏着无限的热情。一个是花开正盛的少女，一个是惯会采花的游蜂，两人都存了爱慕的心理，当然举动上格外地显得亲热。同时也忘其所以地竟把一瓶葡萄酒喝得一个干净。不过这原是一时的兴奋，当然两人是都有了醉意。

"梨辉，你嘴儿干吗？要不吃些水果？"

品三见梨辉的颊儿是通红得厉害，眼儿像水般地动荡，便含笑向她问着。梨辉并没回答，只点了一下头，手儿抚着桌沿，因

46

为她感到有些头重脚轻，仿佛屋子也有些动摇的模样。品三遂喊侍者进来，问有什么水果。侍者答道："新鲜芒果很不错。"

"那么你就去拿两只来。"

侍者答应，不多一会儿，便即拿上，已经剥去了皮。品三拿一只，递给梨辉。两人吃了一口，果然觉得水分充足、鲜美无比。吃下了后，头脑竟清爽了一些。品三便吩咐侍者再拿两只吃了，并叫开上账单。侍者一面拧上手巾，一面把账单放在桌旁。品三拿过一瞧，见总数是一百七十五元六角五分。心中暗想：上次只不过一百一十五元三角，今天吃一样的酒菜，怎么倒要涨上六十多元呢？便问侍者说道："喂，你们的菜最近又涨价了吗？"

"并没有涨价呀！菜一共一百一十五元三角，芒果十四元一只，四只计五十六元，加小账计六十元三角半，一共一百七十五元六角五分，一些也不会错的。"

侍者听他这样问，便走过来把账单拿起，好像背书一般地念给品三听。品三这才恍然，原来芒果要十四元一只，那就无怪味儿这样鲜美了。遂昂了脸儿，向他又问道："芒果哪有这样贵？要十四元一只吗？"

"先生，这是小吕宋来的，十四元其实合美金也只不过五六毛钱吧！"

"这样说来，倒还是便宜的，你快给我再去拿两只来吃。"

品三听侍者的话，倒是眼界比自己还要高。这就觉得在他这几句话中，至少是含有些讽刺的意味，心里很是生气，便瞪了他一眼，大声地向他吩咐。在品三的意思，你这种人究竟是被人使唤的仆役，怎么倒敢说冷话给我听？十四元钱一只芒果，我吃不起吗？大少爷偏再吃两只给你看看。侍者听他忽又这样说，心里忍不住好笑，暗想：有钱的人一定要这样激动他，那么他才会卖弄他的阔绰呢！便慌忙又去拿上两只。品三递给梨辉。梨辉已经吃了两只，哪里还吃得下，遂摇了一下头。品三自己也只有吃了半只便剩下了。侍者又去补了一张账单，共计二百零六元四角五分。品三瞧着，点了点头，一面在袋内摸出皮匣，取出厚厚一叠钞票，数了二十二张，交给侍者，说道："这里两百二十元，不用找了，剩下来赏了你们。快给我叫辆汽车。"

侍者点过钞票，弯了腰儿，连声道谢，遂悄悄地退了出去。心里不免有了一个感觉，这简直和钱在作对……

"品三，今夜可又叨扰了你。"

"梨辉，你别说这些话好吗？不是反显生分了吗？"

梨辉待侍者走出去，便向品三笑盈盈地说着。品三听了，却逗给她一个白眼。正在这时，侍者进来报告汽车已到。于是两人站起，便走下楼去。品三见梨辉走路的姿势竟有些歪歪斜斜、摇摇欲倒的神气，遂上前扶住了她，向她轻声地问道："梨，你有些醉了吧？"

梨辉并不答话，横眸向他一笑。品三见她这样醉人的意态，心中不觉一动。这时已走到门口，只见狂风暴雨，愈下愈大。两人急急跳上车厢。车夫关上车门，问到哪儿去。品三也不征求梨辉同意，只说了一声大陆饭店，那汽车就向前直开了。

梨辉走出红棉酒家的时候，被冷风一阵吹，心里就有些要作呕的模样，头晕目眩，真有说不出的难过。此刻虽然听到品三吩咐车夫开到大陆饭店去，但再没有气力去过问他为什么要开到大陆饭店去。品三见她不问，显然是已经同意，心中这一快乐，直把他心花儿也都乐开了。

汽车到大陆饭店，品三付去车资，乘电梯到四楼，找到十八号房间。侍役见是上午来开的主客，遂忙开了房门，给两人进内。梨辉一到房中，也无暇去问品三为什么预早开好房间，身子向床上一倒，只觉一阵昏天黑地，她竟是模模糊糊地睡去了。

侍役泡上一壶茶来，便即悄悄退出。品三在杯里倒了一杯，回头向梨辉喊了两声，却听不见她的答应。品三还以为她故意不响，遂走到床边，拍拍她的腰肢，笑叫道："梨辉，你装睡吗？我呵你痒了。"

品三说着，谁知道梨辉依然不答应。心里好生奇怪，低下头去，只见梨辉明眸微闭，长睫毛连成一条线，鼻息齁齁，竟是已熟睡了。品三瞧此情景，心中乐得不知如何是好，凑下嘴去，先在她红润润的嘴唇上吻了一下。只觉一股处女的幽香芬芳触鼻。直把品三熏得心神若醉，一颗心摇摇不定。遂走到房门旁边，将门关上。脱去了西服褂子，放在沙发上面。换去了皮鞋，拖上了睡鞋，轻轻地坐到床边。望着梨辉轻盈的娇躯，却是呆呆地出了一会子神。

十八号房间齐巧沿着马路，这时暴雨如注，从阳台外飘打到落地玻璃窗子上，嗒嗒地敲得怪响。品三走到窗旁，望着窗外黑漆漆的天空，又呆了一会儿。忽然脸上浮现一丝笑容，自语了一句"乐得玩她一次"。于是他把纱布窗帘拉得拢了一些，遂又走到床边去，轻轻地把她高跟皮鞋脱去，一面又把她旗袍纽襻解开。正在这时，梨辉忽然哎了一声，她的身子本是朝里侧卧着，此刻就变成了仰天面卧了。品三一颗心是跳跃得厉害，全身血液好像火样地沸滚，被梨辉一个转身，心中倒大吃一惊，连忙站起来了身子。谁知梨辉并不醒来，脸儿完全成了一个正面。品三见她容光焕发，宛如出水芙蓉。因为襟上的纽襻已经解开，此刻梨辉仰面睡着，那衣襟就落了下来。里面便露出绯色的小衣，那雪白的酥胸，真是白嫩得玉雪可爱。品三酒后兴浓，情感爆发，一时便再也忍耐不住，急急地把自己西裤脱了。同时伸手到床头边的电灯开关上去，只听必嗒一声，那整个的房间便变成黑漆的一片了。只有窗外的狂风暴雨，俄而千军哭喊，俄而万马奔腾，仿佛正在惋惜世界上一班年轻的男女，大半都是走上了那条爱的歧途哩！

第五章

近水有楼台先曾得月
潇湘疑云雨真个销魂

养花轩的左面是乐天居，右面是醉月邨。乐天居是二姨太夏潇云的住处，醉月邨是三姨娘秋月芳的卧房。今天吃夜饭的时候，雨下得真大。玉辉向雨梅说道："今夜表哥不能回去了。"光辉道："不回去也不要紧，睡在我那里不是很好吗？"大家瞎七搭八地谈笑了一会子，那餐饭便吃好了。仆妇把残肴收拾出去，翠环给各人面前泡上一杯雨前。这时候上房里最热闹了，整个室内都坐满了人。玉辉坐在静霞的旁边，两人倚偎着身子，显然还在闹着玩。忽然玉辉拍了静霞一下肩胛，望着她哧哧地笑道："表姊，我们可以吃喜酒了，妈给大哥已定了亲，明天给二哥也要定亲了，你可知道我们二嫂子是哪一位姑娘呀？"

月芳是坐在窗旁的沙发上，听明辉已定了亲，不免向明辉望了一眼。明辉却作不理会，自拿了一张晚报瞧着。静霞知道玉辉又拿自己开玩笑，那两颊忍不住又红起来，摇了摇头，假装毫不介意的神气，笑着向许老太问道："姑妈，大表哥真已定了亲吗？"

"咦，表姊，我问你，你为什么不回答我呀？"

"你叫我回答什么？我不知道呢！"

"我倒晓得的，表弟的未婚妻姓圆，圆圆的圆。"

听雨梅这样说，大家便都哄然笑起来。光辉是站在雨梅座椅

50

的旁边，遂伸手偷偷地向他打了一下，意思是怪他不该说这些话。静霞的两颊是发烧得厉害，但是又不好意思过分地害羞，因为别人家既没有明了地说你，那自己难道就好意思承认了吗？所以这时候的静霞，真有些坐也不是立也不是了。

"老太太，大少爷已定了亲吗？不知道是谁家的姑娘？你们瞧大少爷怕难为情，低了头，假装看报哩！"

二姨娘听明辉定了亲，心中好生奇怪，为什么没有听见说起？所以一面向老太太问着，一面又故意向明辉笑盈盈地取笑。明辉这才抬起头来，望了她一眼，笑道："哪里定了亲，你听妹妹胡说。"

"你倒不用怪妹妹胡说，我不是要给你定个亲吗？你自己不答应，还说妹妹哩。"

许老太被他们提起来这个事，心里仿佛还有些不高兴，恨恨地白了明辉一眼。这意思里是包括着你真不肯听从妈的话。玉辉抿了嘴儿哧哧地一笑，俏眼儿瞟着明辉，说道："我明白大哥的心，他并不是不赞成结婚，他是不赞成和他结婚的人，因为大哥的心爱人儿是……她呀！"

"玉儿，你真的知道吗？那么快告诉我，我就准定给你大哥定下来是了。"

玉辉原是说着玩，不料许老太却当了真，为了抱孙心切，所以忍不住又急急地向玉辉问。玉辉听妈真要追问下去，那可糟了，但表面上却又假装不肯说出的模样，向明辉憨憨地笑着，问道："哥哥，你可允许我告诉吗？……我说出来了。"

玉辉这种意态和那两句话，听进在月芳和明辉的耳里，那个心好像小鹿般地乱撞，脸儿也红晕得厉害。因为玉辉放晚学的时候，曾经说明辉和月芳在谈爱情，现在她又说出这样话来，莫非她真的已知道秘密了吗？两人心里这样地一想，虽然坐在软绵绵的沙发上，但也好像有千百枚的针儿在刺一样地不安了。明辉竭力镇静了态度，啐了玉辉一口，笑道："妹妹，你快不要胡说乱道了，我哪儿来什么心爱人呢？"

"玉妹专会说别人，姑妈告诉我，你的未婚新姑爷也早已看好的了。"

"咦，霞姊这话奇怪。我何尝说过你啦，我取笑二哥，要你帮了去，那你太帮我未来的二嫂子了。"

静霞心里因为恨着玉辉，所以趁着机会，也插嘴向玉辉取笑。不料玉辉的那张嘴儿厉害，翻转来反向静霞打趣，引得众人又大笑起来。月芳和明辉经大家一笑，显然把重心转移到静霞的身上去，方才把那颗紧张的心又宽松了许多。月芳见潇云虽然是在笑，但她的俏眼儿却向自己随时地偷瞟，仿佛有什么作用般的。因为心是虚的，所以假意把嘴儿向玉辉一努，又向潇云含笑搭讪道："你瞧二小姐人儿小，嘴儿可厉害嘛。整个房间里，只有她说话的声音，两个哥哥的脸儿都在发红呢！"

"不但表哥和表弟脸儿红，三姨娘你自己的脸儿不是也有一些红吗？"

"雨梅这孩子真没规矩，怎么连我也取笑起来了？我为什么要脸蛋儿红呢？"

雨梅听月芳这样说，回眸向她望去，只见她的脸颊也红得娇艳，所以顺口地向月芳也半取笑半正经地说。月芳秋波白了他一眼，逗给他一个娇嗔，众人又都大笑起来。

"你们这班孩子真淘气，聚在一起，总是笑话百出，引得我眼泪也被你们笑出来了。"

许老太拿手帕揉擦着眼皮，满脸的皱纹深深地显露着。虽然嘴里这样说，但这还是她内心喜悦的表现。大家听了，便都停止了笑。各人拿着杯子喝茶，在这几分钟里室内空气是显得沉寂。只有窗外发狂般的暴雨，洒洒地依然不停地下着，仿佛发出了强有力的呐喊。

"今天大姊又出去了吗？这样狂风暴雨，不知道在什么地方呢？"

静悄悄地，光辉把眼睛向房中众人注视，却不见了梨辉，便向许老太问着。在他的意思里是很关心他的姊姊。许老太说道："下午她的同学陈美英来电话，叫她到家里吃饭去。这样大的雨，上海地方有什么要紧，只要一辆汽车，不是就可以回来了吗？"

"说起汽车，我们又要坐汽车了。翠环，你叫阿三汽车放来，我们要回松云小筑去了。"

光辉见壁上的钟已指在九点半了，因为妈妈喜欢早睡，所以向翠环这样吩咐着。翠环答应一声，便匆匆奔出房去。玉辉听二哥这样说，便也笑道："我们大家到二哥那儿玩丝竹去，让妈休息一会儿吧！"

雨梅听了，连说赞成，一手拉了明辉，一手拉了光辉，向许老太道声晚安，便先走出去了。玉辉拉了静霞的手，也站起来，笑道："你也和我过去一同玩会儿，回头不是又可以和我乘汽车一同回来的吗？"

静霞听了，扑哧地一笑。玉辉更笑得咯咯地有声，拉着静霞跨出房去。不料才走出房门口，就听许老太在房里喊道："玉儿，你快再回来一次，我有话问你。"

"妈，你有什么话问了啦！别人家走了，你偏有话问哩！"

玉辉听了，只得放了静霞的手，叫她先走一步，自己仍奔进房里来，转着乌圆的眸珠，向许老太瞅了一眼。

"我要等你大哥走了问你，我自然有我的道理。你不是说大哥心里另有爱人吗？他的爱人到底是谁？你此刻快告诉我，这个姑娘是怎么样人？生得好不好？假使很贤惠很貌美的话，我就成全了他们这个婚姻吧！"

月芳听许老太这样说，一颗心的跳跃开始又快速起来，两眼望着玉辉的脸庞，显现出非常恐怖的神气。谁知玉辉酒窝一掀，却扑哧的一声笑出来，说道："妈妈，你这人真老实，大哥真的有爱人，他会给我知道的吗？我原和他开玩笑，是预备诈出他的秘密来呀！"

"原来你也不知道的，这孩子也奇怪，竟不要结婚。"

许老太心里似乎又感到了一阵失望，轻轻地自语了这两句话，眼睛凝望着梳妆台上那架意大利石膏像的台灯，不免沉思了一会子。月芳心头这才放下了一块大石，脸上恢复了她原有平和的颜色。

"玉妹，你怎么啦？不去了吗？我们汽车要开走了呢！"

正在这个时候，忽然听得静霞的声音在小院子外高声地嚷着。玉辉连声应着"来了，来了"，身子向后一转，便急匆匆地奔出去了。

"老太太，你不用发愁，大少爷也许真的用功在书本上。就是他外面有女朋友，一定也还不曾达到情人的目的。因为老太太既然允许他自由婚姻，他还会不宣布出来吗？可见大少爷实在还没有一个知心着意的人哩！"

二姨娘夏潇云见许老太好像很发愁的样子，便凑趣地笑盈盈地劝她。许老太这才醒来般地回眸望了潇云一眼，点了点头，含笑说道："你的猜想也许不错，因为明儿自己也说且待毕了业再谈婚姻问题，我看明儿自小就很忠厚，大概终不会在外面瞎胡闹的吧！"

"大少爷在家里的日子多，我瞧他常在书房间里研究书本，所以老太太猜他在外面会不会胡闹，这倒不消忧愁的。"

月芳听潇云这样安慰许老太，她便笑盈盈地代明辉辩护着。许老太并不理会这许多，听两人这样说，心里自然很安慰。潇云回眸过去，却偷偷地向月芳斜睨了一眼，同时还逗给她一个神秘的微笑。月芳也是一个绝顶聪敏的人，她见潇云对自己这个样子，显然自己这几句话中一定有了露马脚的地方。凝眸一想，这才猛可理会了，觉得自己这第二句话有些缺点。大少爷常在书房间里研究书本，你如何地知道？他住的是松云小筑，我住的是醉花邨，两处距离至少有两三百步的路。况且那边是爷们住的地方，我怎么可以说常见两个字呢？想到这里，两颊未免有些红晕，好在许老太并不注意，那已是大幸的了。因此低下头，却装个不理会。

"这雨像倒下来似的却不肯停哩！"

翠环一面说着话，一面已是跨进房中来。许老太抬头望了她一眼，只见她拿了一方手帕，不停地在头发上揩着雨来，便笑问道："他们全到松云小筑里去了吗？给我换上一杯热茶来。"

翠环点了点头，便笑着到床旁，拿了许老太的茶杯，在热水瓶里倒了一满杯。回眸又向潇云和月芳望了一眼，笑道："二姨太和三姨太可也要换一些热的？"

两人听了，点了一下头。翠环遂把两人的冷茶也换去了，又笑着道："雨下得这样大，看你们都不能回房去了。阿香和阿菱在厨下我遇见她们，说回头她们拿伞来接你们。"

"时候早哩！十点还不到，也许等会儿雨就小了。"

潇云这样说着，便和许老太有一搭没一搭地闲谈了一会子。万仁初讨潇云和月芳时，许老太心里自然十分生气。后来见她们全是孩子一般，和自己年龄差不多要相差一半，做自己女儿也足够有余。况且她们两人也不敢过分地放肆，对于自己，很像长辈一样地敬重，那自己难道还和她们吃醋吗？这样一想，倒也心平气和。于是不再和万仁吵闹，对于潇云和月芳，也只当女儿一般看待了。

"太太，大小姐刚才来电话，说同学留住她宿一夜，所以今夜不会来了。"

正在这个时候，梨辉房中的丫鬟红桃拿雨伞在门口一放，匆匆地走进来告诉。许老太点了点头，回说知道了。红桃站了一会儿，便欲拿伞回去。月芳打了一个呵欠，叫住红桃，向许老太微笑道："不知怎的我有些头疼，阿香这妮子还不来接，我也等不及了，就和红桃一块儿走了吧！"

"你既头疼，那就快回房去休息，反正这儿坐着也是说空话。"

月芳听了，便站起身子，向许老太道声晚安，又和潇云含笑点了点头，方才跟着红桃回醉月邨里去了。

红桃送月芳到醉月邨，她便自回养花轩去。月芳跨进会客室，正待上楼，只见阿香拿了雨伞匆匆地下来，一见月芳，好生奇怪，笑问道："咦，三姨太，你怎么来的呀？"

"还问我哩，左等也不来，右等也不来，我是红桃伴来的，你在这儿到底做些什么事呀？"

月芳拿着手帕，拭着脸上被雨沾上的水点，鼓着两腮，白了她一眼，这意态显然有些生气。阿香听她埋怨着，也把小嘴儿一噘，说道："刚才你不是关照我晚上要洗个身吗？我为了你，把手儿也被开水烫起了泡，好容易把热水给你放到浴缸里，正要来伴你，不料你自己却匆匆地来了。"

"你这丫头是越发爬到我的头上来了，怎么也不称呼一声，只管你我我，你把我当作什么人了？真惹人气的。"

月芳听她把洗身的水已预备好了，方才回嗔作喜。虽然嘴里这样说，但脸上却是满含了笑容，显然她的内心是很感到一种喜悦。阿香听她这样说，却没有回答，抿嘴哧哧地一笑，便跟着月芳一块儿到楼上房中去了。

月芳到了房中，坐到床边，先把皮鞋脱了，然后剥了丝袜。因为雨大，所以脚儿上全已沾了水渍。阿香拿着月芳的小衣短裤放在床头旁边。月芳两脚全套上了花呢拖鞋，把旗袍脱去。阿香接过，给她挂到玻璃衣橱内，一面取下纺绸的睡衣，给月芳披上。月芳伸臂向上一伸，打了一个呵欠，回头向阿香说道："我到浴室洗身去，你没有事，就到后间去睡吧！时候也不早了。"

阿香听了，点头答应。月芳便自到了浴室，把门掩上。只见浴缸里热气腾腾的，果然已放满了水，遂把睡衣脱了，小衣小裤也都脱去。回眸对壁上的着衣镜一望，只见自己雪白粉嫩这个肉体便完全暴露无遗。心里不知怎的有了一个感觉，那脸上立时浮现了一丝笑意。很快地跨进浴缸里去，伸手在旁边面汤台上拿过一瓶白衣人的香水，在浴缸里倾了半瓶，一时浓香四溢，芬芳扑鼻。月芳拿了一块香皂，擦在雪白的皮肤上，细细地洗着。

月芳一面洗着身子，一面暗暗地细想，像我这样年轻的女子，嫁给老弱无能的万仁，爱情的生活方面，实在感到太痛苦一些了。幸喜万仁的儿子就是我往日的恋人，使我们常有重温旧梦的机会，这的确是不幸中之大幸了。虽然我的身子是分给了他们父子两，但这些也就管不得许多了。想到这里，忍不住又扑哧的一声笑出来。

原来月芳在做舞女的时候，早已结识了明辉。明辉在她身上花去了两三千元钱，也曾和她发生了几次关系。男子的心理都是得新厌旧，况且交际场中名花林立。明辉既已玩过月芳，也就抛诸脑后。不料月芳偏会给万仁讨来，两人相见之下，当然不胜惊讶。但碍于名分，彼此倒也相安无事。还是最近半年，月芳因万仁一个月中最多不过来宿十天，心里当然十分苦闷，因此便勾引明辉，要他重温旧好。明辉起初有些不敢，后来禁不住月芳柔媚地迷惑，终于实行了乱伦的事情。

月芳洗好了浴，在身上又洒了许多的香水，方才披上睡衣，姗姗地走到房内。坐到床边，先穿上了短裤，也不穿小衣，只裹着外面的纺绸睡衣。对镜梳了一下头发，回眸见那架红宝石的摆钟已指在十一点零五分，暗想，怎么还不来？就在这个时候，忽听咔哒一声门响，月芳慌忙回眸望去，只见明辉身披雨衣，头戴雨帽，早已走进房来。月芳心中这一喜欢，仿佛得了珍宝一样，立刻含笑相迎，亲自给他脱了雨衣雨帽，放过一旁。明辉又把外褂脱去，月芳取出万仁穿的拖鞋，给他换上。明辉把房门的插锁推上，回身过来的时候，月芳伸开两臂，早已奔上来投到明辉的怀里。明辉将她身子像抱孩子一般地横在两臂上，低头凑在她的樱唇上先接了一个甜吻。

"月芳，你等候好多时候了吧！"

经过了良久的热吻，明辉方才把她抱到床上，一同坐了下来。月芳的娇躯就倒在他的怀里，微昂了粉颊，娇媚地笑道："也不多一会儿，我才洗好了浴哩！你怎么样脱身的呢？"

"他们吹口琴、弹钢琴、拉梵哇铃、吹笛、弄月琴，中西音乐器具合奏，热闹得了不得。你想，我哪有心思玩这些东西呢？所以推说不舒服，先回房去睡了。"

月芳听他这样说，绕过无限媚意的俏眼，脉脉含情地瞟他一下，抿了嘴儿得意地憨憨地笑。明辉见她胸部一起一伏，纺绸睡衣的外面还隐约露着黑黑两点乳头，那显然里面还没有穿小衣。在一个年轻的男子面前，横陈着这一段富有肉感性的女人身体，当然谁也不能无动于衷。情不自禁地低下头去，在她额上颊上唇上没有一处不吻到。月芳怕痒，笑得咯咯有声，同时身体也不住地扭捏，这种放浪于形骸之外的骚态，把个明辉更迷得神魂飘荡，真不知自己置身在何处了。

"明，好了，吻够了吧！回头就让你吻一整夜可好？"

"月芳，我的好姨娘，爸爸今夜你知道他真的不回来了吗？"

明辉听她这样说，方才停止了吻，略抬起头向她问。月芳也斜乜了他一眼，很得意地笑道："昨夜你爸睡在我房中，他说今夜朋友请他在一品香里吃饭。我问他回来不回来。他说不一定，就是回家，也睡到潇云房中去，叫我不用等他了。我的好儿子，不用害怕，大胆地伴着姨娘睡觉是了。"

"月芳，我真怀疑，玉辉这妮子竟好像已窥破我俩秘密似的，刚才这两句话真叫我听了心头害怕哩!"

明辉听月芳这样说,知道爸爸今夜是不会到她房中来了。虽然这个心事放下了,但想着刚才玉辉的话,心头又很担忧,便蹙了眉毛向月芳说着。月芳听了,便在床上坐起来,脸儿靠在他的肩头上,望着他笑道:"好孩子,别急吧,这事情我也探听得一个确实消息了。玉辉她是故意和你开玩笑,我俩的事情,她并不知道的。"

"这个你何以知道的?"

月芳遂把许老太待他们走后,又喊玉辉回来问话的事情向明辉告诉了一遍。明辉哦了一声,心里立刻又放下了一块大石。回身猛可把月芳的身子压倒床上,因为睡衣是没有纽襻,带子一松,衣襟就掀了开来。明辉情不自禁地在她雪白酥胸上连连狂吻,笑着道:"月芳,你真是个香人儿,怎么遍体皆喷喷香的呀?"

"你这孩子,快别给我胡闹了。好好儿地给我躺着,我有话问你哩!你再动手动脚地不安静,我可赶你出去了。"

明辉不敢违拗,脱了睡鞋,就在床边和她并头躺了下来。两人侧身相对,脉脉地凝望了一会儿,明辉咦了一声,笑道:"一声儿不响就这样躺着,那算什么意思?你有话可以问我了呀!难道你不认得我了吗?"

"老太太给你娶亲,你为什么拒绝,可不是外面真有爱人吗?"

明辉见她乌圆眸珠一转,却问出这个话来。遂把脚儿压到她的大腿上去,伸手到她胁下去呵痒,说道:"你这话,那你真没有良心,我是因为你,所以不肯结婚的呀!假使我有了妻子的话,今天夜里还能够到这儿来伴你吗?"

"别说好听话吧,你既然这样爱着我,那你从前为什么有两个多月不到我这儿来呢?小姊妹告诉我,说你在别个舞场里游玩，我知道你抛弃了我，所以我才嫁给你爸的呀！"

月芳听他这样说，一面握住了他手，一面噘着小嘴儿，秋波恨恨地白了他一眼，表示自己所以嫁给万仁，其错是在明辉的意思。明辉见她这样娇嗔含颦的意态，便又凑过嘴儿去吻她嘴唇，说道："说我抛弃你，那是天地良心。在这两个月中，我实在是生着病，什么地方都没有走，你小姊妹一定是看错了人。不过你现在虽然嫁给了我爸，其实也等于嫁给了我一样的。"

月芳听他这样说，忍不住扑哧地一笑。但立刻又白了他一眼，颦蹙了柳眉，鼓着小腮子，说道："虽然我们能够常常聚在一块儿，但究竟是定了名分。再说你难道一辈子不结婚了吗？你有了爱妻，恐怕早没有我这个人了。"

月芳说到这里，想起自己只有二十二岁的年纪，万仁已经五十五岁了，假使万仁一死，那以后日子叫自己怎样去过。心中一酸，倒真的勾引起了伤心，忍不住淌下泪来。明辉见她一哭，更加娇艳无比，遂将她紧紧搂了过来，吻着她的颊儿，安慰道："月芳，你别伤心呀！我有了你，我真的情愿一辈子不结婚了。"

"你不结婚，你妈能放得过你吗？况且我也不愿为了自己叫你不讨亲。只不过你结了婚后，不要把我这个人压根儿都忘记了，也就罢了。"

月芳也想得很明白，要明辉始终不娶妻，断断没有这一种事，她只希望明辉照常能够给自己一些安慰，也就心满意足的了。明辉听了，当然连说可以。一面吻着她颊上的泪水，一面伸手已去扯她的小裤。月芳正在半推半就的当儿，忽然房门外有人笃笃地敲了几下。这样狂风暴雨的夜里，是谁来了呀？这一下子，把明辉和月芳吓得脸儿变了颜色。明辉立刻从床上跳起，似乎要想开窗逃走。月芳急得把他拉住，悄声儿说道："你逃到哪儿去？外面雨下得大哩！再说你的西服、雨衣、雨帽都在这里，你想脱得了干系的吗？"

"那么你快给我藏起来呀！万一是爸爸回来了，那可怎么办？"

明辉被月芳拉住，心头是跳得厉害，脸色差不多变成灰白的了。就在这时候，忽听有人叫道："月芳，你睡了吗？快开门吧，我来找你做伴。"

这声音分明是二姨太潇云的口吻，两人听了，方才略为宽了心。月芳向明辉摇了摇手，回头向门外高声答道："是潇云姊姊吗？这样大雨你干什么来呀？你等一等，我就来了。"

"你……你……怎么可以去开呀？"

明辉见月芳答应去开房门，瞅了她一眼，急得把她拉住了不放。月芳转着乌圆的眼珠，望着他嫣然笑道："是潇云来了，那你就不必害怕。她为什么来？不是也想揩一些油水吗？我俩的关系，恐怕她已经晓得了。刚才在池塘旁边和晚餐后她的说话和意态，很显明她是注意着我俩的神色。现在只要如此如此，给她也得了好处，她还会宣布出去吗？只是乐死了你这个孩子。"

月芳说着，秋波斜乜了他一眼，凑过嘴儿去，附耳向他低低说了一阵。明辉到此，也只好依计而行，急急地跳下床来，掀开被单，把身子钻到铜床底下去了。月芳抿嘴一笑，方才又把小裤拉上，睡衣的带子系好。走到门口，去开了房门。只见潇云笑着说道："啊哟，你只不过披上一件睡衣呀！为什么要这许多时候？阿香呢？听见房里砰砰卜卜的好像在搬什么东西似的，可不是你和谁在打架吗？"

"阿香早已睡了，房里只有我一个人，哪里来砰砰卜卜的声音，一定是外面落着雨响着雷吧！云姊，你这人也真有趣，这样大雨干什么来？"

潇云说着，又逗给了她一个神秘的微笑。同时把俏眼儿只管向房中四周打量，仿佛在找神秘东西似的。月芳哪有不知道的理由，却也装作毫不介意的神气。一面关上了房门，一面笑着问

61

她，同时携了她手，已在床沿边坐下了。潇云瞟了她一眼，扑哧地笑道："你不是说有些头疼吗？我心里不放心，所以来和你做伴啦！你怎么倒反恨我呢？莫非惊吵了妹妹的好梦了吗？"

潇云这一句话是妙语双关，说到这里，便哧哧地笑起来了。谁知就在这时候，明辉便从后背床底下爬出来，猛可把潇云的身子仰天扳倒了。月芳伸手关灭了电灯，帮着把潇云的两手捉住了。潇云因为是背对着明辉，当然没有理会，冷不防有人把她按倒，而且灯光又熄去了，心里倒是大吃一惊。待要呼喊，只觉得自己身上已经压了一个人，温柔地先在唇上吻个不停，同时低声喊道："我亲爱的二姨娘，你来得正好呀！"

"什么，好好，月芳这妮子，自己勾引了大少爷，怎么又来害我？"

潇云一听这话，心头恍然了。一时真有说不出的喜悦，嘴里虽然骂着月芳，但这声音是极轻微的，而且对于明辉的举动，并不加以拒绝。月芳见她还要假惺惺作态，便放脱了她手，说道："罢呀！别装假正经吧！半夜三更你做什么来啦？不是想来沾些雨露吗？我成全了你的愿望，你倒规矩起来了。大少爷又不曾强捉住你，你死人吗？为什么一动也不动呢？真不害羞的！"

"断命这妮子害了我，还要说这种话，我回头不捶你！"

"咦，奇怪了，你这时候为什么不捶我？却要回头捶我呢？亏你说得出，真不怕难为情的。"

月芳说完了这话，从黑暗里伸过手去，在潇云的颊上连连划了一下。潇云恨恨地啐了她一口，月芳忍不住哧哧地笑了。

"两位好姨娘，快不要吵嘴了，总而言之，都是我不好，回头我给你俩人叩头赔罪是了。"

"二姨太，你怎么在三姨太房中了，这样大的雨，累我跑了两趟哩！"

明辉的话还未完，只听门外匆匆奔来一个人，这样地嚷着。

潇云听出是自己房中阿菱的口吻，便回她说道："谁叫你这样晚了来伴我，现在我和三姨太做伴了，你一个人回去睡吧。"

阿菱听了，遂又噔噔地自行下去。这里月芳把手指又向她脸上一划，噗地笑道："别拿我做名义，就直爽地说和大少爷做伴是了。"

潇云呸了一声，三人忍不住又都嘻嘻笑了。许公馆的醉月邨里，是充满了黑暗淫浪的空气。

第六章

醉月谈心夜深度狎语
玉容骤睹感触旧情人

　　当……壁上的钟已敲十二下了，整个热闹的一间书房里忽然静悄悄起来。玉辉放下了手中的笛子，挂到书橱旁的钩上，纤手按在嘴上打了一个呵欠，向静霞望了一眼，笑道："时候不早了，我们回房去睡吧！此刻雨倒小了一些。"

　　"不错，明天两个要去读书，一个要去办事，再说姑妈一定亦在记挂我了。"

　　静霞笑着，把怀抱的月琴也去摆好。于是雨梅和光辉也各放下乐器，熄了室内的电灯，大家走出了书房间。玉辉忽然想着了明辉，便对光辉说道："我和你们一块儿去瞧瞧大哥，他说有些头疼，不知怎样了。"

　　玉辉说着话，拉了静霞的手，跟着光辉雨梅一同走到楼上。先经过东首明辉的卧房，雨梅伸手敲了两记门，却听不见里面有人答应。玉辉以为明辉故意不答应，便高声叫道："大哥，别人家来望望你头疼可好了没有，你怎么装睡了呀？"

　　玉辉说着，依然寂寂无声。静霞蹲下身来，把眼睛凑到门锁小孔内去一望，噗地笑道："里面一片黑漆，电灯已熄去，也许大表哥已熟睡了。"

　　"哥哥既然头疼，自然一回房就睡着了，我们倒不要吵醒了他。"

玉辉听静霞这样说，便也插嘴道："那么我们回房了，二哥表哥明儿见吧！"

玉辉说完，拉了静霞和雨梅、光辉点了一下头，便匆匆又奔下楼去了。

两人出了院子，抬头见碧天如洗，一场暴雨之后，浮云渐渐散去，月亮姑娘竟很清朗地悬挂在天空了。她柔软而清辉的光芒，照映到院子里满树枝的绿叶，却苍翠得可爱。阿三大概因为雨已停止，所以把汽车开走了。玉辉和静霞遂慢步地回到了上房，翠环候着静霞，还没有睡去。玉辉悄声儿问道："太太睡着了吗？"

"睡着了还不到一个钟点，二姨太坐到十一点半才回房哩！"

翠环听了，慌忙站起相迎，笑盈盈地回答。玉辉点了点头，伸手在静霞肩上一拍，说声晚安，遂也步出了上房，自回养花轩去。

从上房到养花轩那一条路，是用水门汀筑的，而且是成个斜圆形，所以水都向两旁流开，灌注到两旁植着树木的泥土地上，已积了一堆一堆的水潭。玉辉走着，却并不感到一些困难，两眼望着那条水门汀路，经过一场大雨的洗击，那地方更加洁净。月光笼映在上面，老远地望去，会泛起一片亮亮的色彩。

玉辉正在独个儿慢步走着，忽然从夜风中吹送来一阵女子的嬉笑声音。玉辉好生奇怪，立刻抬头一望，原来已走到醉月邨了。只见那落地玻璃窗子里射出一道很亮的灯光来。心中暗想：这样夜深，三姨娘为什么还不睡觉？这卧房里还有谁在一块儿？莫非爸爸已回家了吗？玉辉停止了脚步，微昂着头，凝望着秋月芳的卧房出了一会子神。忽然又听得二姨娘的声音笑道："你瞧这妮子乐得像个什么样儿，穷凶极恶……"

玉辉这才恍然了，原来二姨太睡在三姨太的房中，这样说来，爸爸今夜又没有回家。她们俩人不知在玩什么把戏，竟这样高兴。想到这里，便欲走上楼去也和她们热闹一会儿。但她脑海里不知又有了一个什么感觉，却立刻把跨到醉月邨里去的脚儿又缩了回来，粉嫩的两颊上浮现了羞涩的红晕。一面很快地向养花轩里走，一面低了头暗想道：爸爸已是五十五岁的人了，既然讨了两个年轻的姨太，总不该到外面去宿夜了。现在爸爸时常不回来，现在月芳和潇云的心里当然有说不出的苦闷，这就无怪两人要睡在一个卧房里了。她们是正当青春时期，况且又是浪漫成性，若照此下去，恐怕将来说不定还有丑事发生呢！玉辉叹息了一会儿，不知不觉地已走到了养花轩。只见红梅和红桃两人坐在院子里的石阶沿上，正在絮絮地闲谈着。一见玉辉，便都站起来相迎。玉辉便对红桃问道："大小姐回来了没有？"

"大小姐来过电话了，说今夜同学留住她宿一宵，不回来了。"

"那么你也该早些去睡了。"

玉辉说了这句话，身子已向卧房里走。红桃答应一声，和红梅含笑点头，便自回东厢房去。这里红梅跟着玉辉进房，一面取出拖鞋、睡衣，给她换身，一面倒上一杯玫瑰茶，放到她的面前，说道："我在十点半钟到上房里去找过二小姐，翠环说二小姐表小姐都在松云小筑里游玩，所以我又回来了。"

"一会儿已十二点半了，时候真快，红梅，你快自管地去睡吧！"

红梅刚说完了话，忽听叮的一声，那梳妆台上放着的一架座钟，已打半点了。玉辉一面打着呵欠，一面急急地向她说着。红梅答应一声，便把门儿轻轻掩上，自到后面一间去睡了。

大概是为了太疲倦的缘故，玉辉倒在床上，便即鼾鼾地睡去，并没有想一些心事。直到次日八点敲过，方才一觉醒来。玉辉揉了揉眼皮，只见红日满窗。红梅端着洗脸水，已安放在梳妆台上。玉辉便急忙披衣起床，漱洗完毕。走到写字台旁，把今日的功课应用书籍都整齐了。红梅早又拿上一杯新鲜牛奶，玉辉接过就喝，红梅急道："二小姐，你慢着呀，我还得给你装盆饼干哩！"

"不用了，不用了，你瞧已八点半了，怕上课要来不及哩！"

玉辉说着，便匆匆地喝完牛奶，拿面巾在嘴唇皮上抹了一下，遂三脚两步地奔出房外去了。刚巧步出院子，忽见雨梅匆匆走来。玉辉见了，向他盈盈一笑，说道："表哥，你做什么来？姊姊昨夜没有回来呀！"

"没回来吗？昨天你不是说她出去买些东西吗？"

"妈妈说是一个同学请她吃饭，红桃告诉我，姊姊昨夜来电话，说被同学留住在家里了。"

雨梅哦哦响了两声，只得快快不乐地和玉辉一同到了上房，别了许老太，两人分手，一个往银公司办事去，一个到新美女子中学上课去。

新美女子中学是在靶子路西首，玉辉从家里出来，乘一路电车到靶子路，跳下就是，倒也很是便利。这天下午放学，玉辉是照常乘电车回家。当她从公园靶子场车站跳下时，忽然脚下被香蕉皮一滑，竟是跌倒在马路中心。这时候从西向东齐巧又有一辆汽车疾驰驶来。玉辉心中又焦急又羞涩，就在这个危险的当儿，忽然从后面奔来一个少年，丢了手中的物件，猛可把玉辉从地上一把抱起。说时迟，那时快，汽车早已向两人的旁边擦身而过。一望，呀！那少年不是别人，正是昨天撞倒自己的那个陶松雪，一时芳心又喜又羞且又觉感激。松雪见她这样怕难为情的样子，慌忙放下了手，微笑道："真是危险极了，许小姐，你可曾跌痛了哪里没有？"

玉辉听他喊出自己的姓字，一颗芳心又感到十分的奇怪，遂慌忙向他行了一个六十度的鞠躬礼，明眸脉脉地凝望着松雪，很柔和地说道："陶先生，多谢你救了我的性命，此恩此德，真不知叫我如何地报答你才好呢!"

"我这不过举手之劳,哪里用得到报答两个字呢!若见死不救,这也不成为人类中的一分子了。"

松雪听她也喊出自己的姓字,一时也弄得莫名其妙。但又不便细问,一面含笑回答,一面在地上拾起了一包物件。玉辉一瞧,却是一个药包,方才知道昨日他说母亲生着病,完全是真实的事情。心里敬佩得了不得,遂也在地上拾起书本,望着他说道:"陶先生,你这样奋不顾身地救我脱险,实在使我感激得了不得,但是不知道你如何在我的身后?这真也是一个巧事了。"

"许小姐,大概坐的是头等,我坐的是三等,当我下车的时候,齐巧见你跌下地去,同时又见西面驶来一辆汽车,我心中一急,什么都不管了,总算把许小姐安然脱了险地,那真是幸运了。"

两人说着话,大家已是并肩向施高脱路那边走。玉辉听他这样说,方知俩人是乘同一辆的电车,一时忍不住问道:"陶先生,我觉得奇怪,你怎么知道我是姓许的呀?"

"我不但知道你姓许,而且知道你的芳名,可不是叫玉辉吗?"

松雪听她这样问,便回眸望着她红润的两颊,却是憨憨地笑。玉辉见他竟连名字都晓得了,心中更加奇怪,明眸含情脉脉地瞅着松雪,却是呆呆地怔住了一会子。松雪见她这样怀疑的神气,方才笑着告诉道:"许小姐,你别奇怪,昨天我给你拾书本的时候,那许玉辉三字,不是很显明地写在书面上吗?所以我才知道小姐的芳名的。昨天的事情,我觉得真抱歉。"

"陶先生,你怎么又说这个话呀?那么今天的事情又怎样呢?若没有陶先生相救的话,恐怕世界上从此就没有我这一个人了吧!"

玉辉这才恍然大悟,原来他是从书本上瞧见方知道的。听了他后面这两句话，心里似乎反有些不受用，秋波似嗔非嗔地白了他一眼，意思是怪他不该说这一种话。但她脸上兀是含了娇媚的笑，这笑是表示万分的感激。松雪在她这一副倾人的笑脸中，忽然又发现她玫瑰花朵儿般的两颊上，还深深地印有了一个笑窝。心头这就不免又想起了自己的玉容妹子，一样是可爱的姑娘，为什么许小姐这样幸福，我妹子竟这样命苦。可怜她为了医治妈妈的病，终于今天早晨，由张家妈妈伴着卖到人家那儿做丫头去了。但是没有妹妹去卖身，妈妈哪里能够享受医治的权利呢？唉！

"咦，陶先生，你干吗又叹气了呀？"

松雪想到这里，不由自主地轻轻叹了一口气。不料瞧在玉辉的眼里，心里又引起了十分的疑虑，情不自禁地向他笑盈盈地问。松雪这才理会了，连忙摇了摇头，微笑说道："没有什么。许小姐，我心里也很奇怪，你怎么也会知道我姓陶呢？"

"可不是，我也不但知道你姓陶，而且也知道你的大名叫松雪，是不是？"

玉辉到底还是孩子气未脱，听他这样问，心里似乎万分地快乐，眉毛儿一扬，乌圆眸珠在长睫毛里一转，抿了嘴儿，竟是咪咪地笑起来。松雪听了这话，同时瞧了这情景，一时也不禁为之愕然，怔怔地说道："奇怪，许小姐，你是怎么样知道的呢？"

"那么你也别奇怪，我告诉你吧！昨儿你不是拿一方手帕儿给我包扎伤处吗，后来我回家另用药水棉包裹，无意中发现手帕上陶松雪三个字，我心里猜想着，那一定是你先生的姓名了，不料果然是的嘛！"

玉辉掀着笑窝絮絮地说着，显然这神情是表示那份喜悦。松雪猛可地理会了，觉得自己手帕上果然有这三个字，为的是怕和厂中人换错。这就连连点头笑道："不错，不错，却真是一个巧事……"

松雪说到这里，没有说下去，望着玉辉的娇靥，心里似乎很感到一阵得意，忍不住笑了。玉辉对于他的凝望，却并不回避他的视线，很多情地和他相对望了一会儿。但是一个年轻的姑娘，若老和一个陌生的男子呆望过去，这算什么意思？而且到底也太难为情了。便眼珠转了一转，露齿对他嫣然一笑，说道："陶先生的妈妈不是有些不适意吗？想来今天一定已经瞧过大夫了。大夫怎么样说，大概没有什么大病吧！"

　　"多谢你相问，大夫说妈是积劳所以致疾，最好能够静养，服药调理，这病势没有什么要紧。事情也真凑巧，我是才从药店里撮药回来的呢！"

　　松雪听她这样问，便很安慰地回答着，脸上浮着了笑，因为他明白妈的病完全是为了经济关系。现在把妹子卖了所得一百五十元的代价，给妈医病，他相信妈的病是准会好起来的。同时又因为在无意之中竟救了许小姐的性命，那是更增加自己心头的兴奋，所以说完了这两句话，颊上的笑容这就始终不曾平复的了。

　　"虽然是个巧，但到底还是你的心肠好呀！陶先生，我真感激你呀！"

　　这两句亲热的话，听进松雪的耳中，心里不住地荡漾，只觉得甜蜜无比。望着她的粉颊，只是得意地笑。玉辉觉得自己这一句"你的心肠好呀"话儿，未免是太显亲热一些。如今又被他这一阵子憨笑，一时又感到十分的难为情，秋波斜瞟了他一眼，不禁低下头去笑了。松雪瞧此意态，拉开了嘴儿，也合不拢来。

　　"陶先生，你的府上也住在这儿相近吗？不知道你在学校里念书还是在做事情了呢？"

　　两人低着头，望着自己的脚尖，在沙泥土地上一步一步地移动，发出了细碎瑟瑟的声响。玉辉忽然觉得自己的家里将要到了，我总应该再向他探问一些身世，以便设法报答他相救的恩惠，遂抬起头来，又向他轻轻地问。

"许小姐，我告诉了你，请你别见笑。我的环境是非常的恶劣，爸爸是早已在我幼年时过世了。可怜我妈妈千辛万苦地把我抚养成人，并且给我培植到小学毕业。虽然小学毕业的人，社会上是不知几许，而且是绝不会引人注意，不过在我实在已经是觉得不容易了。为了要减轻妈的负担，所以我已在大成纱厂里做练习生了。我的家也在厂房附近，没有多少路。"

"哦，原来是在大成纱厂里做练习生吗？"

玉辉明眸凝望着松雪脸庞，本来是频频地点着头，表示很同情的样子。听到末了两句时，那似乎更引起自己的注意，情不自禁地哦了一声，急急地又重问了一句。松雪见她的意态，仿佛有些异样，心中倒是一怪，脸儿忽然又通红起来。在松雪的意思，以为自己说出练习生三字，引起了她的鄙视，所以自然是非常惭愧。玉辉也感到自己这话是太露骨一些，好像有什么作用似的。遂竭力镇静了态度，复又轻轻地问道："大成纱厂不是在欧阳路的吗？陶先生不知是谁介绍进去的？"

"不错，就在这儿一直下去。我进大成纱厂并不是有人介绍的，乃是应考录取的。"

松雪听她又这样问，心里好生奇怪，遂抬起头来，望着她又回答说。玉辉点了一下头，脸上显出很敬佩的神气，说道："自己考进去，那就不容易。可见陶先生虽然只有小学毕业，一定有和中学同等的学识，这是很令人感到可敬的。但不知道每月的薪水多少？"

松雪再也想不到玉辉不但没有鄙视自己，而且还向自己赞扬几句，这倒真是出乎意料之外，心里自然是感到一阵欢喜。但是听她问及薪水时，那两颊忍不住又红晕起来，支吾了一会儿，方才惭愧地说道："许小姐，你说这一种客气的话，倒反使我感到十分的不好意思。像我们做练习生的青年，实在是世界上最最没用最最可怜的人。所谓练习生，也无非是资本家变相的仆役罢了。哪里还谈得到薪水两字呢？唉！"

松雪说完这几句话，忍不住吐了一口深长的怨气，是包含了无限郁勃的不平。在松雪当然不晓得玉辉就是大成纱厂董事长许万仁的女儿，可是在玉辉的耳里听来，他明明是在骂着资本家剥削以劳力换饭吃的贫民。一时粉嫩的两颊立刻泛上了两朵艳丽的红桃，几乎说不出一句话来。玉辉她一颗芳心并不因松雪的愤激而动了恼怒。她除了深刻地表示同情以外，良心上还觉得一阵无限的羞惭。她恨资本主义剥削劳工的血汗实在是太残忍了，他简直不知道人家的肚饿。唉！玉辉想到这里，也会长长地叹了一口气。松雪见她这个意态，显然她是非常地同情自己，遂又说道："许小姐，你说是不是？所以你问我每个月有多少薪水的收入，我觉得有些难为情告诉你。"

"这也没有什么难为情的，那么你家里一共有多少人吃饭呢？"

"吃饭的人倒也不多，妈妈、妹妹和我只不过三个人。但我住在厂里的，其实也只有两个人。不过要我的收入去维持家庭生活的话，那简直是不可能。因我维持自己的鞋袜钱还是非常勉强。"

松雪因为不忍说妹妹是卖给人家做丫头去了，所以他心里仿佛妹妹还是在家里一样。玉辉听他这样说，一颗芳心自然是十分感动，表面上绝对不说一句讨好的话，暗地里便存了一个心：我要报答他救命之恩很容易，只要我和我爸爸去说一声，他的环境不是立刻就可以改好了吗？遂满脸含了娇笑，安慰他道："古人有一句话，千年的瓦片也会有翻身的日子。一个人哪里会穷到底呢？况且陶先生的才干很好，将来上司一定会提拔你的，所以你别担忧吧！"

松雪见她掀着倾人的笑窝，这样知心着意地安慰自己，一时心头感到了无限的安慰。点了点头，明眸里含了十二分的感激目

72

光，向她脉脉地凝望，脸上浮现了一线欣慰的微笑。

"陶先生，我的家里到了，本来请你进去坐一会儿，但我又觉得不方便……改天见吧"

两人默默地走了一截路，松雪见玉辉忽然在一个大铁门前停了下来，欲语还停的神气笑盈盈地红晕了脸儿，终于说出了这两句话。她似乎还怕松雪生气似的，伸过手来，意思是和松雪握别。松雪听了，当然点头含笑。因为人家已伸过手来，遂也老实不客气地和她纤手握了握。既握住了，一时倒舍不得放下，只觉得玉辉的纤手白白胖胖，真可谓柔若无骨，令人爱不忍释。玉辉究竟年幼，生恐家里人瞧见，所以对他露出嫣然一笑，柔声儿地说道："陶先生，我们再见。"

松雪这才理会自己的态度未免是失了礼仪，微红了脸儿，慌忙放脱了她的手，含笑也说了一声再见，便回身向前匆匆地走了。大概走了十几步路，心里对于这位许小姐似乎有些恋恋，情不自禁地回过头去，又向后面望了一眼。这是出乎意料之外的，只见玉辉站在大铁门面前，满脸含了娇笑，也兀是望着自己出神。松雪心里这就不免荡漾了一下，但不到几秒钟之后，其实是同时候立刻把失望两个字又涌上了心头。玉辉这样柔情蜜意的意态，松雪为什么还要感到失望呢？这其中当然有个原因。松雪瞧到玉辉的倾人娇靥，自然是万分喜悦。但是他的视线立刻又发觉玉辉身后庞大洋房的背景，猛可感到这样有钱人家的闺阁千金，怎么能够嫁给我一个贫穷的少年呢？即使她本身肯的，她的家庭又怎样会允许？即使她的家庭也答应她的自由，那么像她一位吃惯穿惯住惯的小姐，我又怎么能够养得活她？无限的失望激起他心头无限的悲思，忍不住叹了一声，自语了一句别梦想吧！立刻回转头去，毫无留恋地在斜阳笼罩下，凄惶地回家去了。

玉辉站在门口，直瞧不见了松雪的身影，方才伸手按到电铃上去。就在这个时候，忽然背后又有人喊道："妹妹，你放学回来了吗?"

"姊姊,你还只有此刻回家吗?昨天雨梅表哥倒等候了你一整日。"

玉辉慌忙回眸望去,只见一辆人力车停下,上面跳下一个少女,正是姊姊梨辉。梨辉听妹妹这样问,想起昨夜的事情,芳心里似乎有些感触,对于这位天真的妹妹,实在很有些难为情。不过表面上又怎好显露痕迹呢?遂也含了微笑,拍着玉辉的肩胛,说道:"昨夜同学叫我玩骨牌,直到午夜两点才完毕,今朝十二时起身,同学又请我瞧电影,此刻已五点相近了吧!"

梨辉这一篇谎话,玉辉当然是不晓得。微掀了酒窝,望着姊姊红晕的脸颊,憨憨地笑道:"那就无怪姊姊乐而忘返了。"

玉辉说得无心,谁知梨辉听得有意。虽然知道妹妹绝不会晓得昨夜自己和品三的一回事,但究竟有些心虚,那两颊就更加地绯红起来。幸亏这时门役已开了小门,玉辉早已先一跳一跳地跨进门去了。

姊妹俩人先到养花轩里自己的卧房,一个放了皮匣,一个放了书本,方才携手到上房里来。经过醉月邨的面前,那边池塘西首,静霞慢慢地移步走来。见了两人,便笑着告诉道:"表姊,今天姑妈又买了一个丫头,这丫头的容貌真像表妹哩!你们不信,快去瞧瞧。"

"哼,你把丫头来像我,我原是个苦命的丫头,你才是好福气的小姐呀!谁不知道呢?"

玉辉听她这样说,那明明是在挖苦自己,心里很不高兴,白了她一眼,却不住地冷笑。显然她这两句回话也含有深刻的意思。静霞说的其实倒也无心,听她这样抢白自己,心里也非常生气。玉辉这话明明说自己是苦命,寄人篱下,她却说反话来嘲笑我。心中一阵难过,几乎要淌下泪来。梨辉瞧这情景,忙把静霞的手儿拉来,笑嗔两人说道:"一年大如一年了,两人还这样的孩子气，说错了一句话儿，自己姊妹又何必计较。也值得一个板住了面孔，一个噘起了嘴儿吗?"

"我是心直口快的，听了不受用就要嚷起来。说过就完了，静霞表姊就别计较吧!"

玉辉听姊姊这样说，秋波向静霞脉脉地瞟了一眼，忍不住抿嘴笑起来。静霞虽然十分怨恨，今见玉辉又这个神情，自然也只好微笑无语了。玉辉会向静霞说好话，显然她还完全是个孩子的脾气。不料静霞的心里，便开始和玉辉有些不和睦。

三人到了上房，见妈妈坐在沙发上吸烟卷。翠环拿了抹布在梳妆台、椅子上揩着。尚有一个丫头正在扫地。因为她弯了腰儿，低着头，所以并不十分瞧清楚她的脸容。只见她小巧的身材，也不高也不矮，恰恰适中。照许公馆规矩，丫头都穿短袄裤。大概她因为还只有今天新来，衣服不及做，所以还穿着一件条布的夹旗袍，脚下一双元色的布鞋，却是微尘不染，十分清洁。她听见一阵脚步声，知道有人进来，所以赶快地把尘埃扫进簸箕里，直起身子，回眸向外一望，齐巧和玉辉打个照面。心中倒是一怔，暗自想道，真是一个挺好的模样儿。这时许老太便向她说道："这位是大小姐，这位是二小姐，你快上去见个礼。"

这个丫头是谁呢? 阅者当然明白便是玉容。玉容听了许老太的话，遂放下扫帚，笑盈盈地走上前来，向两人很有礼貌地鞠了一个躬，叫声"大小姐、二小姐!"玉辉在她一笑的时候，发觉她和自己同一边的颊额上，也有一个深深的酒窝，一时心里就很奇怪，不免呆望她出了一会子神。玉容因为是初做丫头的缘故，心里自然颇感羞辱。今被玉辉这一阵子呆望，更加觉得不好意思，垂了粉脸儿，便拿了扫帚簸箕到外面去了。许老太问两姊妹才回家吗，梨辉点头说是，身子已在沙发椅上坐下。许老太向玉辉望了一眼，微笑道："这孩子是赵妈的朋友张大嫂领来的，说因为要医治母病，所以情愿卖身做婢。我瞧她生得不错，又可怜

75

她一片孝心，所以出二百元钱把她买下了。真奇怪得很，这孩子竟会有些像我的玉儿。"

松雪只收到一百五十元，五十元是张大嫂揩油的了。玉辉听妈也这样说，因为果然是很像自己，那当然也不用生气了。难道为了贫富的关系，连相貌有些仿佛也不可以了吗？玉辉思想是很开通的人，当然并不介意，反也笑着道："想不到真有些像我哩！"

玉辉说着，静霞却回眸斜乜了她一眼，同时还微笑了一笑。玉辉这就理会到静霞这笑的意态，至少是带有讽刺的成分。这成分是包含现在姑妈说你了，你再可以生气了呀！为什么也承认了呢？玉辉这样想着，心里未免也有些不快乐，刚才我已向你说了好话，谁知你还存在心里。你这个笑算什么意思？难道算报复我吗？想到这里，意欲问她笑什么，忽见二姨娘潇云、三姨娘月芳都笑盈盈进来，向梨辉问道："大小姐，你还只有刚回来吗？昨夜在什么地方玩？"

"同学家里抹骨牌玩，直玩到午夜两点多才睡的呢！"

梨辉说着话，玉容又从外面进来，拿了六只茶杯，倒了茶，送到各人的面前。回身又向翠环笑着叫道："翠姊，你抹布给我，我来揩吧！"

"就完了，你别客气，下午你做了许多事，就息一会儿吧！"

"这两人倒客气，本来是应该这样，我最恨你推我不管的贪懒，这种现象是最坏的了。"

许老太听了两人的话，满脸含了笑，显然她内心对于买了这个丫头是感到十分的喜悦。正在这时，一阵革履声，外面又走进两个西服少年，正是明辉光辉兄弟俩。潇云笑道："大少爷、二少爷，你快来瞧，老太太又买了一个俏丫头。"

玉容微抬粉颊，秋波向前掠了过去，只见房内已站着两个俊美的少年。那一个稍矮的脸儿，使自己瞧了更吃一惊。因为他的脸蛋儿是太像自己的哥哥了。光辉骤然见了玉容,虽然觉得乱头粗服,但容光焕发,艳丽几乎更甚于妹妹玉辉,想不到这样美丽的姑娘,竟命薄如纸地给人家做丫头来了,倒是呆望了她出了一会子神。玉容怎禁得两个年轻男子这一阵子呆望?自然羞涩万分,垂了粉颊,默不作声。许老太遂又说道:"这是大少爷,这是二少爷。"

玉容经许老太这样一说,当然不得不走过来,向明辉叫声大少爷,向光辉叫声二少爷,便立刻又退回到玻璃橱边去,低了脸儿,只管默视自己的脚尖出神。光辉明辉也在靠窗沙发上坐下,瞧她这样娇羞不胜的意态,颇惹人楚楚可怜。明辉见各人面前都有一杯茶,明知定是新来的丫头倒的,遂也笑道:"你们都有茶喝,我和弟弟怎的没有?这茶可是翠环倒的吗?"

翠环正端了盆水、抹布出去,听大少爷这样说,便向玉容努努嘴,自管走了。玉容遂又忙到桌边,倒了两杯热气腾腾的玫瑰茶,送到两人的面前,微启樱唇,喊大少爷喝茶。拿给光辉的时候,却没有喊,大概已羞涩到了万分,两颊绯红地退回到橱边去。明辉见她羞人答答的模样,心里很感到她的有趣和可爱,便故意和她开玩笑道:"咦,怎么只喊大少爷,不喊二少爷呀?那二少爷不是要生气了吗?"

明辉这一句话,众人忍不住都大笑起来。月芳似乎有些醋意,恨恨地白了明辉一眼。静霞注视光辉的脸儿也浮现了笑容,好像很得意的神气,因此心中也很不受用,连连瞅了光辉两眼。这时明辉光辉的视线全集中到玉容的身上,对于两人的白眼根本没有瞧到。许老太见玉容已羞得把粉颊几乎垂到胸前,便笑嗔明辉道:"你别胡说八道地打趣丫头,不是失了爷们的资格了吗?"

"丫头是一个人,我们也是一个人,说着笑笑,有什么要紧?"

月芳听他这样说,便向他屁了一声。潇云在旁,却拉拉她的衣袖，叫她不要太显形于色。月芳这才猛可理会，自己是他的姨娘，怎么糊里糊涂地竟忘记了自己身份了呢！因此微微一笑，遂不作声了。

"直到现在我还不知道她姓什么叫什么呢。"

梨辉见大家都笑着新来的丫头，使她羞涩得有些站立不安，便正经地问着她，意思是避免她的难为情。玉容这才借此抬起红晕得脸儿，两道盈盈秋波不敢斜视旁的，只望着梨辉，含笑答道："我姓王，名字叫玉容。"

玉容为什么把姓换去，因为自己原也是好人家女儿，现在丢头露脸地给人家做婢子，所以把真姓隐了。玉容这姓名许老太和静霞、月芳、潇云是早已在上午知道的。当时大家都没理会，此刻静霞却想着了，她半讨好半讽刺地笑道："咦，这事情可巧得很，她的名字偏和表妹又连声的，我想玉容的玉字，就改作花字了吧！"

"连声一起也不要紧，玉容的名字很好，改人家做什么？难道穷人家的女儿就不是人了吗？"

玉辉知道静霞是有意触自己的心，便偏偏毫不介意地说着。玉容听二小姐这样说，觉得二小姐的性情很爽快，似乎较表小姐要好侍候一些，心里自然是存了一个好感。静霞想不到玉辉会说出这话，那真是碰了一鼻子灰，本来要把刚才的话来抢白她，但仔细一想，自己到底寄人篱下，又何苦同她闹气！因此冷笑一声，也就不说什么了。光辉暗暗把玉容两字念了一下，觉得像她这样的脸蛋儿，真可说是没有辱没了那玉容两个字。看屋子里这许多女子，除了玉辉妹妹以外，哪个能及得了她？想到这里，不免又偷眼向玉容望了一下。谁知玉容因二少爷很像自己的松雪哥哥，所以也不时地向他脉脉凝望，因此四目就有相触的时光。玉容当然万分羞涩，很快地又低下头去。就在这个时候，翠环进来，报告道："老爷回来了。"

随了这一句话，只见万仁嘴里衔了雪茄烟进来。他见房里全是人，心里好生奇怪，急问什么事。许老太道："没有什么事，我又添了一个丫头，玉容，这是老爷……"

玉容听许老太这样说，遂含笑走上前去，喊声老爷。万仁骤然见了玉容，觉得好生面善，但仔细一想，看是不曾在什么地方瞧见过，只因为玉容乱头粗服的装束，不免使自己又想起了十八年前的一个女子，可怜她还给我养了一个儿子，但我到底把她丢弃了。月芳见万仁竟也目不转睛地盯住玉容，心中暗想，这可不得了，玉容一到这里，二少爷要注意她，大少爷要看中她，连断命这老头子都弄得魂灵没有了的样子，真正是要死快哉！玉容被老爷当然也瞧得怪不好意思的，因此一转身子，便借故到房外去了。

这儿众人又闲谈一会儿，知道万仁棉纱今天又赚了十万，大家当然很快乐。一会子室中已亮了电灯，陈妈开上饭来。玉容翠环站在桌旁侍候着添饭，饭毕，各人都纷纷走散，翠环玉容收拾碗筷，同时也到厨下去吃饭了。玉辉独个儿走到院子里，今夜的月色很好，照映得整个院中的景物都隐隐约约地显露出来。玉辉望着天空中那轮光圆的明月，一颗芳心不免又想起陶松雪的相救之恩。因为爸爸这人是难得有机会和他碰面的，趁着今天他在家里，我何不就去告诉了他。想到这里，她便回转身子，匆匆地又到上房里走去了。

第七章

背地闻评论良心激发
借端探家境骨肉重逢

呜，一阵汽车喇叭的声音冲破了黄昏静悄的空气。这就见大成纱厂的大门开了，让外面那辆天蓝色簇新的汽车驶进厂里的那方空地上来。只见车厢开处，跳下一个蓝袍黑褂的老者。今天董事长许万仁又改换了中服，四方的脸儿，白胖粗圆的手指上戴着亮晶晶的钻戒，夹着雪茄烟，凑过嘴边去吸着，真是一副有钱人的相貌！

"许先生，秋天气候忽冷忽热，昨夜刮了西风，今天可冷了许多。"

厂长马伯白一听董事长到了，立刻又迎了出来，堆了满面孔的笑容，先来了这几句开场白的应酬话。万仁含笑点了点头，并不说话。大概这是有钱人的一种特有的架子，万仁无论到什么地方，有人奉承他、赞美他，他没有回答的话，只是含笑点头，以做代表他的答话。马伯白也并不希望他回答，只要瞧到他脸上含了微笑，自己的心里就会放下了一块大石一般。遂连忙把他接入厂长室坐下，茶役倒上一杯茶。马伯白把手插在西裤袋内，摸出手帕来揩了一下面孔。一会儿又把手抬到头上去抓了一下头发，接着放下来，合到左手上互相搓了搓。这种局促不安的意态，显然他的内心是在猜测，今天董事长又做什么来？

"许先生，这几天棉纱又飞涨，这真是一个好机会，我的眼光瞧着，也许要蹿出二千元。"

"你的眼光倒和我相同，所以我是只有买进的了。"

马伯白见许万仁坐在写字台旁的皮椅上，吸着雪茄只管出神。心里倒有些着慌，这就不得不开口来向他搭讪。万仁因为他的话很合自己的意思，心里自然很喜欢，含笑望了他一眼，连连地只管点头。伯白听他说自己的眼光和他相同，心里自然很得意。遂在旁边坐下，在烟罐子里抽出一支雪茄，交给万仁，要他换一支。一面取过火柴，亲自给他划火。忽然他想起了一件事情，便立刻又站起身子，把厂长室的门儿关起。仍又到旁边来坐下，向万仁悄声儿地说道："许先生，我前两天得到一个消息，听说这儿工人要预备罢工，原因是生活程度日高，不能够维持生活，要求加工资，并且要厂方供给工人家庭粮食……我得到这个消息，这气得一个半死。这简直是放屁，是浑蛋，现在厂里原料是多么的贵，市民购买能力又这样薄弱，这样不景气的市面之下，能赚得了多少钱？什么连工人家庭的粮食都要厂方负担，许先生，你想，这不是放屁吗？现在我正严密地侦查，谁在其中做领袖，就拿谁先开除了再说。这种害群之马，若不先除掉，那一爿厂家还弄得好吗？"

"不过现在的生活程度实在是太高一些，万一罢起工来，倒也不是玩的。因为一天不开工，厂方就有一天的损失，所以对于这件事情，你倒非想个完全之计不可……"

万仁对于这一个消息，倒是心里为之一惊，两眼望着从嘴里喷出来的烟雾，凝眸沉思了一会子。马伯白为了要博得资本家的欢心，便把眉儿一扬，装出很有权威的神气，说道："许先生，你这个请放心，他们敢罢工，难道他们不想活命了吗？我既受了董事长的重托，我决不使厂方受到一丝一毫的损失。"

马伯白说到这里，把拳儿紧紧地一握，表示他们这一班工人的生命线，完全是在自己的掌握之中。万仁脸上浮现了欣慰的微笑，他相信伯白是个有才干的人，这件事办起来，终不会使厂方吃亏的。便点了一下头，含笑说道："只要厂方不受一些损失，就任你怎样地去办，我是没有不赞成的。"

伯白听董事长这样说，心里自然是十分兴奋。正欲再大拍马屁，忽然有人笃笃地敲了一下门，惊断了伯白拍马屁的话儿。一时心里好生着恼，谁有这样大胆敢来敲厂长室门，再说里面还有董事长在呢！遂站起身子，把门开了，一见是茶役阿林，遂大喝道："什么事情？大惊小怪的！"

"马先生，不好了，后面煤山倒下来，两个工人压伤了。"

"什么，煤山倒了，怎么样会倒的呀？两个工人伤得怎样，要不要紧呢？"

伯白一听煤山倒下来，心里倒是吃了一惊，便急急地向阿林问着。阿林皱了眉目，脸上显着很惨伤的样子，说道："伤得很重，你……快去看呀！"

伯白一听受伤很重，那厂方不是又要出一笔医药费了吗？因此心里很不高兴，向阿林说声我就来，他便回身过去。当他视线接触万仁的目光，他立刻又堆下一副笑容来，说道："这班工人真不小心，竟被煤山压伤了，真是死人一样。许先生，你坐会儿，我去瞧瞧就来。"

伯白说着，便回身匆匆地走出去了。万仁听了这消息，心里很是不乐，我偶然到厂里来一次，不料偏偏发生了这个祸事，不晓得那工人伤得怎么样。万仁心里这样想着，便身不由主地踱出了厂长室，走到厂房外的空场来。只见那面站着两个少年，想来是厂中的练习生。因为他们是背着万仁，所以万仁站在他们后面，却是并没有觉着，却依然谈着话。万仁听那个稍长穿庄青夹袍子的少年长叹了一声，很愤激而且很感慨地说道："这种人可说是没有良心，即使有的话，那他的良心必定是黑色的，而且一定还生在他的肋下。可怜人家已跌得这个样子，真使我惨不忍睹，不料还大骂人家不小心。资本家虽然可恶，而最可杀的还是资本家下面的一班走狗啊！"

"可不是嘛，一个人不能太残忍，太残忍的人，能有什么好结果吗？劳工的人，是拿力气来换吃，饭没吃饱，还能够做得动事情吗？饱人不知饿人苦，唉，资本家压榨劳工阶级的血汗，可说是世界上最惨毒的事了。"

两人这几句话儿陡然触送到万仁的耳里。这仿佛是一枚尖锐的利箭猛可穿过了他的良心，使万仁在迷茫之中，突然有些醒觉。就在这个当儿，忽然见里面抬出两个工人，一个手臂已经折断，一个头部受伤，两人都血肉模糊，真有些惨不忍睹。万仁的良心在醒觉之后，瞧见了这样的惨事，心中一酸，眼皮儿几乎红起来。这时伯白匆匆地跟在后面，见了万仁也在，正欲商量办法。万仁早吩咐阿六，把俩受伤工人车送到医院里去。伯白一听，遂又向身穿庄青布夹长袍的少年喊道："松雪，你快跟着一块儿去，回头来报告我，这伤究竟要不要紧。"

松雪答应一声，跳上阿六座位的旁边，呜呜一声，汽车便开到医院里去了。万仁瞧在眼里，方才知道刚才说话的少年原来就是陶松雪，情不自禁地点了点头，望着满天秋云密布的空中，心头感到无限的凄凉。

"许先生，我们里面坐。这种工人真笨得像猪猡一样，人是活的，煤山倒下来，不会避开的吗？竟让它压在里面，你想，该死不该死？"

马伯白见万仁抬了头，望着天空出神，便含了笑容，向他还表示很轻视工人呆笨的模样。这几句话，在此刻万仁的耳里听来，似乎觉得有些不中听。身子向厂长室里走，却是默默地并不回答。

"马先生，我瞧这班工人委实是太可怜了，现在我想不待他们开口要求，先宣布每个工人加工资五元，这样也许是可以使他们心中得到一些安慰了。"

两人到了厂长室，万仁在沙发上坐下了，吸了一口雪茄烟，微侧了脸儿，向他默默地凝望。伯白做梦也想不到董事长忽然又会说出这几句话来，一时还唯恐不是事实，连忙伸手到鼻子上去摸了摸，觉得并不是梦中，也不是想象，完全是事实。心中这就惊奇得了不得，望着董事长竟是呆得愣住了一会子。方才说道："董事长既有这样的意思，那我当然给你照办……给你照办。本来呢，他们这班工人，真也怪可怜的。"

万仁见他话转变得快，可见凡是我的下属，他们为了要博得我的欢心，所以不得不施他们的暴力，向更下层的劳工压迫，所谓是助纣为虐，不过这其错是在我们资本家呢，还是在他们办事人呢？这事情太复杂，一时也很难断定。想到这里，心头总有无限的感触，忍不住又叹了一口气。

"马先生，林忠祥未到医院，竟已伤重气绝。潘瑞堂右臂已折，医生说恐怕将成残废了。"

约莫半个小时后，只见松雪气吁吁地进来，向马伯白报告。松雪的脸上是罩了一层冷漠，显然内心是表示那份沉痛。

在当初万仁匆促之间，是并不曾注意到松雪的容貌。此刻松雪从外面进来，正巧是瞧了一个照面。（这原因是练习生和董事长之间的阶级差得太远了，所以在平日，只有松雪认得万仁，万仁根本不会注意松雪。）现在骤然见面之下，万仁的一颗心不禁忐忑地跳起来，暗自想道：这真是奇怪极了，想不到陶松雪的脸儿，竟和我的光辉这样相同，差不多是脱了一个胎子。一时心中对于松雪，不由自主地更引起了一阵好感。马伯白听两个工人，一死一伤，搓着手儿，表示非常忧急，回眸望着万仁，低声地问道："许先生，你瞧这事情如何处置？"

"事既如此，还有什么办法。那两位工友可说是因公殉职，厂方对于彼等家属，当然不能不加以抚恤。现在厂方付给他们五

84

佰元一个人的抚恤金，我个人名下也给他们五佰元一人。至于加薪问题，准定照办。"

万仁这几句话儿，不但松雪是意想不到，就是伯白也弄得惊奇得了不得。暗想：董事长好像在感化院里已去住了悠久的日子，怎么一个钟点后，却又变成菩萨心肠了呢？其实像我们吃人家的饭，也是叫作没法。老板既然自己允许这样做，那我也乐得做好人。明天把这个消息发表后，他们一班工人不是个个都感激我吗？伯白想着，便连连答应。

松雪听万仁有这样好心，倒是觉得非常的痛快。可见资本家也并不是个个都心狠的，恻隐之心，人皆有之。资本家到底也是人类的一分子，难道他们的心就生得和常人不同了吗？但是松雪他哪里知道万仁所以会发起慈悲心来，还是全靠他几句愤激的话儿呢！

"松雪，你回来，慢着走。"

松雪因为这儿是厂长室，自己从来也不曾进来过，为了今天特殊的情形，居然给自己也有一个进来的机会。不过报告的任务既然完毕，自己站着不便，于是便悄悄地退了出来。谁知松雪才跨出室门，忽听万仁亲自叫住了他。这不特松雪奇怪，伯白也很稀罕。松雪这就不得不回过头来，望着万仁发呆。就在这时候，忽听外面又有一阵女子的哭声，哀哀不绝地触送到耳中。万仁知道工友的家属已经闻讯到来，便对伯白说道："这事情就烦马先生去料理一切吧！坐了我的汽车，你至少还得伴了死者家属到医院里去一次，至于一切需用的费用，你只管照用是了。"

伯白听他这样吩咐，当然连声答应走出去了。这时松雪的心里是非常奇怪，这一种事情，也用不到厂长亲自去办。不过这是董事长的命令，当然是没有违背的了。但是他叫住了我，不知道尚有什么事情？松雪这样呆想，也只管出神。万仁瞧着松雪的脸儿，觉得愈瞧愈像自己的光辉了。两人这样相对呆望了一会儿，松雪当然不好意思起来，因此红晕了脸儿，别转头去。万仁似乎也理会自己这意态是要引起他的纳闷，便含了微笑，向他招了招手，柔和地问道："你不是姓陶，叫松雪吗?"

松雪身子虽然慢慢地靠近写字台来，心里却忍不住好笑，暗想：这话问得有趣，自己刚才明叫我松雪，这时还问什么呢? 但他既然问了，当然不得不表示一些意思，点了一下头。万仁听了，遂也在沙发上站起，走近到写字台旁，在转椅上坐下。望着他呆了一会儿，微笑道："你爸爸叫什么名字? 家里一共有多少人? 你是哪里地方人? 现在住什么地方?"

松雪听他这样问，几乎失声要笑出来。暗想：这事情显然有些奇怪，我不过是厂中的一个练习生，也值得董事长这样注意吗? 但是这注意究竟是祸是福呢? 当然是不能晓得。这样一想，那颗心是跳跃得厉害，不过表面上却不得不镇静了态度，小心地答道："我爸爸叫陶信存，可是在十一年前已经死去了。我们原籍武林，家里只有妈妈和妹子两个人，就住在这儿附近。"

"哦，原来你也是武林人，那么到上海有多少年了呢?"

"爸爸死后一年就到上海来的。那时候我还只有八岁，可怜我妈妈全凭十指操作，养活了我兄妹俩，直到现在竟有十个年头了。"

万仁的问话引起了松雪心头的隐痛，忍不住深深地叹了一口气。万仁吸了一口雪茄，点了点头。沉思了一会儿，又问道："那么你们亲戚难道一些没有的吗?"

"说起亲戚，简直是一个没有。爸爸是个没有弟兄姊妹的人，妈妈虽然有个弟弟，但这个舅父是个无赖，只知吃喝嫖赌，不向妈来借钱已经好了，还想去靠他吗? 不过我这舅父，在五年前也已经死去了。"

万仁听他的舅父是个无赖，心中倒是一动。凝眸向他又呆望了良久，低声问道："你的舅父姓什么? 叫什么?"

松雪听了，暗想：已经死去了的人，你还问什么？今天董事长大概没事情，怎么竟这样爱管闲事起来了。心里虽然这样想，口里不得不说道："我舅父姓韩叫紫炳……"

"什么？韩紫炳……"

韩紫炳三个字送进了万仁的耳中，脸上不觉陡然变了颜色。松雪突然见万仁这个样儿，当然也吃了一惊，含笑问道："怎么啦？难道我舅父生前也认识的吗？"

"唔，唔……稍许有些认识……我记得他有一个姊姊，名叫紫燕呀！"

万仁沉吟了一会儿，眼珠一转，便有了主意，遂假装自言自语地说着。松雪听万仁竟喊出自己妈妈的名儿来，一时稀罕得了不得，奇怪地跳了脚儿说道："什么？紫燕就是我的妈妈呀！……咦！许先生，你也认识我的妈妈吗？"

"不，不，我并不认识，我曾听见你舅父这样说过……想不到你舅父已死了五年了，你舅父虽然品性不大好，但还很热心……你这孩子可怜……你出去吧！"

无限的伤心激起万仁对旧日的过错的不安。他的话声有些颤抖，说到你这孩子可怜，他的眼泪几乎要掉下来。但他竭力又熬住了，向松雪挥了挥手。松雪见他这样痛伤的意态，还以为他果然和我舅父是好友，今听舅父已死，所以使他心头很难过。一时遂向他鞠了一躬，匆匆退出室去。万仁等松雪走出室内，他突然站起身子，伸开了两臂，似乎要和谁拥抱的模样，同时他那满眶子里晶莹的眼泪就扑簌簌地滚了下来。

万仁这一种奇怪的举动，想大家都要当他是发了神经病，但哪里晓得其中尚有一段曲折的事实在里面呢？

二十年前，万仁曾到杭州城里去做过司账员。那时他的家眷还在上海浦东一个村庄里，许老太已给他养下了大儿子明辉、大女儿梨辉并二儿光辉。一个村妇，每天洗衣煮饭，看顾孩子，还要到田里种菜，生活是苦得了不得。许老太当然也想不到二十年后的现在，竟会变换了一个天堂似的环境来。

万仁对于养光辉的消息，还是从书信中知道的。那时候他在杭州也搭上了一个女子，就是韩紫燕。紫燕本来也是个好人家的女儿，后来因爸妈全亡，弟弟又不务正业，生活自然发生了问题。因此万仁追求她，她便答应和万仁实行了同居。不料第二年春天，便产了一子。万仁倒也十分喜欢，哪晓得紫燕还未出月子，浦东家里就有快电到来，说万仁母亲病危，叫他速回。万仁没法，只好留了一些开销，便即整装回家。万仁到家，没有几天，母亲果然死了。那时许老太的哥哥方正从上海赶来吊孝，见了万仁，便介绍他到上海去办事，收入比较杭州要好一半，万仁因此就在上海做事，把韩紫燕忍心抛弃了。

万仁在上海做了两年事，手下就积有了许多钱，虽然其间也回家几次，同时又产下了一个二女玉辉。但终感到不方便，所以把浦东的家就搬到上海来了。在当初万仁夫妇子女六个人，只不过住了一个客堂楼。这样又过了两年，万仁在那家商店里侵占了一笔款子去做投机，果然一路顺风。因此万仁便辞职出来，同时租了一个一幢一下的房屋，显然环境又好了许多。不料那年许老太哥哥方正夫妇都患急症死了，万仁因为自己全靠方正提携，所以把方正遗下的三岁的女儿静霞领归抚养。

万仁也许是交了鸿运，环境从此一年好如一年，家产由一万、五万、十万、二十万、百万，直到现在差不多有了一千多万。万仁既有了这许多钱，心里不免又想起旧情人并自己的一滴骨血，但人海茫茫，又到哪儿去找呢？所以心里常感痛苦。

韩紫燕自从万仁走后，早也等他回来，晚也等他回来。不料从此以后，竟是一去不回，杳如黄鹤。紫燕心如刀割，抱了婴儿，到杭州店里去探问万仁消息，方知他已是辞职不做了。紫燕到此，才恍然万仁有意遗弃，一颗芳心痛不欲生。那时紫燕的弟弟紫炳便怂恿姊姊另嫁他人，并介绍陶信存给她。信存是紫炳的好友，新近丧妻，紫炳因欠信存借款，无力还清，所以把姊姊嫁他。信存见紫燕生得美貌，便即答应他不要还款子了。紫炳听了大喜，遂竭力劝紫燕嫁给信存。紫燕为生计所迫，只好含恨应允。两人结婚不到两年，便即产下一女，就是玉容，信存见松雪白胖可爱，所以也爱若己子，这松雪两字，还是信存取的名儿。这样过了几年，家庭中倒也很是快乐。但紫燕的命太苦了，当松雪七岁那年，信存竟离世而逝。紫燕见信存平日也并无积蓄，若久居杭州，更无出路。所以带了两个孤弱的孩子，到上海来做工度日。

万仁今天到厂里来的本意，是因为上星期夜里，玉辉告诉自己，说厂中一个练习生陶松雪曾救过玉辉的性命，要我提携他一下，以报答他救命之恩。不料在无意之中，竟发觉这个陶松雪就是自己二十年前和恋人韩紫燕所养的儿子。所以在万仁的心里，真有说不出的喜欢，同时也有说不出的伤心。

这时万仁坐在写字台旁的转椅上，心里只是暗暗地细想，怪不得松雪的脸儿这样像光辉，谁料松雪也就是我的儿子呢？唉！可怜的孩子，真苦了你了。万仁想到这里，脑海里又浮现了紫燕年轻时的脸庞。虽然她已是嫁了姓陶的了，但是到底是我负心了她呀！现在她把我的孩子抚养得这样大了，叫我心中怎不要感激她？同时又怎能够对得住她？心中只觉一阵悲酸，那眼泪在玻璃台板上又沾湿了一大块。意欲把松雪认了儿子，但这是有关名誉的事情，又叫我怎好说得出口？即使把松雪认了儿子，那么将紫燕又如何地安排？万仁这样想着，殊觉左右为难。据玉辉的告诉，显然他家里很贫，而且紫燕还生着病哩！"唉！紫燕！紫燕！我实在太对不起你了。"万仁暗暗自语了这一句，忍不住泪如泉涌。一会儿，又想，我本来把松雪就在厂里升个职员，现在既然知道他就是我的嫡血，那么我总不能太委屈了这个孩子。万仁想定了主意，遂拿手帕拭去了泪痕。伸手在电铃上又按了一下，不多一会儿，就见茶役阿林进来，很恭敬地垂手而立，问道："许先生，有什么事情吩咐?"

"你把陶松雪喊进来。"

阿林答应，便即走出。万仁站起身子，把眼泪揉擦了一下，装作毫没事儿一般地在室内踱步。只见松雪脸上显着很怀疑的神色走了进来。万仁一见，早已抢上一步，很亲热地拉了他的手，叫道："松雪，你这孩子很好，我觉得你埋没在这儿做个练习生实在很是可惜。所以我想提携你一下，给你荐到东亚银公司里管库房去，专司钞票的出纳。责任虽然很大，事情并不繁忙，所以你夜里还可以去读夜书。这儿是二百元钱，你先拿去买套好些衣服，今天是星期五，你下星期一到东亚银公司来好了，我在那边等着你。……你知道吗?"

万仁这一篇话听进在松雪的耳里，同时瞧了他这一种亲热的情形，一时真弄得莫名其妙，这是打哪儿说起? 莫非在梦中吗? 但立刻又想，什么青天白日之下，哪儿会在梦中? 这样说来，我竟是交了鸿运了。松雪这一喜欢，呆呆地反而说不出话来，也不去接万仁手中的钞票，两眼望着万仁的脸儿，只管出神。万仁见他惊喜得这个样儿，心里又疼又爱。遂把他拉到沙发上，一同坐下，说道："好孩子，你别发呆，我因为你是一个可以造就的少年，所以竭力地提携你。但是你的知识尚浅陋得很，有的事情都不能担任，故而我的希望，还在你努力读书，那么将来就可以干比较吃重一些职位了。好孩子! 你此刻就可以回去了，准定星期一到东亚银公司来找我吧!"

万仁说到这里，脸上含了慈爱的微笑，把手中一叠钞票交到松雪的手里，向他身子轻轻地推了一推，意思是可以叫他回去了。

"许先生，我无缘无故地怎好意思受你这样的恩惠呢?"

松雪接过钞票，站起身子，两眼望着万仁，感激得几乎淌下泪来。万仁听他呼自己许先生，想起父子相逢，竟成陌路，心里殊觉悲哀，眼皮儿又红了。只得竭力镇静了态度，向他挥手道："好孩子，你不用说这些话，只要你不辜负我的一片热望，那也就是了。你快回去告诉你的妈，也好叫你妈心里喜欢。"

"许先生如此栽培于我，人非草木，孰能无情，你真是我的重生父母，理应受我一拜。"

松雪到此，遂向万仁双膝跪下，叩头便拜。万仁心里喜极，不禁淌下泪来，一面伸手扶起，一面连喊好孩子。松雪抬头，猛可见万仁眼皮润湿，一时心头有些模糊，竟也掉了一滴泪水。向万仁又深鞠了一躬，方才回身退出。万仁眼瞧着他身影在眼帘下逝去，他的泪水又滚下了满颊。约莫十五分钟之后，只见马伯白进来，报告一切经过，说现在完全舒齐。万仁点头称好，一面向他说道："陶松雪这个孩子，我另有所用，他业已回家去了。"

伯白不敢追问缘由，连连点头。万仁见时已五点半钟，于是出了厂长室，跳上汽车。伯白直送他汽车开出厂门，方才透了一口怨气，自语了一声"真倒霉，累忙了半天"。

松雪的妈妈紫燕，经过三五天的服药调理，病也就好了起来。经松雪的告诉，并已知道玉容为了自己，竟卖给人家做丫头去了。心里虽然十分悲伤，但也没有办法。这天黄昏的时候，紫燕已经挣扎起来，坐在外面一间室中，干着人家的活计。静悄悄的，四周是显得冷清。紫燕一面做着活计，一面暗暗地思忖：我这两个孩子虽然不是一个父亲养的，但却是非常孝顺。因此又不免想起了这个许万仁，想不到他竟有这样的狠心。但是现在已过去十八个年头了，这种没良心的人，还想他做什么？陶信存是个很健康年轻的人，尚且得病而死了，那何况万仁呢！不过想来想去，总是自己的命苦……唉！紫燕想到这里，忍不住深深地叹了一口气。

"妈妈，妈妈！"

正在这个当儿，忽然瞧见松雪拿了被铺、皮箱，笑嘻嘻地嚷进来。紫燕当然不晓得有这一回喜欢的事，以为松雪是被厂里停生意了。一时心中这一吃惊，真非同小可，放下手中的活计，站起身子，急急地问道："松雪，这是怎么一回事呀？你……做错了什么……竟回来了。"

"妈妈，你快不要误会了，孩儿是得到了无限的幸福哩！你快拿一角钱来，让我去付车钿。"

紫燕听松雪这样说，心中虽然不生奇怪。但她相信松雪这孩子是绝不会在外胡闹，他所以这样说，一定有相当的理由，遂很快地跑到房里去拿角票。待她回身，松雪也早跟进房中，放下被铺和皮箱，接过角票，匆匆地去付车钱了。

"妈妈，这真是一件意料不到的喜欢事情，我告诉了你，你准会乐得拉开了嘴儿笑得合不拢来。"

紫燕正在把他被铺拿到板床上去，只见松雪又一跳一跳地进来。从他走路的意态瞧来，显然他的内心果然是这一份的快乐。遂回身望了他一眼，清瘦的脸上也会浮现了一丝微笑，说道："到底是怎么一回事？你快告诉给妈听呀！"

"妈，我真正想不到天下有这样的好人，你瞧，这儿是两百元钱，他先给我去做衣服，预备进银公司里去可以体面一些。"

"咦，松雪，这个我可不懂了，谁给你的钱呀？你别糊里糊涂地上人家当吧！快告诉我，究竟是怎么一回事呢？"

紫燕见松雪在袋内摸出一叠钞票，笑嘻嘻地塞到自己手中来。一时反而疑心松雪有什么不端的事情，因此微蹙蛾眉，又向他急急地追问。松雪听了，忙又拉了妈的手，同在板床上坐下，正经地告诉道："今天我们厂里董事长来了，谁知齐巧发生了一件不幸的事情，原因是煤山倒下，压伤了工人。厂长叫我伴他们到医院里去，回来报告情形，因此得有机会到厂长室进见董事长和厂长。谁知董事长见了我，便问长问短地问我家史。他听我说出舅父韩紫炳的名字，便显出惊奇的样子，说紫炳有个姊姊名叫紫燕。我听了奇怪得了不得，忙说紫燕是我的妈妈名字，问他可也认识。他听我这样问，便回答并不认识，只不过在舅父那里耳闻到罢了。说着，便叫我退出。我当时很奇怪，因为以一个董事长的身份，为什么要和我一个练习生谈话呢？后来不到一会儿，他又叫茶役来喊我，见了我竟拉了我手，很亲热地说，你这孩子很好，埋没在厂里做练习生很可惜，我提携你一下，给你介绍到东亚银公司去管库房，专司出纳钞票，并叫我夜里读书，以便将来再做吃重一些职务。同时又给我这两百元钱，要我做一件体面些衣服，下星期一便可到公司去任事了。妈，这是我们厂里董事长呀！难道他会给我上当吗？"

"啊哟，这可真的吗？天下竟有这样好人，那除非和你前世是结了缘分哩。松雪，那么你知道这个董事长姓什么叫什么呀？"

紫燕听完了松雪这一篇话，方才恍然大悟，可见自己儿子一定品性优美，所以会使厂里董事长这样的宠爱。心里这一喜欢，那嘴儿真个笑得合不拢来。松雪见妈的脸上笑痕始终不曾平复，这是几年来所罕见的。自然万分得意，遂笑着又告诉道："他姓许名叫万仁呀！"

"什么？他叫许万仁吗？"

这三个字骤然触送到紫燕耳中，芳心陡然一惊，脸儿顿时变了颜色。松雪见此神情，心中也是一跳，急问妈妈做什么。紫燕慌忙又镇静了态度，装出毫不介意的神气，说道："没有什么！这个许万仁果然是你舅父的朋友，我也曾听你舅父说起他。现在想来，他所以提携你，恐怕还是你舅父的关系吧！"

紫燕为了不要儿子知道他的母亲是个不耻的女子，所以她忍了无限的创痛，不得不这样地说着，以避去自己的嫌疑。可是她的心里是完全明白了，她知道十八年前的许万仁，现在已成了上海的富翁。同时她又明白万仁现在良心一定已有些觉悟,他知道对不住我,对不住他的儿子,所以他竭力要提携松雪了。但是所奇怪的,他怎么知道松雪就是他的儿子,竟会絮絮地问松雪家史呢?想来其中还有缘故吧!松雪听妈这样说,不觉拍手笑道:"妈,你这话对了,我心中只是狐疑着,董事长和我无亲无眷,为什么要提携我呢?现在被妈一说,显然他和舅父生前一定很知己的,对不对?"

紫燕听他这样说,表面上虽然是点着头,但心里却是暗想:唉!你真是傻孩子哩!不要说朋友的外甥,就是兄弟的外甥,他有这种热心肠吗?你不知道,他就是你嫡亲的亲爹啦!紫燕在肚皮里这样说着,她的眼眶里已含满了泪水,但是她竭力地熬住了,脸上兀是显着欣慰的微笑,在她一颗纯洁童心未脱的儿子面前,她始终是保守着自己羞涩的耻史。

"妈,你的病好了吗?……哥哥!……哥哥!"

正在这个当儿忽然这一阵清脆柔软的喊声,惊醒了紫燕母子俩人。急忙回眸望去,只见玉容妹妹身穿紫色绸滚花边的袄裤,笑盈盈地像小鸟儿一般地跳进来。

第八章

千般旖旎情真多体贴
万种惆怅画饼待充饥

一条溪流的上面，横架着一条小小的板桥。桥旁金漆卍字形的栏杆，经过数不清日子的雨淋和日晒，栏杆的颜色已由朱红而变成赭褐。夜虽然已经很深了，但是在清辉柔软的月光笼映之下，犹见板桥上面站着一个年轻的姑娘，凝眸含颦，正在凭栏沉思。瞧她的粉颊，是显现了无限哀怨的神色，内心若有不可告人隐痛的苦楚。

她身上穿着一套紫色绸滚边的袄裤，脚下一双半新旧平底的黑漆皮鞋。头发是梳得光光的，因为很长的缘故，打成了两条辫子。在辫子的上面，又系着两朵湖色软缎的蝴蝶结。她的身材本来是很小巧，同时又为了这样一打扮，于是便更显出她的玲珑可爱了。这个姑娘是谁呢？原来就是卖身医母病的陶玉容。

玉容伏在栏杆的上面，纤手托着带有青春处女美的粉颊，抬头望着碧天如洗中的一轮光圆的明月，心头只是默默地思忖。今天是中秋的夜里了，离开可爱而带有可怜的母亲已经有六天的日子了。我那天早晨和哥哥含泪分手的时候，妈的病势生得这样的厉害。但愿吉人天相，现在总该是病好起床了吧！许公馆实在是个有钱的人家，我现在派到表小姐房中和老太太房中服侍，名义上虽然是个丫头，实际上的生活，真要比普通人家的小姐要好得多。不过我的心怎么能够忘得了可爱的家？虽然是个破旧不堪的家。唉！不说别的，单看了今夜他们吃夜饭的时候，老爷、太太、姨太、少爷、小姐，团团地坐了一圆桌，在中秋的夜里，和家庭里的人儿吃这一顿饭，是多么有意思啊！这种喜洋洋乐融融的得意情景，瞧在我的眼里，并不是引起我心头的妒忌，实在使我勾起了思亲的哀痛。大概我的态度有些异样，无怪我给二少爷盛饭的时候，他要问我有没有不舒服了。"举头望明月，低头思故乡。"故乡虽然在我脑海里只留了一个模糊的印象，不足以提起我的思忖。但近在咫尺的家，实在使我太不能忘怀了。被病魔磨折的母亲、被社会欺侮的哥哥，一刻儿不停地在我脑海里盘旋。不过我的家虽然是近在咫尺，但我的自由是已被穷苦两字所剥夺了，和那远隔千山万水的故乡又有什么不同呢？唉，一个贫穷的人，在生活的道路上，那滋味的确是心酸极了。玉容想到这里，把刚才熬住了的满眶子热泪，再也止不住地扑簌簌地滚下来了。

月光吮吻着她红润两颊上的泪水，是闪出亮晶晶的光芒。这好像是出水的芙蓉，这好像是雨后的海棠，更增加她无限的娇媚。玉容慢慢地垂下头来，骤见水中的人影很明显地映在眼前，微风轻轻地吹送，溪水激起了鱼鳞般的波纹，自己瘦小的身影，便在水面上不停地荡漾。心头有了一阵感触，也会觉得有些楚楚可怜。

"世界上的事情，太使人不满意了。金钱固然可以使人增加感情，但为了金钱多，竟也会使兄弟姊妹一些没有感情的。"

玉容凝望着水面上自己模糊的身影，她忽然轻轻地又感叹似的自语着。玉容所以说这两句话，还是在这六天中的观察所得。她觉得许公馆的一份家庭，仿佛是一盘散沙。团结一心固然谈不到，连兄弟姊妹间的感情也绝对地没有。老爷是不常见面的，老太太终日地躺在上房里，除了玩骨牌以外。不过老太太的生活，是在一百三十六只里度着的时候多，睡觉当然比较少。不是到张公馆，就是到王公馆。有时候张太太、王少奶也会到许公馆里来。三缺一这是一件伤阴骘的事，所以二姨太三姨太总要凑一脚。有时候两个姨太都出去了，老太太拉着表小姐做搭子。表小姐闹着头疼不肯玩，真正没了办法，连翠环也要她暂时充一脚。骨牌仿佛是老爷的代表，老太太只要有骨牌玩，不管老爷回来不回来，就也随他去了。二姨太三姨太的生活更自由，老爷不在家，除了嘻嘻哈哈地玩笑了一会儿，浓妆淡抹地总到外面去买东西。大小姐的人儿也是很少看见的。大少爷二少爷二小姐都上学校去，各人管各人，从来也没有见他们兄弟姊妹坐下来亲亲热热谈一会儿，这是为什么原因呢？还不是为了金钱太多吗？比方像我和哥哥吧，有几天没见了，晚上哥哥偶然从厂里回来，那么我们絮絮地就有许多时候好说话，假使没有时钟当当的声音来惊觉我们，也许会谈到东方发白。但是金钱太少了，使我们兄妹再也不能有亲热的机会了。唉！因为我的身子是已卖给了人家了呀！玉容这样想着，她的泪痕又慢慢地滚下来。

"玉容，咦，你一个人在这儿干什么？"

静悄悄的空气中，忽然流动了这个话声。同时在玉容的肩胛上，只觉得有只手儿搭上来。玉容因为是冷不防之间，心头倒是吓了一跳。连忙回眸凝望去，原来是二少爷。二少爷很像自己的哥哥，而且比大少爷要斯文得多，因此心头对他便有了一个好感。遂含了微笑，说道："今天是中秋的夜里，我是在赏月呀！二少爷一个人到园子里做什么来呢？"

"我的酒喝得太多，一时睡不着。就是你说今天是中秋的夜里呀！独个儿来步一会儿月，倒也很有个意思的。……咦，咦，玉容，你哭过的吗？"

玉容明眸凝望着二少爷的脸儿，果然是绯红的，好像女孩儿家涂过了胭脂一般的艳丽，因此忍不住抿着嘴儿笑。不料光辉说到这里，忽然发觉玉容的颊上还留有了几点泪痕，使他心里感到了无限的惊奇。

"谁哭过的？二少爷又要和我开玩笑了。"

为了竭力要避免自己淌过泪，玉容不得不装出倾人的娇笑，秋波脉脉地向他瞅了一眼，表示有些微嗔。光辉虽然有些醉了，但是他的知觉并不因此而含糊。他见玉容的颊上明明留着泪痕，那么对于她的强辩，自然是并不肯认对。遂用手指到她的颊上，轻轻地把她泪水抹了下来，说道："我怎的和你开玩笑？你的眼泪还淌着，这我可没冤你，你为什么哭？受了谁的委屈了吗？"

"没有受谁的委屈，我没有哭过呀！你说有眼泪，哪里来什么眼泪呢？我说二少爷醉眼模糊，一定是瞧错的吧！"

玉容始终是好强，把她的纤手来回地在脸上揩擦了几下，转着乌圆的眸珠，依然向他憨憨地笑。这笑的意态，至少是带有些顽皮的成分。光辉见她一定不肯承认淌泪，同时又见她这样妩媚可爱的神情，一时心里不免荡漾了一下。遂把身子也倚到栏杆旁边去，望了她一眼，笑道："你这孩子有趣，竟当我真的醉了。假使我真醉了的话，还会到院子里来踱步吗？我知道你一定骗我，哭准是哭过的。你眼皮儿红红的，能瞒得住我吗？"

"我瞒二少爷做什么呢？再说好好的干吗要哭？你说我眼皮儿红，那二少爷自己的眼皮儿不是也红着吗？所以我猜想，二少爷一定也哭过了。"

光辉这几句话，其实倒是句句很正经地关心她。不料玉容微昂了脸儿，秋波斜乜着他，却是显出了一味淘气的模样。光辉听她猜自己也哭过了，心里忍不住好笑，说道："我是喝过了酒，不但眼皮儿有些红，就是脸儿也不是通红吗？"

"那么我也喝过了酒呀！你瞧我的两颊，不是也红着吗？"

玉容乌圆的眼珠一转，说完了这两句话，连自己也觉得有趣，回眸向他一瞟，这就背过身子去哧哧地笑起来。光辉瞧了她这样可人的意态，倒也不禁为之神往。低头望着溪流上漂浮着婆

98

娑的树叶，忍不住呆呆地愕住了一会子。

"二少爷，你在想什么心事呀？"

玉容背过身子笑了一会儿，见好一会儿没听他的动静，心里很是奇怪，遂悄悄地又背过脸儿来。秋波脉脉地向他偷瞟了一眼，谁知光辉却在出神，忍不住又扑哧的一声笑着开口了。光辉听了，又回头过来，望着她的娇靥，点了点头，说道："哦，我知道你淌泪的原因了。你好像是个还未长成翅膀的小鸟，一旦远离了亲爱的母亲，在这中秋的夜里，对着那光圆的明月，恐怕是在想念你的家了吧？"

玉容再也想不到二少爷所以出神的缘故，原来还在猜想自己的淌泪。这两句话听进在玉容的耳中，一颗芳心真是感到了无限的奇怪。二少爷竟仿佛是面 X 光的镜子，他难道真的会照出我胸中的心事来了吗？一时深感二少爷的多情，真是自己的一个知音。照理玉容应该是非常欢喜，但她自己也不知道为什么心头只觉得有股辛酸，直向鼻子管内冲上来。脸上的笑容是消失了，颦蹙了柳眉，螓首慢慢地垂了下来，几乎到她的胸前。光辉突然瞧她这个神情，显然内心是含有无限的隐痛，准给自己猜中的了。遂情不自禁地走上一步，握起她柔软的手儿，轻轻地抚着，说道："其实这是不用伤心的，你的年纪可还轻啦，假使你是一个男孩子，今天出远门做事去，不是也总要离开家庭的吗？"

"话虽如此说，别人家离开家庭，三年是三年，五年是五年，总有个日子仍可以回家去骨肉团聚……怎比得我……唉！"

玉容听他这样说，心里虽然很感激，但她的眼角旁已涌上晶莹的眼泪。明眸很快地向他瞟了一眼，却又立刻垂下头。光辉知道她话中的意思，因为她的身子已经是卖给这儿所有的了。想着了贫富阶级的差别，酿成了母女离散的悲剧，心头真有无限的感慨。遂又轻轻地安慰她道："老太太是个慈祥的人，她不会十分约束你的自由。假使你心里记挂着家，自然也可以常去探望探望。玉容，你放心，我一定会给你向妈那儿陈说的。"

"二少爷这样热心待我，我自然是万分地感激。那么我明天想回家去一次，二少爷能不能给我向老太太那儿求个情呢？"

玉容听光辉这样说，芳心立刻又欢喜起来，抬起粉颊，秋波脉脉含情地向他瞟了一眼，竟是破涕嫣然地笑了。光辉见她挂着眼泪会笑，心里愈加感到她的稚气可爱。又听她这样说，更觉有趣。暗想，这孩子倒也性急，才来了六天，就想回家去了。可见一个人对于家庭，就算是贫穷得一粒米都没有了，终究还是自己的家里可爱。遂抚着她的手儿，笑道："你倒也性急，只不过在这里住了六天，你难道就住厌了吗？"

"住厌这两个字，我怎么敢说？像这儿公馆里的生活，真仿佛是天堂里一样。不过我虽然已住在天堂里，但总也不能够把住在地狱里的妈妈忘记了吧！唉！二少爷，你不知道呢，当我进公馆来的时候，可怜我妈妈还病得厉害哩！"

玉容说到这里，似乎又勾引起了她心头无限的悲酸，忍不住又把眼泪夺眶而出了。光辉听她这样说，心中更觉爱怜。拉了她的手，向那边葡萄棚底下走去，说道："哦，照此说来，你所以卖到这里来做婢子，恐怕是拿了钱去医治你妈妈的病吗？那么你家里还有什么人留着呢？"

光辉说着话，两人已是步入了葡萄棚。光辉放脱了她的手，在下面一把藤椅上坐下了，他似乎因了夜风的吹送，感到了有些头脑发涨。玉容倚在竹栏杆旁，望着那葡萄叶子中透露进来的那一缕月光，却是轻轻地叹了一口气，并不回答。光辉见她不语，便向她招了招手，说道："你过来，玉容，为什么不回答我？我很想知道你一些身世，你应得告诉我。"

玉容微抬起粉颊，见他兀是向自己招手。虽然他这话未免有些命令式，但自己的身子却会不由自主地走近他座椅的大理石桌旁去。光辉猛可握住了她手，身子摇晃了一下。明眸脉脉含情地

100

向她凝望了许久，柔声儿又道："玉容，你爸爸是做什么的？"

"二少爷，你这话，我爸爸假使在世界上的话，我还会卖到这儿做婢子吗？"

玉容听他这样问，含了泪眼，秋波睃了他一眼。光辉点了点头，说道："那么你爸爸是没有的了，家里除了妈妈外，还有什么人呢？"

"除了妈妈外，单只有一个哥哥。"

"你哥哥比你大几岁？他叫什么名儿呀？"

"比我长两岁，他叫陶松雪。"

"什么？陶松雪，你不是说姓王的吗？"

玉容忘其所以然地回答，光辉虽然头有些疼，心里有些翻漾漾地不受用。但是他的耳朵还相当尖锐，呆望着她出神。玉容猛可理会了，两颊涨得绯红，慌忙辩着道："不，我说错了，他是叫王松雪呀！"

"你这孩子说话奇怪，自己的姓怎么会说错呀？"

光辉说到这里，忽然低下头，把嘴一张，只听哇的一声，竟把晚餐吃下的东西呕吐了一地。这突然的事情倒把玉容大吃一惊，吓得粉脸变了颜色，定住了两眼，急得跳脚说道："二少爷，那是怎么一回事？你你……怎么样啦？"

"没有什么。酒后吹了风，呕吐起来了，你别害怕。"

光辉放了她的手，两手抚摸桌沿，头靠到臂膀上去。玉容把身子转到他的背后，一手搭在他的肩胛上，一手已在肋下衣襟上拉下一方帕儿，按到光辉的嘴上去揩拭，低声地叫道："二少爷，这儿风很大，坐着更不行，我扶着你到卧房里去吧！"

光辉也觉头昏目眩，万难支撑，遂点了一下头，说声好的。玉容遂把他身子扶起，光辉歪歪斜斜地走了几步，经过呕恶之后，只觉头重脚轻，身子竟是摇摇欲倒。一臂挽着玉容的脖子，一手拉着玉容的右手。玉容见他这个样儿，便说道："二少爷大概并不十分会喝酒吧！那么今夜为什么偏喝这许多？这样一恶以后，是很伤身子的，你以后千万小心才好哩！"

玉容这几句委婉多情的话儿，听进在光辉的耳里，心中真觉得甜蜜无比。遂唔唔地应了两声，因为是很难移步，所以不得不紧偎了她的身子，做一些依靠，说道："平日我原不喝酒，今天因为是中秋佳节，偶然高兴，所以多喝上一杯，不料竟恶了起来，那我真不中用。"

光辉说着话，迎面又吹过来一阵夜风，一时心头一阵翻漾，便又哇的一声呕出来。玉容见他醉得这个样儿，芳心十分焦急，那一阵酒气冲鼻又甚难闻。意欲走快几步，偏光辉倚在身上又这样的沉重，比不得五六岁的孩子，可以抱了就走。回眸瞧他的脸儿，竟是贴到自己的颊上来，心里又觉得十分难为情，但这并不是他有意这样子，所以也不忍推开他，只好让他紧紧地偎着。两人你靠着我，我靠着你，这样歪歪斜斜地走了五六分钟光景，方才到了松云小筑。玉容轻轻地问道："二少爷，先在书房间里坐一会子，还是就到楼上卧房里去睡了？"

"玉容，你索性扶我到楼上去吧！今天可累了你，明天谢你吧！"

玉容听他模模糊糊地这样说，一时忍不住又好笑起来。一面扶着他身子向楼上走，一面低声儿笑道："二少爷，你明天拿什么东西谢我呢？"

"这我一时倒想不出，反正谢的东西可多着，你喜欢什么东西，我就谢你什么是了。"

"我也不要你谢什么别的，只要你明天给我向老太太恳个情，让我回去一次，瞧瞧妈妈的病，也就是了。"

"这个你放心，谁没有母亲啦？你这份孝心，能不同情你吗？"

两人说着，已是推进了卧房的门儿。玉容伸手先开了电灯，然后扶他到了床上躺下。光辉一躺到床上，竟是四肢无力，像死过去了一样。玉容遂给他脱去西服上褂子，拿手巾给他揩去污渍，挂在衣钩上。一面倒了一杯开水，亲自拿给他漱口，又给他拭去了嘴角旁沾着的吐出的污物。意欲把他皮鞋也脱去了，但是一个女孩儿家，又觉十分不好意思。遂呆了一会儿，低声说道："二少爷，你好生睡吧，我要回房去了。"

"玉容，你慢着走，我房中正少一个像你这样的人来服侍，我明天向老太太把你要过来吧！但是不晓得你的心里可情愿服侍我这样一个人吗？"

光辉说完这几句话，猛可伸手把玉容的手儿一拉。玉容因为是冷不防之间，站脚不住，竟倒在床上，扑到光辉的身上去了。一时真羞得连耳根子都红了，慌忙站起身子。但是手儿被光辉拉住着，却离不开床边，只得在床边坐下。望着光辉的脸儿，憨憨地傻笑了一会儿，说道："你们是主子，我们是丫头，主子派我服侍谁就服侍谁，哪里有问丫头情愿不情愿的呢？"

"这个一定要问明白的，假使你不情愿的话，我当然也不能勉强你，对不对？"

玉容听他这样说，含笑不语。光辉见她虽然没回答，但瞧了她这一副倾人的笑脸，显然她有十分之八是情愿的。遂抚着她纤手，又笑道："你不回答，那就是默许。玉容，今夜你别走，就伴着睡在我这里……"

"二少爷，你这是什么话？那你可也是读书的人，不怕被人笑话吗？我知道你醉了，明天见吧！"

玉容听他这样说，不禁微蹙了眉尖，秋波恨恨地向他白了一眼，逗给了他一个娇嗔。光辉却不肯放她，望着她笑道："玉容，你不要误会我的意思，我决不会存心这一种没人格的事情。"

光辉这样说着，玉容一颗芳心倒又十分羞涩。暗想：他说我误会他的意思，那明明是我存了歪心。这一个女孩儿家是多么的惶恐，不觉微红了双颊，说道："今夜怎么能够呢？二少爷既不嫌弃我手脚粗笨，明天你就向老太太去要是了。我原没有问题，服侍表小姐和服侍二少爷不都是一样的服侍吗？时候不早了，二少爷，你快放手，我要去睡了。你这样拉拉扯扯，给隔壁大少爷知道了，可算什么意思呢？"

光辉听她这样说，心里未免荡漾了一下。望着她滴溜乌圆的眸珠，笑着道："你要去睡了，我原放着你。但我是呕吐过了的人，四肢一些没有气力，难道你就忍心让我这样冻在床里吗？"

玉容听了这话，芳心真的倒是一动。暗想：这话原也不错，不过自己也未始没想到这一层，你既不开口，我怎好意思给你动手呢？玉容想着，忍不住对他嫣然一笑，遂伸手给他脱了皮鞋，同时又扶着他，让他脱了西裤。这才撩过床上的绸被，给他轻轻地盖好。含笑向他一招手，便匆匆地奔出去了。光辉望着她娇小的身影在门框子里逝去了后，一时也不禁为之神往。不料正在这时，只见玉容又回身进来，伸手熄去电灯，同时砰的一声，把房门也拉上了。光辉躺在床上，耳听得扶梯上一阵皮鞋声响下去，显然这会儿玉容是真的下楼了。心里这就暗想，这孩子心细，令人可爱。但不到三分钟后，光辉已是沉沉地入梦乡里去了。

玉容匆匆出了松云小筑，一颗芳心未免忐忑地跳着，暗暗地细想：二少爷今天一定是真有些醉了，不然，他是不会这个样子对待我的。他说要向老太太把我要过去服侍他，这话不知是否是真的。玉容低头沉思，匆匆向上房里走去。偶尔抬头，忽然瞥见一个黑影在前面一闪，便即不见。玉容芳心这一吃惊，不禁毛发悚然。一时也不敢再去察看，三脚两步穿过醉月邨，直向上房里奔去了。翠环见她脸色慌张地进来，便拉了她手，笑道："你打哪儿来？这样急干什么？老太太睡着了，快轻声些。"

"翠环姊姊，这里园子里可有鬼吗？"

"你别给我胡说吧，今夜这样好的月色，哪里来什么鬼怪？

我是从来也没有见过,你在什么地方见的呀?"

翠环听她这样说,倒也吃了一惊,但表面上不得不竭力镇静了态度,向她避解着。玉容笑了笑,拉着她到沙发旁来坐下,说道:"我打松云小筑那边回来,忽然见有一个黑影,向乐天居那边一闪,就不见了。吓得我没命地向上房里就跑,也许我眼花缭乱,是树叶儿摇动吧!表小姐睡了没有?已十一点钟了。"

翠环听她这样说,以为她故意吓着自己开玩笑,便瞅了她一眼,轻轻把她手儿一拍,说道:"你瞧没瞧清楚,怎可以瞎说?明天传扬开去,院子里晚上还有人敢走路吗?这个话你千万说不得。"

玉容听她这样说,也只好自认不是,望着翠环咪咪地笑。翠环比她长两年,见她娇媚得可爱,手儿拍着她的肩胛,也笑起来。正在这个时候,静霞从梨辉卧房里回来。两人一见,便即中止谈话。玉容喊声表小姐回来睡了吗,便跟着静霞到房中去服侍了。

今天是八月十五中秋,大家都没有到外面去。万仁是宿在醉月邨里的月芳房中,玉辉和光辉吃晚餐的时候,两人彼此猜拳喝酒,所以都醉了。玉辉回到养花轩去倒头便睡,所以倒不曾呕吐。静霞是坐在梨辉房中闲谈,明辉在九点半就回房的。那么玉容瞧见的这个黑影,到底是哪个呢?原来就是明辉。

吃好晚餐的时候,潇云因为知道万仁今夜是宿在月芳的房中,所以把秋波脉脉地只管向明辉示意。明辉瞧此情景,哪有个不知道的理由,手里夹着烟卷,只管频频地点头。后来见玉辉回房去睡了,他便也推说头疼回卧房去。明辉到了房中,向床上一躺,真的睡着了。因为他知道时候尚早,乐得精神睡得充足一些。待他一觉醒来,齐巧玉容扶着光辉回房。明辉洗了一个脸,梳了一会儿头发,遂匆匆地赴潇云的密约去。那时候,也正是玉容回上房里去。

潇云坐在窗前的镜台旁，对镜梳妆，涂脂抹粉。阿菱见了，便走过来，对她笑道：“今天老爷是睡在三姨太房中呀！二姨太，你打扮得这样美丽给谁看呀?”

“啊呀，这妮子要死快哉，难道一定要给老爷看才梳妆的吗?你这小蹄子人小，心倒不小了。莫非你要闹着嫁人了吗？那我明天回老太太去。”

阿菱今年才十五岁，原是一天到晚嘻嘻哈哈只晓得顽皮。二姨太见她稚气可爱，有时候竟喊阿菱睡在一块儿。因此阿菱一颗纯洁的童心也渐渐引坏了。同时对于二姨太，当然也没有十分怕惧了。这时听潇云这样说，便偎过身子来，嗯了一声，向二姨太缠着不依。潇云笑着推开她身子，含了娇嗔，说道：“你快不要胡闹了，怎的愈大愈没有规矩了？那像个什么样儿?”

“我和二姨太说的倒是正经话，你干吗胡说我要闹着出嫁啦?你只管回老太太去，老太太若问我要嫁给谁，我说嫁给二姨太好了。”

阿菱噘起了小嘴儿，恨恨地白了她一眼。潇云听她这样说，一时再也忍不住把她绷紧了的脸蛋儿又展现一丝笑容来，说道：“好啦，好啦，就算我说错了你，你别给我瞧嘴脸吧！真气死人，你不像我的丫头，竟像我的小姐了。”

阿菱听她这样说，捂着嘴儿，这就忍不住哧哧地笑起来。遂把潇云洗毕的脸水盆端出去倾了，一面又端了一杯玫瑰茶，送到潇云的面前。只见她手托着香腮，仿佛做个沉思的模样，便笑道：“还只有十点钟，二姨太你打扮好了，可是预备出去吗?”

“不到什么地方去，过一会儿我就睡了。你乏力了，也去睡吧!”

潇云接过茶杯，凑在殷红嘴唇上微微呷了一口，很随便地回答。阿菱答应一声，便走到窗旁，把那绿纱帷幔轻轻地拉拢，只见那碧蓝天空中的一轮光圆的明月，真是清辉得可爱。遂回眸向潇云瞟了一眼，故意引逗她笑道："二姨太，你瞧今夜的月亮又大又圆，真正可爱呢！事情也不凑巧，老爷偏偏睡在醉月邨里，假使今夜伴在二姨太的房中，那不是很有个意思吗？"

"你这个断命丫头，愈说愈不成话了。还不快给我自去睡觉，我可捶你了。"

潇云听她这样说，两颊更添上了一层红晕，伸手向她一扬，站起来做个要打她的姿势。阿菱咯咯地一笑，便转身匆匆地回到自己卧房里去了。

潇云移步走到窗旁，略为掀开窗幔，那圆圆的月亮便在眼前显现了。瞧着这个又圆又大的月亮，心里想着阿菱的话，那脑海里会浮现出醉月邨中老爷和三姨太的一幕旖旎风光。一时那颗芳心的跳跃竟像小鹿般地乱撞，两颊热辣辣地只觉得发烧，全身血液流动得快速，每个细胞里顿时发生了异样的感觉。潇云慢慢地垂下头，雪白的牙齿微咬着鲜红薄薄的嘴唇皮子，两只水汪汪的含有神秘性的秋波，脉脉地只管凝望自己脚尖划在地板上出神。静悄悄的大约有了一刻钟的光景，潇云忽然疯狂似的向床上直奔，猛可摸到被上面，抱住了那个绣花枕儿，紧紧地偎到脸颊上来，仿佛这个样子潇云的心里是稍许能够得到一些安慰。但是不到五分钟后，她又懒洋洋地放开了两手，从床上坐了起来，望着白漆的天花板，不知然地叹了一口气。

梳妆台上的钟是嘀嗒嘀嗒地不停地走着，那长短针儿终于一并地指到十一时上面去了。潇云心里开始有了焦急，为什么还不来？他难道胆小不敢来吗，抑是睡着忘记了吗？这个时候，潇云不要说一分钟都感到难度，简直一秒钟也过不下去。她坐在床沿旁边，身子是不停地颤抖，心是紧张得厉害，于是她不得不伏到床里去，竭力地镇静了态度。她要把脑海里浮现的感性的情景立刻幻灭下去，但这似乎有些不许你做主，这一根神经的主权特别强烈，它终会不停地搬演着。于是潇云的心里是感到了万分的痛苦。她想去喊菱儿来伴睡，但望梅止渴，绝不是一个根本的办法。她猛可站起来，向房门口直奔，意思是立刻到松云小筑里找明辉去。但是既到了房门口，那一股子勇气立刻又消失尽了，情不自禁地叹了一口气。

"啊呀，你这个冤家，倒也会来了吗？等得我好苦！"

正在这个当儿，忽见明辉悄悄地掩进房来。潇云心里这一喜欢，仿佛是哥伦布发现了新大陆，不管一切地奔上前来，就把明辉的脖子紧紧地搂住了。明辉听她说"等得我好苦"这一句话，倒是使他不禁为之愕然，忍不住说道："等得你好苦，这苦字打哪儿说起呀？你又不是三天没吃饭了，竟饿得这个样儿吗？"

"不吃饭倒也没有这样痛苦，可见世界上真有比吃饭还要紧的事情。大少爷，你真不知道，在你未到之前，我的心仿佛油煎一般的焦急呢！"

明辉听她这样说，扑哧地一笑，捧过她的脸儿，甜甜地吻了一下。潇云这时眉飞色舞，也早已咯咯地笑起来。

东方的朝阳是慢慢地从地平线上升起来了。从乐天居的屋子里，急匆匆地奔出一个西服少年，向松云小筑里奔去。这个少年谁也知道就是明辉。明辉到了自己房中，砰的一声，关上了房门，身子向床上一倒，早又呼呼地睡去了。不料这关门的声音，却把西首卧房里的光辉惊醒了。睁眼向床头那只金表一瞧，还只有六点十分。心中暗想：今天哥哥怎么起得特别的早？因为昨夜自己是吐过的，头还有些发晕，对于哥哥的为什么早起，也就无暇去顾及了。翻身转了一个侧，偎在软绵绵的枕儿上，心中不免又暗暗细想起昨夜的事情来，觉得实在是怪不好意思的。玉容到我家也只不过六天光景，我如何就可以向她这样地胡闹呢？不过昨夜我委实有些醉了，所以拉了她的手儿，会显出特别亲热的神气来。记得玉容扶我上楼来的时候，我的脸儿是整个地偎在她的颊上。家里虽然原有这许多丫头，不过昨夜这种事情，究竟还只有在玉容身上第一次发生。这也奇怪，也许玉容的脸儿太以惹人怜爱了，所以我的心里，总不会当她是个丫头看待。不过照她可爱的举动和那温柔的言语瞧来，玉容和普通姑娘显然是有些不同。一会儿，又想，昨夜我曾和她说向老太太把她要了过来，这句话究竟是只好当作玩话，我在妈那儿固然开不出口，就是静霞表妹，不是也要生气了吗？因为玉容现在是服侍着静霞，我怎么可以去把她夺过来？生气是一件事，恐怕还有一件酸溜溜的事情呢。光辉想到这里，便在床上坐了起来。又想道，静霞表妹这个人，容貌固然好，身体实在太弱，同时性情也太古怪，动没动总说我欺侮她，和我闹气。在平日我和她感情原不十分的好，不过在旁人眼中瞧来，以为我和表妹两人总是一对小夫妻似的，其实我倒也并不稀罕。光辉这样地呆想，那桌上的钟也早已由六点而进至于七点半了。遂慌忙掀开被儿，披上衣服，匆匆地到了下面书房间，挟了书本，照例每天是到上房里洗面吃点心去。从前是只有翠环一人，现在有了玉容两人做手脚，所以翠环也时常到厨下去煮些燕窝粥或是莲子汤。光辉一脚跨进上房，迎面就见玉容匆匆走出，两人一见，都哧哧地笑出来。光辉道："你到哪儿去？老太太醒来没有？"

"老太太昨夜只吃了半碗稀粥，今天早晨醒来，倒有些肚儿饿了。不料翠环姊姊到厨下去了许多时候，却不见回来，叫我去催她一声。二少爷，你昨夜吐过了，今日起得这样早干什么？回头可要不舒服了。"

玉容滴溜乌圆的眸珠向他一转，但又觉得很不好意思，便翻身向外匆匆地奔出去了。光辉见她这样关心自己，心里愈加感到她的可爱，望着她远去了的后影，不免呆呆地出了一会子神。就在这时候，只见翠环端了一只小锅子，和玉容又很快地走回来了。光辉见了，遂身先跨进上房里去。许老太见了光辉，便笑道："你等会儿，两个人都到厨下去了。翠环这人，煮一些燕窝粥，却拿不出来了。"

光辉还没回答，只听翠环带了埋怨的口吻，说道："来了，来了，断命陈妈炉子笼得一些也不旺，若不是我再放下炭去，这粥哪里还煮得出来呢？"

翠环说时，已到了房中。把小锅子里的燕窝粥倒了两碗，一碗递到床边，一碗仍放在桌上。玉容早已倾了热水瓶里的水，给光辉洗脸漱口。许老太笑道："这一碗我本来剩给玉辉吃，现在你先起来，就你去吃了吧！"

"那么就剩给我妹妹吃吧，反正我吃别的也是一样。"

"冷了就不好吃，老太太给少爷吃了，少爷还做什么客呢？"

翠环听了，把那一碗燕窝粥便端到光辉的面前去，抿了嘴儿哧哧地笑。光辉遂也不说什么，拿起羹匙吃了。回眸向玉容望了一眼，只见玉容端了自己洗下的脸水，匆匆地出去了。这时忽然听静霞在里面喊着玉容，翠环连忙进去了。光辉趁空，便向许老太说道："妈妈，玉容说她到这里来的时候，她妈的病还很厉害，所以她心里非常记挂，要向妈妈请求，给她今天回去探望一次。"

"这孩子倒很孝顺，下午就给她去一次便了。"

光辉听妈已经答应，心里很是喜欢，便回身走出到学校去。齐巧遇着玉容端着一面盆清水进来，光辉便满面含笑地叫道："玉容，我已给你向老太太说过了，她答应你下午抽空回家去一次。"

"这全靠二少爷的帮助，二少爷这份热心，真是使我感激不尽了。"

玉容听了这个消息，一颗芳心又喜悦又感激，明眸含情脉脉地凝望着光辉，表示万分的谢意。光辉却向她含笑摇了摇手，意思是叫她不必说这个话，便回身走到院子外去了。

这天下午，偏张太太、王少奶、李太太又来打雀牌玩。许老太这是求之不得的事，便立刻吩咐翠环玉容抬桌子倒牌。玉容见来了客人，自然不好意思开口说回家了。许老太一心对着牌，把这个事也早忘得一干二净。后来直到光辉放晚学回来，一见玉容还仍在家里，遂又向许老太悄悄告诉。齐巧许老太牌风大顺，自然满口答应。叫她晚上早些回来，玉容连声地说我知道。同时她那一颗小心灵中，把个二少爷自然也更加感激得无可形容的了。

第九章

乐叙天伦甜酸娘心苦
尽情相告羞赧我自知

　　玉容的母亲韩紫燕，听松雪告诉说大成纱厂的董事长，就是自己十八年前同居过的许万仁。一时心里真感到了说不出的痛苦，但是在自己的爱儿面前，一时又哪里说得出口？而且她也不希望松雪知道他不是陶信存所养，因此她含了无限辛酸的隐痛，表面上不得不装出一副笑容来，附和着说这个董事长真是世界上第一个好人了。

　　母子两个人絮絮地说着话，松雪的心里是充满了万分兴奋的喜悦。不过紫燕的心中，在喜悦的成分中到底还掺和了悲酸。不料正在这个时候，忽见门外匆匆奔入一个姑娘，笑盈盈地口喊妈妈和哥哥。松雪回眸过去定睛一瞧，竟是自己的妹妹回来了。一时心里有了两重欢喜，忍不住跳了起来。正欲奔上去和玉容亲热，玉容早已跳到紫燕的面前，投到她的怀里，连喊了两声妈妈，却是呜呜咽咽地哭了起来。

　　"唉，可怜的孩子，苦命的孩子，竟委屈你了。"

　　紫燕被玉容一哭，心里愈加激起了无限的悲伤，紧紧地抱住了玉容的身子，那眼泪也滚滚地掉了下来。这时松雪站在旁边，想着自己环境已将要转好了，不料妹子却已卖身给人家做婢子去了。要想再把妹子赎回来，这当然是不可能的事情。可怜妹妹的命，难道真会这样的苦吗？松雪这样想着，那眼泪便再也忍不住地沾满了两颊。三人默默地哭了一会儿，四周的空气显然是冷清清的寂寞。

"哟，玉容在家里吗？快别哭，快别哭，你妈病才好些呢，你怎好引你妈妈伤心呢。母女有一星期不见了，大家应该欢喜才对哩！"

玉容听出那是张大嫂的声音，方才离开了妈妈的身怀，回头叫了一声张家妈妈。紫燕也忙收束泪痕，请张大嫂坐下，玉容又去倒杯茶给她喝。张大嫂望着玉容的身儿，向紫燕笑嘻嘻地努了努嘴儿，说道："陶大嫂，我劝你不用难过，玉容虽然在公馆里做丫头，她的生活真舒服哩！普通人家的姑娘，谁及得来呢？你不信，只管问玉容自己，我可曾说谎来吗？你现在只要瞧她穿的衣服，不是很新鲜清洁吗？"

紫燕听了，遂向玉容望了一眼，果然衣服都是公馆里新做的。玉容见妈望着自己，便又走到妈的身旁坐下，显出十分亲热的模样，紧偎了她的身子，说道："妈，你对于孩子的吃苦是一些不用忧愁的，自己身子是千万要保重。我在公馆里虽然只有住了一星期，但在我的心里，仿佛已经住了七个月一样了。没有一刻儿不在记挂着妈妈的病，天天夜里向上帝祈祷，但愿妈妈的病早日痊愈，不料现在果然好了，你想，我的心里真高兴哩！"

玉容扬着眉毛儿，转着乌圆的眸珠，却是望着妈妈很娇媚地笑了。紫燕听女儿这样说，真是又爱又疼，情不自禁地把玉容身子拥到怀里，抚着她乌圆的美发，说道："好孩子，你这样孝顺，妈心里自然是万分喜欢。不过我终觉得是太委屈了你一些，孩子，今天你回家来，他们倒允许的吗？"

"老太太很和善，现在我就是在老太太房中并表小姐房中服侍，每天也没有什么粗重的事情，所以生活也并不十分辛苦。今天我向老太太请求，老太太因为我是来看望妈的病，所以她是一口答应的，只不过叫我晚上早些回去。"

玉容不好意思说是二少爷给自己向老太太说的，所以她不得不完全推到老太太的身上去。紫燕松雪听她这样说，心里比较安慰一些。张大嫂笑道："可不是，在这种人家那里做丫头，真正福气哩！"

"话虽如此说，但丫头到底是个吓人的名词。唉！我真惭愧，同时我也真对不起妹妹。"

松雪见张大嫂好像还是非常羡慕的神气，一时心头觉得十分地感慨，忍不住长叹了一声。两眼凝望着玉容的粉脸，泪水几乎又夺眶而出了。玉容听哥哥这样说，又见他这个情景，一时芳心也深深地感动。猛可站起身子，走到松雪的面前，握住了他的手儿，很亲热地说道："哥哥，你不用说这些话，只要妈妈的病好了，妹妹去做个丫头，那又有什么要紧呢？哥哥，你怎么今天也在家里？厂里倒可以请假吗？"

松雪见妹子明眸脉脉含情地凝望着自己，显然她内心的情意是十分真挚。但这是更增加自己的心痛，那眼泪便更涌了上来。抚着玉容的纤手，凄凉地说道："妹妹，我告诉你一件喜欢的事，不过这件喜欢的事，更引起我心头的悲伤。唉，造物忌人真太酷，它好像有意捉弄我们兄妹俩人分离呢。"

"哥哥，你这话打哪儿说起，我可有些听不懂了。"

松雪这两句话听进玉容的耳里，当然是弄得莫名其妙。盯住了乌圆的眸珠，脸上显出了猜疑的神色，向他呆呆地凝望。松雪这才把今天董事长提携自己的话向玉容告诉了一遍。玉容得此消息，一颗芳心果然又伤心又喜悦。喜悦的，哥哥被董事长这样垂青，将来的前途自然是光明灿烂。而且妈妈再也不用整天劳苦地做那人家包生活了，这是多么快乐的一个喜报啊。但是伤心的呢，哥哥在厂里也有一年多的日子了，为什么早不提携他，晚不提携他，齐巧在我给人家做婢子后，董事长竟器重哥哥了？可见这是我的命不好，难道我的命是真这样苦吗？想到这里，眼泪也要滚了下来。不过这对于哥哥和妈妈究竟是一件幸福的事情，我如何可以为了自己而表示伤心呢？因此玉容竭力熬住了悲哀，装出满脸的娇笑，伸手到松雪的颊上，抹去了他的眼泪，连声地含笑叫道："哥哥，哥哥，你别傻了，这是一件多么欢喜的事呀！你干吗反而伤心了呢？"

玉容说到这里，两手搭到松雪的肩上，兀是装出天真淘气的意态。松雪愈感到妹妹的可爱，心里也愈加难受。望着她妩媚的笑脸，这就情不自禁猛可把玉容的脖子抱住，两人亲亲热热地搂在一起了。紫燕见他们兄妹俩这个样子，心里也不晓得究竟为了什么缘故，只觉得有股辛酸冲上鼻端，那两颊上便又展现了几颗晶莹莹的泪水。张大嫂却插嘴笑道："你瞧这俩兄妹可真亲爱，给个陌生人瞧见了，谁也相信是对小两口子哩！"

随了张大嫂这一句话，方才把他们娘儿三人引逗得破涕为笑了。玉容很快地推开了松雪的身子，绯红了两颊，才用娇嗔的俏眼儿向张大嫂恨恨地白了一眼，笑道："张家妈妈，你的年纪也只不过四十出零罢了，怎么倒有些老背起来了？"

玉容说着，弯了腰肢，忍不住又哧哧地笑。松雪见妹妹这个神情，心里不免又想起了这个许玉辉小姐，一时也不禁为之破涕为笑了。

"哥哥，那么趁这时候妹妹回来了，我们就一块儿剪料子去吧！"

玉容笑了一会儿，忽又回过身子，向松雪轻声儿说。松雪听了，一想不错，平日我剪料子做衣，总是妹妹给我去拣花式的。这次我要到东亚银公司去做事，那衣服的料子当然更要妹妹一块儿去剪了。心里因为十分喜欢，那脸上的笑容就不会平复了，说道："那是再好也没有了，妈妈，妹妹伴我一块儿剪料子去，你可允许吗？"

"这孩子说话可有趣，难得你们兄妹两人今天可以一块儿剪

115

料子去，我心里高兴还来不及哩！怎么会不允许呢？不过晚饭就回家里来和妈妈一同吃，家里虽然没有什么菜，你们在外面就现成地买些回来吧！"

玉容听妈妈这样说，知道她老人家实在很希望和女儿吃一顿饭，因为现在我这个女儿，仿佛是一个客人一样了，哪里再有许多机会和妈同桌吃饭呢？因此想想，又觉伤心。但妈是病后初愈的人，自然不能过分地引逗她难过，所以连奔带跳地又走到紫燕身边，偎着她的脸儿，妩媚地笑道："这个我早想过了，今天晚上咱们娘儿俩不是应该好好儿地吃一餐饭吗？那么我和哥哥早些去了，剪好了料子也可以早些回来。"

紫燕听女儿这样说，便连连点头。一面把松雪拿来的两百元钞票，数了五十元，交给玉容。玉容回身递给松雪，松雪并不来接，微笑道："妹妹给我拿着不是一样的吗？"

"我没有袋呢，掉下了可不是玩的，哥哥，你快藏起来呀！"

松雪听妹妹这样说，方才把钞票接过去藏好了。于是两人向妈妈和张大嫂说声回头见，便携手走出屋子外去。张大嫂瞧两人去远了，回眸望了紫燕一眼，笑着赞美道："陶大嫂，你真是个好福气。我活了四十多岁的人，从来也没有见过兄妹两人有这样的亲爱，假使每一份家庭中的兄弟姊妹都像松雪和玉容一样，这是多么的好呢！所以我说你会养出这两个好儿女，本领实在可不小哩！"

"我并不是自赞儿女好，凭良心说一句话，这两个孩子实在是真好。他们做了十六年的兄妹，自小到大，就没有吵过一回嘴。松雪三岁的时候，就聪敏得不得了，他自己手中有了糖，总要塞到一岁的妹妹口里去，而且玉容也会拍着手儿对他笑。说起来人家也许会不相信，两个孩子在一起，哪有不吵闹，其实的确没有吵闹过。待松雪六岁的时候，兄妹两人一块儿会游玩了，只听两人絮絮说话声音，从来也不听有谁哭一声。所以我的环境虽不好，有了这两个孩子，心头也会得到一种很深的安慰。可是现在为了我的生病，竟把玉容卖给人家做婢子去，唉，我心里真难过哩！"

紫燕听张大嫂这样说，脸上不禁又浮现一丝笑容来。她庆幸自己有这样两个好儿女，似乎过去的生活能够激起自己心里的甜蜜和欢悦。但是说到末了，悲伤又渗入了她的心房，忍不住又长长地叹了一口气。张大嫂忙又劝慰道："陶大嫂，你也不用难过，给人家做丫头，原也没有什么关系，玉容她今天不是仍可以回家来见你吗？所以她的一片孝心，你应该喜欢才对哩！"

"张大嫂，你不晓得，我正因为心里喜欢，所以更激起我的疼痛。唉，玉容这孩子实在令人感到太可爱了。"

张大嫂把她这两句话细细回味起来，觉得母女之情，天性流露，真是一些不错。遂也连声地赞叹，一面又安慰了几句，方才起身告别回自己家里去。

紫燕待张大嫂走后，方才拿了米淘箩，在米桶里盛了米，到自来水龙头旁去淘米煮饭。心里暗暗地想着，女儿虽然给人家做丫头去，但幸亏这份人家很有钱，生活方面很舒齐，那自己总算稍微放下一些心事。一会儿，又想，松雪有了好职业，这到底是一件使我快乐的事。不过我再也想不到提携他的董事长，就是十八年前生松雪的许万仁。他详详细细地问松雪家史，同时会拉了松雪的手，显出很亲热的样子。这明明他的心中也晓得松雪就是自己的骨血了，所以他会这样地提携松雪。否则，天下哪有这一种热心肠的好人呢？紫燕想到这里，一时脑海里不免又浮现起和万仁同居时的恩爱并被抛弃时的伤心。对于万仁，自然又引起无限的怨恨。他现在是成个大富翁了，照理我原可以到法院里去告他遗弃罪，但是我后来又嫁了人，这到底也是我的缺点吧！况且我有这样好的儿女，也不希望他再来承认我们。现在玉容和松雪的一颗纯洁心灵，他们当然不晓得妈妈从前有这样一回事，而且他们也不会知道两人是个异父所养的兄妹。我如何能忍心给他们知道这一种可耻的秘密？在他们小心灵中，骤然受到了这一重刺激，不是要感到无限的痛苦吗？那我为了儿女的终身幸福着想，我不得不忍痛保守着这个秘密吧！紫燕左思右想，心里总觉无限悲酸，忍不住那一眶子的泪水，又纷纷地沾湿了衣襟。

天空由暗淡而变成灰黑色了，屋子里的光线被黑夜已驱逐完了。紫燕划了火柴，点亮了灯火，把煮好的饭搁在桌子上，静静地等候着两人的回来。

"妈妈，我们只有出去一会儿工夫，不料天色已黑了。你等候得心焦了吧！"

紫燕望着那一盏闪烁不停的油灯，呆呆地正在出神。忽见松雪兄妹两人，肋下挟着衣包，手里拿了纸包，笑盈盈地走进来。紫燕含了满面笑容，站起来说道："你们出去的时候，本来已经不早了。我倒不曾心焦，原只不过一会儿工夫。玉容，你给哥哥拣了哪两块料子呀？"

玉容听了，早把肋下衣料纸包放到桌上，急急地透开。拿出一块咖啡色的哔叽，交到紫燕的手里，把油灯移近一些，说道："妈，你瞧瞧，这件料子给哥哥做件衬绒袍子，不是很好吗？猜一猜，多少钱一尺。"

"唔，这件料子可不错，猜我怎么猜得出？大约总要一元出零吧！"

"妈，这件料子要十二元七角四分钱哩！九角八分一尺，我剪一丈三尺，完成一件袍子，差不多要二十元钱。我说剪得太贵了，还有一种冲哔叽，只有四角六分一尺，我瞧瞧也很好。妹妹偏不肯，说一个人做衣服穿，那是正经用，一些也不能省的。况且现在人心多么势利，既然董事长介绍你到东亚银公司去任职，若衣服穿得不体面，恐怕要给人瞧不起。我听妹妹这样说，也很觉不错。妈，妹妹后来还一定给我买双皮鞋……我想着自己一个人，要花到这许多钱，心里真有些舍不得。"

松雪听妈猜一元多一尺，显然我们是买便宜的了，心里自然很喜欢。但是想起以前的境遇，连妈要请个大夫看病都不能如愿，还是把妹子卖给人家，方才把妈的病看治好了。那么现在自己身上，一花就是四十多元钱，心中实在很觉不安。所以他的话声，在喜悦的成分中又有了惶恐的颜色。玉容不等他说完，早已拉了紫燕的衣袖，笑道："妈，哥哥现在高升了，衣服不是应该穿好一些吗？这些事省不来的，哥哥又不是上跳舞场看戏院子去花钱，妈说是不是？我瞧哥短衫裤也都破旧了，所以又给他剪上两套府绸衫裤。妈，你瞧瞧，两角四分一尺，还有加三放，那不是也很便宜吗？"

玉容说着话，把另一包也透开，拿出一块条子府绸料子给紫燕看。紫燕听兄妹俩的话，心里的快乐，这几年来是从不曾有过，因此脸上的笑痕就没有平静过，连连点头说道："松雪这孩子就真做人家，你妹子这话不错，那几件料子剪得真便宜。"玉容听妈妈说便宜，自然十分得意，扬着眉儿，乌圆眸珠在长睫毛里滴溜地一转，那玫瑰花朵儿般的颊上，笑窝便又深深地掀了起来。松雪这时又把一只盒子打开，取出一双黄色皮鞋，拿到妈的面前，笑道："妈，你瞧这双皮鞋要七元五角钱，可贵吗？"

"也不贵，松雪，你瞧妹妹待你这样好，将来可不要把她忘记了呢。"

紫燕这一句话，当然自有她深刻的用意。因为照目前情形说，玉容到底给人家在做婢子，究竟如何结局，当然茫然无知。再说松雪已被万仁知悉就是他的骨血，那么将来也许有说穿的时候，事情一穿，在松雪也许立刻上天堂去，可怜玉容不是没有出头的日子了吗？所以在紫燕的意思，将来松雪就是晓得玉容并非自己的嫡血妹子，实在也应该竭力地照顾她。松雪听妈这样说，心里又感到无限的悲伤。拉了玉容的纤手，显出十分亲热的样子，说道："妈，你这个还用说吗？我若有得意的一日，第一，就是情愿出十倍二十倍的代价，把妹妹赎回来。妹妹的情义，我能忘得了吗？"

松雪说着，也不知道为什么缘故这样的辛酸，眼皮儿一红，竟是淌下泪来。玉容听哥哥这样说，自然也感到心头泪水不禁夺眶而出。紫燕瞧此情景，心里又安慰又悲伤，也只好劝他们道："只要你们有这个心，也就是了。时也不早，你们想是饿了，我们吃饭吧！"

玉容一听，方才破涕嫣然，把桌上的菜纸包打开，见有烧肉、鸭肉、白鸡、烤花生四种。紫燕把饭盛开，松雪把衣料整理过，放在床上。于是娘儿三个人在桌边坐下，便端着饭碗吃了。

晚饭完毕，紫燕端上脸水，给两人洗面。玉容抢着把碗筷收拾，松雪不允，说自己来，玉容瞅了他一眼，也不答应。紫燕忍不住笑道："大家都放着，我会洗清的，你们快洗脸。"

"哥哥，你这算什么意思？把我当作外人看待了吗？不然，你快自管去洗脸。"

玉容明眸脉脉地向松雪瞟了一眼，却又娇媚地憨憨地笑。松雪被她这样一说，自然不能和她过分地客气了，于是就让她去洗碗了。玉容把碗洗好，桌子也早揩擦清洁。松雪早已给玉容换了一盆热脸水，并把玉容平日用的脂粉拿出来，含笑叫道："妹妹，你好洗脸了。"

"妈妈可洗过了没有？"

"我洗过了，你自己洗吧，玉容，你今夜能不能够宿一宵去呢？"

玉容拧了手巾，正在自己脸上揩擦，听妈妈这样问，一时倒愕住了一会子，因为老太太还叮嘱自己早些回去，睡一夜当然是不可能的事。不过我说出来，一定使妈妈会感到失望，所以有些不敢说出口。松雪见妹妹这个样子，已经理会她的意思，说道：

"妹妹刚才不是曾说老太太嘱你早些回去吗？所以我想今夜一定是不能够。改天妹妹回家的时候，先和老太太接头好了，再来住一夜好了。"

"那么我也不和玉儿客气，就早些回去，太晚了，路上走着也不便。"

玉容听妈妈这样说，心头多少总觉得有些感触，背转身子，轻轻地叹了一口气。松雪笑道："不要紧，回头我伴我妹妹回去是了。啊呀，我这人真也发昏，妹妹的主人家地址在什么地方，我直到现在还不晓得呢！"

"就在这儿施高脱路中段，离这儿原很近，所以稍迟一些回去也不要紧。"

玉容听哥哥这样说，便把手巾在嘴唇皮上抹了一下，回眸过来装作没有事儿般地向他含笑说。松雪一听施高脱路中段，心中倒是一动，那里除了许玉辉的住宅比较庞大一些，此外还有谁家呢？莫非妹妹就在许公馆里做丫鬟吗？遂慌忙问道："妹妹，你的主人家是姓什么呀？"

"姓许，他们是一个大家庭，大小姐、二小姐、大少爷、二少爷，还有表小姐，真热闹得了不得，单丫头有五六个，仆妇车夫一共至少有二十多个，像这种人家，也真可说是人间天堂的了。"

玉容说着，觉得有钱的真有钱，贫苦的也真贫苦，所以不由自主地又叹了一口气。松雪一听果然是姓许，一时那颗心便怘怘地乱跳起来。暗想，那么准是许玉辉的家里了，但这个许玉辉不知是大小姐呢，还是二小姐？意欲向妹妹探问几句，但是自己喉间仿佛有什么东西哽住着，始终是鼓不起这个勇气。这时紫燕的心中也在暗暗地猜疑，玉容说姓许，这就奇怪了，莫非就是许万仁的公馆吗？遂也含笑问道："玉儿，你知道这个主人是做什么生意的？怎的有这许多钱财呢？"

121

"这个我倒不曾详细，因为我去一星期的日子，对于公馆里的事情，一切都还茫无头绪。我心中猜想，大约总是做投机生意的。"

　　紫燕听她不知道，遂也不便多问。三人又闲谈了一会儿，紫燕见时已八点半了，遂催玉容回去，并说道："反正就在这儿相近，那么松雪就伴妹妹回去，也好叫我心里放心。"

　　松雪听妈妈这样说，因为自己要去看一个究竟，所以便欣然答应。玉容当然不便拒绝，于是两人便站起身子，玉容向紫燕说声："妈，我走了，改天我仍会回家来看望你的。"紫燕答应，亲自送到门口，倚着门框子，直瞧不见了两个孩子的身影，她那一眶子的眼泪又滚了下来。

　　兄妹两人踏着月色，一路走，一路说着话，不知不觉早已到了许公馆的大门。松雪抬头一瞧，正是那天玉辉进去的那个门头。一时心里真觉得又惊又喜，同时又恐玉容和许玉辉无意中说出自己的名儿，意欲叮嘱她几句，但是却又说不出口。玉容却回过身子，握着松雪的手儿，摇了一摇，说道："哥哥，就在这里面，不是很近的路吗？以后假使有什么事情，你只要来喊我一声好了。不过你要说找王玉容的，因为我已把真姓名改去了。"

　　松雪见妹妹已改了真姓，可见女孩儿家的心，究竟比我们男子要精细得多。遂点了一下头，说声妹妹再见，便握手别去。玉容连声嘱哥哥走好，松雪一面答应，一面回过头来，又向玉容招了招手。但当他别转脸儿向前走的时候，在他的脑海中立刻也浮上了那天和许玉辉分手的一幕。心里有了一阵感触，仰天望着那一轮光圆的明月，情不自禁地又叹了一口气。

　　玉容回到许公馆，匆匆地先到上房里。只见许老太太躺在红木的炕榻上，翠环给她捶着腿儿，想来是打雀牌坐久了，感到了有些乏力。遂含笑叫了一声"老太太，我回来了"。许老太因为今天牌风好，赢了三百多元，心里很喜欢，便也问她说道："玉

122

容，你妈的病怎么了？可有好些了吗?"

"多谢老太记挂，妈的病已经好了。翠环姊姊，让我来给老太捶一会儿吧!"

玉容听老太太这样问，显然她对于自己是很瞧得起，心里十分喜悦，不禁眉儿一扬，掀起酒窝，笑盈盈地回答。翠环向她摇了摇头，指着那边桌子底下两篓蜜橘，说道："老太太叫我把这两篓蜜橘送到养花轩去给大小姐二小姐吃，我竟忘记了，你这时代我拿过去吧!"

玉容答应了一声，便提着两篓蜜橘，很轻快地步出了上房。今夜玉容的心里是很喜欢，虽然自己已卖给人家做了丫头，但妈妈的病是好了，而且哥哥又得到了好的职业，所以她只觉得快乐十分，走在路上，步伐会感到特别的轻松。

"大小姐，老太太叫我送蜜橘来给你吃了。"

玉容到了养花轩，先到梨辉的东厢房。她一脚跨进房门，就笑盈盈地嚷着。不料定睛一瞧，大小姐却不在卧房，只有红桃坐在桌子旁，抹着骨牌打五关玩。便忍不住扑哧一声笑道："红桃姊姊，你倒好逍遥自在呀! 大小姐哪儿去了? 这篓蜜橘子给大小姐吃的，你拿过了吧!"

玉容把一篓蜜橘子放在茶几上面，红桃连忙回身过来，见了玉容，便笑着站起，说道："玉容妹妹，难得你过来，快请坐会儿，大小姐今天晚饭没吃就走出去了。听说你下午也回家去探望过你妈的病，不晓得可好些了吗?"

"妈已完全好了，多谢你问着。你别忙呀，我把这一篓蜜橘还得送到二小姐房中去呢。二小姐不知又出去没有?"

玉容见红桃要去倒茶，便忙拦阻着她。红桃遂又回身过来，望着她笑了笑，说道："晚上又没有什么事情，你就坐会儿去打什么紧。大小姐常不在家，我一个人坐在卧房里，真冷静哩!"

"大小姐常常出去，不知在什么地方玩? 你可知道吗?"

玉容本待回身走出房去，听红桃这样说，便转过身子，又向她笑盈盈地问着。红桃走到玉容身旁，扳着她的肩头，悄声儿笑道："大小姐这两年来，生活更是浪漫一些，我虽不知道她在哪儿玩，但我猜得着她常到舞场里去的。有几夜她不是没有回来吗？我想恐怕有些靠不住……"

　　"啐，你别胡说吧！大小姐是怎样的人儿？她肯胡来吗？你这个话千万说不得。"

　　玉容见她说到这里，又很神秘地笑了笑。因为这是有关名誉的事情，所以便啐了她一口，叫她不要瞎猜。红桃微微红了脸儿，也觉失言，遂点了点头。玉容便回身走了，刚巧跨出门口，红桃又追上来，拉了玉容的手儿，低声央求道："玉容妹妹，我这个话你千万别给传扬开去……"

　　"你别傻了，这话能说吗？我是直心的人，劝你以后再不要说这些话，万一别个人要想在主子面前献媚，把这话告诉了大小姐，看你还做得了人吗？"

　　红桃拉住了玉容，这就不得不回过头来，听着她正经地劝告。红桃听了，自然是很感激，握住了她手，摇撼了一阵。玉容对她嫣然一笑，方才走到西厢房里去了。

　　玉容到了玉辉的房中，只见玉辉坐在写字台旁的台灯下，伏案正在拿了钢笔写英文字，遂低声地叫声二小姐。玉辉忙回过头来，见是玉容，便含笑道："你回来啦，妈的病怎么样了？"

　　玉容听二小姐也这样问，心里忍不住好笑。暗想：这也真奇怪了，我只不过回家一次，怎么大家都如此关心呀？遂忙含笑点头，照例文章，也是说了一句"多谢二小姐记挂，妈已好得多了"，并又笑道："二小姐，这篓蜜橘子是老太太叫我拿给你吃的。"

　　玉辉却并不注意她的说话，把手中的钢笔放下，身子在转椅上歪侧了过来，向她招了招手。玉容见二小姐叫自己走拢去，遂

124

把手里的那篓蜜橘放在桌上，身子就靠到玉辉的旁边，笑问什么事情。玉辉凝望她的粉颊，噗地一笑，说道："今天你要回家去看望妈的病，不是二少爷代你向老太太说的吗？"

玉容听玉辉突然说出这个话来，心里倒是吃了一惊，红晕了两颊，呆了一呆。暗想：这事情原是二少爷热心，我又不曾恳求他过。便假装含糊地摇了摇头，说道："二小姐，你做什么啦！难道发生了什么意外的事情了吗？"

"可不是？为了你，别人家哭了一个钟头，连晚饭也没吃呢！"

"二小姐，你这个话我可不明白了，究竟是谁哭了一个钟点啦？二小姐，事情是这样的，我可以完全告诉你。昨天夜里，我在院子里踱一会儿步，因为心里记挂妈的病不知究竟如何，所以我曾淌过一回眼泪。不料齐巧二少爷也来散步，问我为什么伤心。我恐怕二少爷生气，所以将实情告诉。二少爷听了，说我怪可怜的，允许代我向老太太去说。其实我又不曾做什么，谁连晚饭也没吃呢？"

玉辉见玉容的两颊是涨得血红，好像十分害怕，盈盈欲泣的模样。同时又听她这样急急地辩白着，遂点了点头，笑道："你不用着急，这原不和你相干的。"

"二小姐，那么你为什么说是为了我呢？到底是怎么一回事？请二小姐告诉我好吗？"

玉容听二小姐忽然又说不和她相干的，一时心中愈加疑惑，便含了满面的笑容，向玉辉央求着。玉辉点了点头，叫她到对面沙发上去坐下，方才告诉道："凭我所晓得的，全都告诉了你，你听着吧！放晚学时候，上房里正打着牌，我站在妈的身后瞧着，这时二少爷便走进房来，悄声儿地对妈说，要给你回家去一次。我妈连声地答应，二少爷就匆匆地走到外面去了。我回眸见沙发上坐着的表小姐，她虽然是瞧着报纸，但是她的眼儿却恨恨

125

地跟着二少爷望出去。大约五分钟后，表小姐站起身子，也溜到外面去了。那时我瞧此情景，心里就料到几分。因为觉得有趣，便也悄悄地到院子里找他们去。果然给我发觉二哥和静霞表姊站在池塘的面前，一个鼓着脸腮，一个噘着嘴儿，正在闹着。我本欲走上去和他们开玩笑，不料表小姐一个转身，就直向那边假山旁走去了。我忙奔到二哥面前，问他们为什么吵闹。二哥笑着道：'这事怪不怪，我因为妈有了打牌，忘记了给玉容回家去看望妈的病，所以代为向妈去请一个示，不料霞妹却来嘲笑我，说一个爷们，给丫头这样的关心，真是个多情公子啦！我听了当然不受用，向她辩解说："因为人家母亲病得厉害，玉容记挂着，究竟也是一个孝心，我瞧她可怜，所以向妈说一声，那原也没有什么关系的。"不料霞妹听了，冷笑道："她妈病要你关心什么？又不是你的丈母娘。"'我听完了二哥告诉，暗想，果然不出我的所料，忍不住笑出声来。后来我到静霞房中去瞧她，她伏在枕儿上哭着。我问她做什么哭？她说有些头疼。吃晚饭的时候，翠环去喊她两三次，她只是推说头疼不要吃，倒累得妈妈忙着拿仁丹给她吃，恐她受了寒。你想，不全是为了你吗？"

玉辉絮絮地说完了这一大篇的话，望着玉容绯红的粉颊，忍不住抿着嘴儿又咻咻地笑了。玉容的一颗心是跳跃得厉害，一时万分羞涩，低了头，却是一句话儿也说不出。良久，良久，方才说道："这种事情都是冤枉的，我们做婢子的人，怎么敢放肆呢？所以二小姐可怜我，最好请你还得向表小姐那儿郑重地声明，那我就感激不尽了。"

"玉容，你别自视太低，我倒很喜欢你。小姐也是人，婢子也是人，所差别的无非是几个臭铜钿在作祟罢了。静霞表姊会喝这罐子醋，她是自己失了身份，真正是大笑话哩！"

玉容听二小姐这样同情自己，心里自然是十分感激。不过在感激之中，又感到万分的羞涩。因为在她这个话中意思，仿佛二

126

少爷对于自己真的很有情的，所以表小姐会喝这一罐子醋。不然又何必赌气，连饭也不要吃呢？玉容这样一想，真是愈想愈不好意思，因此两颊的桃花也就一朵一朵地增加起来。玉辉见她羞涩得这个样儿，忍不住又抿嘴笑起来。好一会儿，玉容站起身子，走到玉辉的旁边，低声说道："这事老太太可知道吗？"

"除了我一个人知道外，别的都没有晓得。"

"二小姐，你给我保守着吧！因为这种事情传到老太太的耳里，终是我做婢子的骨头贱，其实我来了还到十天哩！唉！"

玉容说完这两句话，心里只觉得一股辛酸，忍不住淌下泪来。玉辉见她这样楚楚可怜的模样，因为玉容是很像自己，所以更加地激起同情，安慰她道："你放心，就是老太太知道了，我也会给你辩护的。玉容，你给我梳妆台抽屉里去拿方帕儿，我眼睛痒丝丝的怪难熬的。"

玉容听了，也只好点头答应。回身到梳妆台旁，拉开抽屉，见里面帕儿很多，其中有一块雪白的，上面用黑丝线绣着陶松雪三个字。一时心中倒是怔了怔，暗想：这方帕儿是我哥哥的东西，况且这三个字还是我亲手绣成的，怎么却会在二小姐的抽屉里？这事情透着有些奇怪。玉容这样想着，自不免愕住了一会子。

"玉容，在靠左边一格呀，那里面不是很多吗？"

玉辉这一句话，方才把玉容惊回来原有的知觉，连忙拣了一方红白的手帕，关上抽屉，含笑拿到玉辉手里。这时玉辉握着钢笔，又在书写着。见玉容把帕儿拿来，遂伸手接过，在眼皮上揉擦了一会儿。望着玉容一眼，微笑道："时候不早，你回房去吧！表小姐有什么话讽刺你，你只装听不见是了。"

玉容本来还要向二小姐探问这方帕儿得来的原因，今被二小姐这样一叮嘱，自己心里凭空又多了一桩心事，对于哥哥帕儿的事情，也就无心顾及。向玉辉点头，说声二小姐晚安，便很担心地回到静霞卧房里去了。

第十章

草草光阴烟花过眼去
娓娓清谈欢乐快心头

一连地刮了好多天的西风，显然气候是寒冷了许多。天空虽然是并没有落着雨，但老是阴沉沉的。太阳仿佛是个含羞的新嫁娘，躲在新房里，有些羞答答地怕见人。街上几株杨树，经过几阵西风的洗击，它那已黄的叶子纷纷地脱离了枝条，向天际狂飘。这好似失了群的小鸟儿，正在彷徨它的归宿。显然天气是已经由深秋而进至于初冬的季节了。

"品三，你到底预备怎么样？既然你的爸和我的爸原是好朋友，那么你也该找人向我爸那儿来求婚了。"

这时大中华饭店里一个三百六十四号的房间里，外面西北风虽然吹得紧，但室中已然暖烘烘的，蕴藏着无限的春意。时候大约是下午三点十分了，不过床上却有一男一女并头地躺着。男的是邵品三，女的便是许梨辉。梨辉那夜酒醉，自从被品三玷污以后，因为梨辉认为品三是个风流美貌的理想中夫婿，所以表面上虽然娇嗔含怒，心中却也暗暗喜欢。品三一面百般温存，一面海誓山盟地罚咒赌誓，情愿终身相爱，甜言蜜语地说了一大套。梨辉在他柔媚的手腕之下，因此也就死心塌地地爱上他了。从此以后，品三不时地约梨辉出来游玩，时间不早了，便用种种献媚的方法把梨辉留宿在外面。梨辉既已失身于他，自然预备始终如一地跟着品三了。光阴是很快的，不知不觉地也有两个多月的光

128

景了。

昨天是星期五，品三又约梨辉上舞场去跳舞，直到子夜两时，便欲梨辉同到大中华饭店去宿夜。梨辉因为已经这样夜深，回家不便，自然只好含羞答应。两人这一睡去，直到次日午后两点光景才醒来。两人躺在床上，又温存了一会儿。梨辉忽然想着这样下去，终也不是一个道理，反正门当户对，两个爸爸又是好朋友，何不早日结个婚，也好了却这桩心事。所以她明眸脉脉地凝望着品三，要他找人来作伐。

"你别性急呀！我想过了今年，待明年春天里再实行结婚的事情也不迟，只要你不变心，也就是了。"

品三听她这样说，便故意偎过身子，搂着她腰肢儿，凑过嘴儿去吻她的颊儿。梨辉恨恨地啐他一口，秋波逗给了他一个娇嗔，说道："只要我不变心……你这句话真是放屁……我的身子都交给了你，我还变什么心呢？唉，女子终不是人做的……"

"梨辉，我说着玩，你又伤心什么？你身子交给了我，我的身子不是也交给了你吗？"

梨辉说到这里，不免叹了一声，大有凄然泪落的意态。品三瞧了，早又贴着她的颊儿，默默地温存着安慰她。梨辉听他说出这个话，倒不禁嫣然一笑，啐他一口，说道："罢呀，你身子也交给了我，你这种不安分的少年，谁又晓得你……"

"晓得我什么啦？我在您的面前，绝对不敢说一句谎话，我是实实在在也只有和你……发生过爱……"

品三见梨辉红晕了两颊，再也说不下去，便慌忙正着脸色，向她急急地声明。梨辉听他也不说下去，这就忍不住露齿笑起来。品三见她这一笑，实在是妩媚到了极点，两手捧着她的粉颊，嘴儿凑到她的唇上，甜甜蜜蜜地吻住了。

"好了吧，品三！那么今年虽然不结婚，先订个婚不是很好吗？万一我的腹部大起来，这事情可怎么好呢？所以……我想结婚的事情是愈早愈好。"

经过良久的吮吻，梨辉轻轻地推开他身子，向他央求似的说。说到万一腹部大起来这一句，她的芳心立刻又恐怖起来，忍不住地要求他立刻就结婚了。品三沉吟了一会儿，眸珠一转，装出很淘气的样子，伸手到她软绵绵的肚皮上一摸，笑道："哪有这样快？下次我们小心一些是了。"

"屁，谁和你涎脸？这可不是玩的事。你横竖死人也不管，我的名誉可要紧呢！品三，你到底是不是真心地爱我？为什么我一说起结婚两字，你总推三阻四。假使你是存心玩弄我的话，那你的良心怎么对得住我……"

梨辉因为自己很正经地和他商量，他偏涎皮嬉脸地好像不当一回什么事般的。一时心头激起了无限的怨恨，狠命地把手儿摔开，白他一眼，愤愤地说出这几句话来。但说到末了，心里总觉万分悲酸懊悔，使她满眶子的眼泪，忍不住落了下来。

"好好儿的这又何苦来呢？我假使存心玩弄你的话，我一定死在枪弹之下的。我罚了这样重誓，你难道还不相信我吗？"

"只要你不抛弃我，自然不会死在枪弹之下。你若存心不良，准没有好结果的。"

梨辉听他这样说，心里虽然稍慰，但秋波却犹恨恨地白了他一眼。品三笑嘻嘻地又去吻她的嘴唇，梨辉别转脸儿不依他。品三笑道："我们起来吧！时候也不早了，你可曾饿了没有？大家还是到外面吃饭去。"

"你先起来好了，我还到浴室里去洗个身……"

梨辉听了，遂又回过头来，秋水盈盈的俏眼儿向他脉脉地一瞟，却又羞得把脸儿藏到被窝里去。品三会意，遂掀开被，先披衣下床。走到面汤台边，开了热水龙头，自管洗脸。待洗毕回头见梨辉时，她却早已到浴室里去了。

"梨辉，你要到什么地方去吃饭？"

两人挽着手儿，出了大中华饭店。品三回眸向梨辉望了一眼，笑盈盈地问。梨辉把手向前面一指，说道："那家怡红酒家不还是新近开的吗？我们还不曾去吃过一次，今天就去尝个新鲜的可好？"

　　品三点头说道："好的，我们就去尝新鲜的。"说着，两人相对望了一眼，忍不住都咻的一声笑出来。两人沿着南京路向东走，街上是热闹得十分。正在这个时候，忽见迎面走来两个少年。一个身衣西服，一个身衣中服。所以使梨辉注意的，是那个穿中服的少年，太像自己的弟弟了，这就不免向他凝望了一眼。谁知那个西服的少年，却向自己笑盈盈招呼道："梨妹，咦，巧得很，到哪儿去？"

　　"哟，原来是表哥，好久不见，行里出来吗？"

　　梨辉连忙定睛一瞧，原来是自己表哥李雨梅，一时微红了脸儿，也只好含笑招呼他。雨梅见表妹和一个年轻的男子挽臂同行，这样亲热的神情，显然已经有相当的感情。一时暗想：怪不得表妹这样和我冷淡，原来她已经是另有所爱了。心中一阵失望，只觉有股酸溜溜的气味直冲鼻端。对于梨辉的问话，却是不闻不答，只管呆望着旁边的品三出神。梨辉见表哥大有醋意，觉得呆站下去，不是个道理，遂含笑又说声再见，便挽着品三自管向前走了。

　　雨梅见表妹这种意态，心里自然十分难受。因此眼睁睁地望着两人远去了的后影，却是愕住了一会子。旁边身穿中服的少年瞧此情形，忍不住好笑，遂拉了他一下衣袖，说道："密斯脱李！这是你的表妹吗？"

　　雨梅被他一问，这才醒过来似的连忙镇静了态度，暗想，在一个同事面前，那可有些不好意思。遂回眸望了他一眼，微笑道："你不是大成纱厂董事长介绍进来的吗？她就是我舅爸许万仁的女儿。"

原来这个穿中服的少年就是陶松雪。他自入东亚银公司办事以来，也有两个多月的时候。平日和雨梅最说得来，所以两人虽然并非一科办事，却很亲热。松雪听那个女郎就是许万仁的女儿，暗想，这就无怪衣服穿得这样华贵了。便哦了一声，笑道："那么你们可是表兄妹啦！为什么却并不接近呀？这个少年不知是谁，你可认识他吗？"

"我并不认识他，想来总是表妹的情人了。密斯脱陶，你以为表兄妹间总有特殊的感情吧！但是阶级差得太远了，我们的表兄妹，也只不过虚有其名罢了。这些都是黄金作祟。唉！"

雨梅说完了这两句话，深深地叹了一口气。松雪瞧这情景，显然在从前两人也未始不相爱着。大约后来万仁发了财，做女儿的当然也慢慢地目高一切了。想着黄金两字，自己是最遭过黄金的压迫，心里当然也很感慨，对于雨梅的叹声，表示无限的同情。两人在人行道上默默地走了一截路，雨梅因为今天完全已发觉表妹的秘密，知道自己的热望是整个地失败了，心里是万分的不自然，遂和松雪握了握手，作别匆匆回寓所里去。

松雪知道雨梅的心头一定是很感到失恋的痛苦，心中也很代他难受。眼瞧他跳上人力车拉去了，方才回身过来轻轻叹了一口气。忽听有个女子的声音，清脆地向自己招呼道："哟，你不是陶先生吗？好久不见啦，足足有两个多月了吧！"

松雪抬头望去，心里这一喜欢，不禁喜出望外。立刻抢步上前，意欲和她握了握手，但觉得又不好意思，遂把手儿忙抬到头上，脱去了咖啡色的呢帽，笑着道："原来是许玉辉小姐，真的有两个多月没见了，你身子好？"

"多谢你，我很好，陶先生，你府上可是乔迁过了吗？因为我进进出出，终没见你的人儿呢？"

松雪听她这样说，心中暗想：原来这位许小姐虽然是个闺阁小姐，但却不讨厌我是个贫穷的少年嘛！听了她的话，显然她每天是很留心着我，为什么要进进出出留心我，不是为了心中爱着我吗？松雪这样想着，心里不免荡漾了一下，乐得眉儿一扬，望着玉辉吹弹得可破的粉颊，笑道："许小姐，你那张嘴，真仿佛是个金口。所以我在未告诉你之前，先得谢谢你的祈望。因为我果然如你所说，被上司提携，环境改好了许多哩！"

松雪说着，又连连向玉辉鞠躬。玉辉暗想：这是我亲自嘱爸爸这样做的事，怎么会不晓得呢？想着，忍不住抿了嘴儿咪咪地笑，说道："真的吗？那很好啦！我得向你陶先生道贺，这时就到对面美美酒家去坐会儿怎样？"

这是求之不得的事，哪有个不答应吗？当然连声说好，于是两人便穿过马路，一前一后地走进美美酒家。侍者招待入座，玉辉脱了天青呢的夹大衣，松雪连忙接过，给她挂在衣钩上。两人在桌旁相对坐下，侍者拿上两壶龙井。玉辉回头向侍者说道："有什么时新的点心，拿两三客上来好了。"

侍者答应下去，松雪握着茶壶，给她杯上斟了一杯，送到玉辉面前，含笑叫声许小姐喝茶。玉辉眸珠一转，说声劳驾。两人的视线齐巧接个正着，大家这就忍不住微微地笑了。松雪见她这一笑，颊上的酒窝便掀了起来，实在是妩媚到了极点。两眼凝望着她不免打量一下，见她身穿一件枣红呢的夹旗袍，两袖齐肩，那两条臂膀更衬得白嫩可爱。颈项下的衣纽上扣着一枚金刚钻的别针，亮晶晶的更映得容光焕发、艳丽无比。玉辉被他这阵子呆瞧，当然很不好意思，情不自禁地对他盈盈一笑，说道："陶先生，可不是吗？我说一个年轻的人，哪里会没有得意的日子吗？现在你到底扬眉吐气啦！这不是叫人喜欢吗？"

"许小姐，我现在是东亚银公司办事了，大成纱厂里不做了。因为便利我到公司里办事起见，所以在两个月前，我已搬到三马路群益里十四号，这就无怪我们见面的机会很少了。本来我原想到府上来拜望，但又觉得很冒昧，未免有些不方便。想不到今天在这里遇见了，许小姐因为今天是星期六，大概出来买东西的吧！"

松雪听她这样说，心里的欢喜真把心花儿都乐得朵朵地开了，遂眉飞色舞，很得意地向玉辉絮絮地告诉。其实玉辉曾问过爸爸，早已知道松雪是在东亚银公司办事了。遂点了一下头，因为心里感到有趣和好笑，所以她抿着嘴儿只是笑。松雪当然不晓得她就是万仁的女儿，以为她所以这样喜悦，完全是因为我的高升，显然她对于我是这份关心，因此望着她的粉颊，笑容也始终没有平复过。

两人相对笑了一会儿，玉辉的俏眼儿自然也在暗暗打量松雪。觉得一个人儿全靠打扮，这句话真不错。所谓佛要金装，人要衣装。看松雪穿了哗叽袍子，头发理得光亮一些，那副脸蛋儿就会更觉清秀可爱。松雪似乎也理会她有些在打量自己，那脸儿不自然地会盖上一层红晕，笑道："许小姐，我们两个月不见，我的脸儿可有些改换了样子吗？"

"这哪有改变得如此快？又不是两年啦！……我瞧你气色是好得多了。"

玉辉听他这样说，扑哧地一笑，秋波脉脉含情地向他一瞟，做个打量气色的样子。松雪自然很得意，握起了茶杯，凑在嘴边，喝了一口。这时候侍役把一客枣泥锅饼干拿上，玉辉握起筷子，向盆里指了一指，说道："陶先生，别客气，这侍役很有趣，却拿上一盆甜的来，你爱吃吗？"

"甜的我很喜欢，许小姐大概也很爱吃吧！"

松雪听了她的话，显然她也是个爱吃甜的人，自己是无所谓，于是放下茶杯，就附和她的意思说。玉辉内心是感到极度的兴奋，颊上的笑容这就一些也没平静过。遂又搭讪着问道："陶先生，老伯母现在一定很强健了，还有令妹大概也很好吧！我这人就糊涂，令妹的芳名是什么？不知可在学校里读书吗？""妈妈很好了，多谢你记挂，我妹妹叫玉容……"

"什么？叫玉容吗？"

松雪也许是太兴奋了的缘故，因此忘其所以地明白地告诉出来。及听到玉辉惊异万分地问着，心中这才猛可省悟，自己的妹妹就是在她的公馆里做丫鬟，那天夜里伴妹妹回公馆时候，不是自己才发觉吗？松雪这一难为情，那两颊是涨得血红，心中真有说不出的难受。其实松雪何必要这样显形于色呢？天下同名的人儿尽多着，要混避过去，原也可以。但松雪又不是处世已久的老奸巨猾，能够装得出虚伪的态度。玉辉见他脸儿陡然变色，心中愈加奇怪。暗想：莫非王玉容就是他的妹子吗？……哦！也许是的吧！陶先生的妈病着，怎么玉容家里的妈也病着呢？咦，这不是怪事吗？便含颦凝眸地向松雪呆望了一会儿，说道："陶先生，你妹妹的脸儿不是很像我吗？"

松雪听她又问出这个话来，显然她已经是很明白的了，那还用得了隐瞒吗？慢慢地把筷子搁下，眼皮儿有些润湿，羞惭满面地低声儿说道："许小姐，说起来，我很觉得惭愧。好在您是一个同情贫穷人家的小姐，当然你也不会看轻我吧！那是将近三个月前的事情，我还在大成纱厂做练习生。那天下午，不是曾把许小姐撞倒在地吗？这是因为我心里担忧着妈的病，所以竟像没了灵魂儿一样。当天夜里，我曾请假回家，妹妹告诉我妈的病好似非常厉害，但是没钱请大夫医治，怎么是好？我听了虽然心如刀割，但除了和妹妹流泪以外，又有什么办法呢？到了次日，瞧妈的病只有沉重，正在没法，隔壁张大嫂来了，她瞧此情景，便悄悄对我说，事到如此，只有把你妹妹卖给人家做丫鬟去，所得的钱，请医治病，你妈也许有一线生望，不然，恐怕是没用的了。我怎么能够忍心叫妹妹去做丫头？当然有些委决不下。不料妹妹在背后偷听，说情愿卖身医治母病。我因事到万急，也只得由她去了。在当初我是并不知道妹妹就在许小姐家里做丫鬟，直到那天妹妹回家来探望妈的病，晚上我伴送妹妹回公馆，方才认出那公馆门口，就是我和许小姐那天下午分手的地方。打那一日起，在我心里开始晓得妹妹是卖在许小姐的公馆里。……唉！也许是造物有意使我兄妹两人分离吧！因为妹妹被卖后一个星期，我就被厂里董事长看中提携了。假使早几日提携我，我的妹妹不是可以不用给人家做丫鬟了吗？"

松雪絮絮地告诉了一大篇，忍不住连声地叹气，眼泪竟是淌下了脸颊。玉辉这才恍然，原来玉容就是松雪的妹子，她说姓王，当然是故意掩饰的了。今见松雪淌泪，芳心也不免一酸。柔情脉脉的明眸，向他温和地凝望，低声地安慰道："陶先生，你不要伤心，也不要以为可耻，这是环境如此，无论怎样本领大的人儿也是没有办法的呀！好在玉容妹妹的人儿，除了我表姊以外，是没有一个人不爱她的，尤其和我，是更说得来。目前暂时充个丫鬟，将来说不定就有好日子过。"

玉辉这几句话儿显然是含有深刻的意思。但听进在松雪的耳里，倒不禁为之愕然。慌忙拿手帕拭去了泪痕，睃着玉辉，怔怔地问道："许小姐，我前儿听妹妹告诉，说她是在服侍表小姐呀！那么她一定是得罪了表小姐，所以表小姐会不喜欢她。我想妹妹这个人，她还是一味地孩子气，有什么不懂的地方，总求许小姐指教指教，那我心里是很感激的了。"

玉辉听松雪这样说，可见他们兄妹两人的亲爱了，一时真是无限地敬佩，心中暗想：你是误会了，表小姐所以不喜欢她的原因，你怎么能够猜想得到呢？玉辉这样想着，心里忍不住好笑，但表面上不得不认真地道："这些陶先生可不用担忧，玉容妹妹因为很像我，她进我家的时候，我心里就和她很好。不过她的人样儿的确也真讨人喜欢。"

玉辉说着，忍不住抿着嘴儿又哧哧地笑。松雪见她的意态，是一些没有表示鄙视他，心里自然十分地感激。明眸脉脉地含了无限的柔情蜜意，向玉辉娇靥凝望着一会儿，说道："在许小姐的面前，我总透着有些惭愧。"

"陶先生，你切勿说这个话，况且你还是我救命的恩人啦！我的心里，是差不多没有一刻不在想……"

玉辉也许是说顺了嘴，为了表示恳切一些，所以她情不自禁地竟说出这两句话儿来。但是一个女孩儿家，在一个年轻的少年面前说这一种话，到底有些难为情。因此红晕了两颊，再也说不下去，慢慢地垂下了头。

松雪听了玉辉这两句话，一时心里不觉又充满了甜蜜，情不自禁猛可伸过手去，大胆竟把玉辉的手儿握住了。玉辉骤然见他这个举动，心里真是又惊又喜。但惊奇到底抵不过喜悦的成分，一些也不拒绝，任他紧紧地握着，同时还把俏眼儿向他脉脉地偷窥。松雪既把人家握住了，倒又感觉十分的冒昧。遂又放脱了她纤手，脸上浮着甜蜜的笑意，说道："许小姐，请你恕我无礼，这是因为我内心太兴奋了的缘故。"

玉辉并不回答，除了两颊上一层一层地浮现着红晕外，又逗给了他一个妩媚的娇笑。但不多一会儿，她立刻又摆出洒脱的态度，握起筷子，笑道："陶先生，我们别尽说话，冷了就不好吃。"

松雪点了点头，遂也握起筷子吃了。这时侍者又端上两客鸡肉大包并火腿春卷。玉辉向侍者说声差不多，不要拿了。侍者答应，便又退出。松雪夹了一条春卷，一面吃一面心想着：许小姐对于我竟表示这样的好感，显然她的芳心中是很有我这一个人，那么换言之，就是她的确很爱我。像我这样才学浅薄而且又贫穷的少年，能够得到一个贵族小姐身份的许玉辉相爱，这当然是一件意想不到的乐事。我的家史既然已经是很明了，那么我对于她家庭中的情形，自然也应该有个比较详细的知道。这就微抬起脸颊，望了她一眼，问道："许小姐有几个兄弟姊妹？"

"我吗？增加你一倍，我有一个姊姊、两个哥哥，连我一共四个，那不是较你多一倍吗？"

松雪见她回答着，忍不住又笑起来。心里这就暗想，这位小姐究竟还脱不了孩子气。因为感到有趣，便也笑着说道："原来许小姐是最小的妹妹，那做人就有意思。老伯不知在哪儿办事？大号叫什么？"

"有什么意思呢？不也是一样地做人吗？我爸爸做的事业很多，他的名字叫万仁……"

玉辉笑盈盈地回答着，因为心中是对着松雪，口里自然也忘记了。及至说出了口，方才理会了。但既已说出，也就假装含糊地握着筷子夹起春卷吃。松雪骤然听了万仁两字，把许玉辉的许字再加到万仁头上去，这就不禁咦了一声，笑起来道："许万仁，大成纱厂里的董事长，就是你的爸爸吗？"

玉辉见他凝眸沉思了一会儿，忽然向自己问出这个话来，因此放下筷子，把两臂伏在桌上，脸儿藏到臂弯里，竟是哧哧地笑起来了。松雪见她笑得这份有劲，忍不住又愣住了一会子。心里一层一层地细想，万仁所以这样提携我，莫非就是玉辉从中在帮忙吗？忍不住急急地又问道："许小姐，你使我太不明白了，你既然就是许万仁先生的女儿，那你为什么在当初就不说明呀？"

玉辉并不回答，弯了腰肢只管笑。良久，良久，方才抬起头来，把纤手又去掠着额间的云发。雪白的牙齿微咬着殷红的嘴唇皮子，瞟了他一眼，却又嫣然笑了。松雪瞧此意态，心里不住地荡漾，猛可站起身子，走到她的面前，深深地鞠了一个躬，说道："哦，我明白了，我明白了。许小姐，你这份深情，实在使我感激铭腑。今天我所以有这样的一日，还不是许小姐恩赐给我吗？但是你太戏弄我了，叫我在你面前，显出扬眉得意的神气，这不是叫我太难为情了吗？"

玉辉见他向自己鞠躬，同时又听他向自己感恩，不过在感恩之中，还带有了一些责问的口吻。但这责问的口吻，到底是带了喜悦有趣的成分。因此也慌忙站起身子，却让过一旁，抿着嘴儿，又哑声儿笑。一会儿，又叫松雪一同坐下，方才正经地告诉道："陶先生，你听着，我详细地告诉你吧！我那天跳下电车，被香蕉皮滑倒在马路上，假使没有你奋身相救的话，恐怕我是早已成为车轮下之鬼了。想不到第一天给我撞倒的你，第二天竟是我的救命恩人。所以在我的心里，对于你当然是十二分地感激。后来在和你谈话之中，知道你是在大成纱厂做练习生，待遇颇为微薄。于是我要报你的恩情，我心中就存了一个主意。不过我终不好意思立刻就说出来大成纱厂董事长就是我的爸爸，这不是太自夸了吗？我回家之后，就把自己险做车轮下之鬼，幸亏一个陶松雪少年相救，这个少年便是大成纱厂的练习生的话，向爸爸告诉。同时又恳求爸爸把你提拔起来，以报答你的救命大恩。爸爸一听是厂中的练习生，说天下竟有这样勇敢的少年，便答应我准定提拔你了。"

玉辉说到这里，含情脉脉地又向松雪瞟了一眼。松雪见她当面赞美自己，这也许还是她自己加上的口吻，一时心头只觉甜蜜无比。暗想道：原来其中有着这一段曲折事情，难怪我想董事长和我非亲非戚，他平白地为什么要来提携我呢？遂情不自禁伸手又把她纤手紧紧握住，两眼含了无限柔和的目光，凝望着她粉脸，却是感激得一句话儿也说不出。玉辉瞧他这个样儿，芳心可可，嫣然笑道："陶先生，你当初说起你的环境，不是表示无限的愤激之意吗？我听了你的话，是表示非常同情。不过我怎么好意思直接就告诉？所以我曾安慰你，一个人哪有贫苦到底，千年瓦片也有翻身的日子呢！这两句话，你不知道现在可还记得吗？"

"我怎么不记得？当时我听了许小姐的安慰，我心头真会感激到宽放了许多。但是我怎料得到许小姐这两句话竟是给我的现实安慰。我这人真笨透了，却会一些也没有想到。许小姐，你这份深情，真不知叫我如何报答才好哩！"

玉辉的笑容是始终没有平复过，她觉得把从前的话儿再提起来说一说，那实在是一件很有趣的事。松雪这才完全明白了，原来她前时的安慰话儿，句句是含有作用的，心里直感激得无可形容，握着她手儿，却并不肯放松。玉辉这时喜悦的成分超过了羞涩的成分，她娇媚地斜乜着松雪，笑道："陶先生，你这个话可不对。从今以后，只有我报答你的份，没有你报答我这一句话的。你是我的恩人啦！我能报答得完吗？"

玉辉说完这末一句话，方才又害羞起来。正在这时，侍者匆匆拿面巾进来。松雪这才脱了她的手，装作去拿醋壶子的模样。侍者见两人并未吃毕，遂又走了出去。松雪向她望了一眼，两人四目相接，忍不住会心地浮上了一丝笑意。这才握着筷子，彼此又低头吃了。

"许小姐，你的表哥李玉梅不是也在东亚银公司做事吗？他和我很要好，今天落写字间的时候，我们原一块儿出来的。在马路上而且还遇见你的姊姊，和一个西服少年挽臂而行……"

"真的吗？你们可有招呼没有？"玉辉不待他说完，急急地追问。

"你姊姊和你表哥招呼过，也没有说几句话就分别了，我们却不曾介绍。许小姐，你姊姊叫什么名字？那个少年你知道是谁？我问雨梅，他也不晓得。"

"姊姊叫梨辉，她的朋友我怎么知道？"

玉辉转着乌圆的眸珠瞟了他一眼，忍不住又微微地一笑。两人吃毕点心，遂拿手巾抹嘴。松雪遂按电铃，叫侍者进来，付去了账，玉辉笑道："是我请你进来，怎么好意思叫你付账？"

"许小姐，我想这一些小事，也就用不到客气了。"

松雪说着，在衣钩上先拿下呢帽，戴在头上，又取下大衣，提了衣领，意思是给玉辉穿上。玉辉含了满面的娇笑，说声劳驾，也就老实不客气地在他手中穿上了。两人这才并肩下楼，出了美美酒家。在人行道上慢步地走了一会儿，玉辉绕过无限媚意的俏眼，向松雪瞟了一眼，说道："陶先生，你此刻打算回家了吗？"

"许小姐怎么样？还到哪儿去吗？"

在玉辉的一颗芳心里，当然也很希望再和松雪一块儿去瞧场电影，或者到什么地方去玩上一会儿。不过自己和松雪也只不过三次的见面，要他一块儿吃点心，还是自己的主意。那么一同再到什么地方去玩玩，应该是松雪提议才对。若再是我说上去，那一个女孩儿家究竟太不好意思，而且未免是失了姑娘的身份。玉辉是个绝顶聪敏的姑娘，所以她假意向松雪问一句。不料松雪也是个老实的少年，他听玉辉这样问，还以为她是有别的事要先走一步了，遂也向她这样问一句。玉辉听他这样反问着，那倒有些窘住了，只好笑了一笑，说道："我也回家去了，陶先生的府上是三马路群益里十四号，我记得。有空一定来拜望你的妈。"

松雪听她说拜望自己的妈，可见这位小姐年纪虽轻，说话可极有分寸。遂忙也说道："拜望不敢当，有空请过来玩玩，那我是十分欢迎的。"

"那么我们再见……"

玉辉微微一笑，很大方地伸过手来，两人紧紧握了一阵。松雪给她讨了一辆街车，眼瞧她娇小的身子被人力车慢慢载着拉远了。他的脸上含了无限欣慰的微笑，踏着十二分轻松的步伐，咭咯咯咯地走在归家的途上。

松雪这两个多月中的一个疑窦，直到今天遇见了玉辉，方才有了一个透底的明白。他的疑窦是什么呢？因为松雪本身是个练习生，绝不会受人的注意。现在这个董事长，居然会把他从黑暗之中提拔起来。松雪虽然是入东亚银公司里办事了，但空下来的时候想想，觉得这事情总有些莫名其妙。难道董事长果然为了我舅爸是他的朋友，所以才提拔我吗？但按诸实际而论，这绝没有这一种好人。许万仁果然为了舅爸是他的朋友，那么他要提拔当然是舅爸的儿子，难道会来提拔他的外甥吗？而且这个提拔，可说是越出了提拔的范围之外。这事情看来总有其他的原因。不过究竟是什么原因呢？松雪无论如何是猜想不到。所以他在独个儿呆坐的时候，觉得这事情有些不可思议的神秘。不过今天自从遇见玉辉以后，他恍然大悟了。原来今天有这样一日，完全是两个多月前自己举一手之劳的大功。想不到妹妹的主人就是我厂里的董事长。而我救起的许玉辉，又是董事长的女儿。这种梦想不到的事情，真可谓是巧中巧了。松雪一路上这样地细想，心里自然是无限的欢喜。

玉辉坐在车上，也在暗暗地细忖：这也奇怪，爸爸和松雪好像特别有缘似的。当时我叫他提拔松雪，也无非给他在厂里升个职员罢了。谁知爸爸竟把他荐到东亚银公司去，可见爸爸也很看中松雪的人品哩！玉辉这样想着，一颗芳心自然也是充满了甜蜜的滋味！

松雪玉辉心中是这样地想，在他们的心里以为万仁会荐松雪到东亚银公司去，是再没有其他的原因了。但事情并不是像他们猜想那么简单，玉辉又怎能够想到自己理想中的丈夫，却是自己嫡血的哥哥呢？那么在松雪的心里，当然也是和玉辉同样地想不到。

玉辉回到家里，匆匆先到上房去。翠环告诉老太太到张公馆打牌去了，于是玉辉又回到自己的卧房。只见红桃红梅坐在房中结绒绳衫，见玉辉进来，便站起来相迎。玉辉脱去了大衣，红梅接过，前去挂好。玉辉问红桃道："大小姐下午可曾回来？"

"昨天下午出去后，直到现在没有回来过。"

玉辉听红桃这样回答，想起松雪的话，一时深觉姊姊的生活未免太浪漫一些。一个女孩儿家怎么常可以在外面宿夜呢？不过姊姊究竟较我年纪大，她自己难道会不晓得吗？我怎么老三老四地可以管姊姊呢？玉辉这样想着，遂回头又向红梅问道："二姨太、三姨太、大少爷、二少爷、表小姐，他们都有出去吗？"

"二姨太早晨十点钟出去，午饭也没回来吃。三姨太饭后睡个午觉，方才走出去。大少爷上午到学校去后，也没有回来过。二少爷一点半钟回来，大概在书房里瞧书。表小姐饭后也睡午觉，此刻不知在做什么，倒不晓得。"

玉辉听红梅絮絮地回答了这一大套，心里忍不住又好笑。红桃也笑道："红梅姊怎的知道这般详细？二小姐若问我，我还回答不出来呢。"

"本来我也回答不出，因为两点半钟的时候，我曾到各个房间做过一次访问员。"

玉辉红桃听红梅说得有趣，都忍不住笑出声来。不料正在这时候，忽然见玉容满颊是泪地奔进房来。拉了玉辉的手，苦苦哀求要在二小姐房中服侍，同时又呜咽地哭了。这把房中正在欢笑的三个人都大吃了一惊，倒是呆呆地怔住了。

第十一章

送去胡桃霜闹出口角
窥来陶松雪了若指掌

"玉容，今天柴妈碾好的胡桃霜，这里一小饭盂，老太太是给二少爷吃的。此刻二少爷想是回来了，你就趁空拿了去吧！"

下午两点钟光景，许老太太早已到张公馆玩骨牌去。上房里是静悄悄的，翠环坐在沙发上，独个儿刺着枕头上的花，抬头见玉容从表小姐房中走出，遂向她低声儿地说着。玉容听了，噘着小嘴儿，秋波盈盈地白了她一眼，似嗔非嗔地笑道："表小姐才睡着了，我抽空正想来和你聊天一会儿，不料你又忙着来差遣我了。我不高兴拿去，再说为了到二少爷那里去一次，总要受一次气，回头你拿去不是一样吗？"

玉容说着话，已是向翠环挨身坐下来，拿起她已刺成的一半花儿，凝眸瞧了一瞧。翠环听她这样说，心里既感到她的可爱，又觉得她的可怜，忍不住低声地笑道："单拿去一放，又要不了多少时候，你不是马上可以回来和我聊天吗？若不拿去，老太太晚上回来瞧见了，倒又说我们贪懒忘了。至于……这个人……你不理她也就是了，和我们做丫鬟的争风吃醋，那真是失了自己的身份。"

翠环说着，又把嘴儿向表小姐房中努了一努，后面两句都是说得非常的轻微。除了旁边的玉容听得出，隔离四五步路的地方就听不见了。翠环这两句话，虽然是同情着玉容，不过在玉容的

144

耳里听来，总感到有些难为情。微红了两颊，啐了她一口，说道："你这句话也不对，不能说她争风吃醋，她完全是瞎多心。你想，一个少爷，怎么会爱上我们一个做丫头的呢？"

"不过丫头是一个人，小姐也是一个人，好的丫头就比小姐还强，二少爷也许真会爱上你，这也说不定。所以表小姐的吃醋，倒也怪不了她。"

玉容说出末了一句话，已经是万分不好意思。再被翠环这样一说，那两颊就愈加地绯红，同时一颗芳心的跳跃也更觉得快速。恨恨地打了她一下肩胛，偎在她的身上，嗯了一声，缠绕着不依她。翠环凝望着她的粉颊薄怒含嗔的意态，越加显出十分的妩媚，这就抿着嘴儿，忍不住哧哧地笑起来。

"好妹妹，你快起来，我原和你说着玩，再说这也不是一件坏事，二少爷若果真的爱……"

玉容被她这样哧哧地笑，更加感到难为情，遂赖在翠环的身上不肯起来。翠环忙又扶起她身子，笑盈盈地告饶。但玉容听到这里，早又伸手把她嘴儿扪住，恨恨地白了她一眼，一面伸手又向她扬了扬。脚儿一顿，微咬着嘴唇皮子，嗔道："你再说下去，我可捶你。"

"不说就不说，你捶我做什么？我这样爱护你，你还捶我，那你真没有良心哩！玉容，玩笑管玩笑，正经管正经，你快把胡桃拿了去，我们就好一块儿做活计哩！"

玉容听她这样说，忍不住又嫣然一笑，却是逗给了她一个有趣的白眼。遂走到梳妆台旁，两手捧起了那只瓷饭盂，向翠环说声"我马上就来"，便笑盈盈地奔出去了。

初冬的天气，整个的院子里更显得冷清清的。阳光淡淡地从浮云里射出一道微弱的光芒，晒到身上，却会感不到一些暖意。西风中飘舞着的那满天黄叶，奏出瑟瑟的含有音乐成分的声响。这声音并不像爵士音乐那样的狂热，至少是带着哀怨的调子，听到多愁善感人们的耳中，自然会感到一阵莫名的悲哀。

玉容出了上房，沿着醉月邨，向松云小筑那边走。心头是默默地思忖：我到这里差不多也将近三个月了。老太太对待我，的确很好。二小姐似乎更加和我亲热，大小姐比较疏远一些。二少爷也奇怪，对于我似乎真的很多情，这难道旁人也瞧出来了吗？否则，翠环怎么会和我说出这个话来呢？想到这里，又觉好生难为情。一会儿又想：哥哥在两月前写封信来告诉我，说家里已搬到三马路群益里十四号了。原因是为了便利到公司办事起见，不过离这儿公馆是远了许多，假使我要回家去一次，倒是不比以前那样便当了。玉容这一阵子呆想，早已到了松云小筑的面前。忽然从西风中送过来一阵弹钢琴的声音，悠扬地触入耳鼓。玉容知道二少爷是已经回来了，遂三脚两步地跨入院子，到了西厢房，果然见二少爷背着自己，正在玩弄着钢琴。

"咦，玉容，你送些什么来呀？"

光辉听到一阵皮鞋的声音，仿佛先已知道有人走进房中来。遂停止了手捺，回头过来向后面望。一见是玉容，便忙笑盈盈地问着。

"这是一罐子碾好的胡桃霜，老太太给你每天早晨冲汤吃。"

玉容把瓷饭盂向桌子上一放，话还没有说，身子已是向后面转。光辉瞧她这个模样，心里忍不住好笑，遂连忙喊住她，说道："玉容，你回来，你回来，这样急匆匆干什么？我有话问你哩！"

"二少爷有什么话？你就说吧！我还有别的事情呢！"

玉容被光辉这样急地喊住，当然不得不又回过身子来，望着光辉的脸儿憨憨地笑。

"老太太在做什么？睡午觉吗？"

"没有，老太太吃好午饭，就被张公馆里太太请去打牌了。"

光辉一面问，一面身子已是站起。他似乎怕玉容逃走模样，故意装作毫不介意的神气，一步一步挨到玉容的身边来。玉容的话还未回答完，不料冷不防光辉就把玉容的手儿拉住了，得意地笑道："老太太既不在家，打量你做什么去？你想逃走吗？这可被我捉住了。"

光辉说着话，伸手又把那扇白漆的室门掩上了，拉了玉容的纤手儿，一步一步向那钢琴旁边走去。玉容有些赖着不肯动步的意态，秋波脉脉含情地瞅住着光辉脸儿，笑道："二少爷，我真有事情哩！你别缠绕好吗？"

"你有什么事情？倒说出来给我听听。"

光辉见她掀着酒窝，这种妩媚的意态，真令人感到了可爱。遂在钢琴旁的一个锦垫圆凳上坐下，拉着她手儿不放，望了她玫瑰花儿般的两颊，也只管微微地笑。玉容听他这样问，一时倒愕住了。但她乌圆的眸珠一转，便又露齿微笑道："回头表小姐醒来找人，找不着我，不是又要挨骂了吗？"

"那不要紧，上房里还有翠环在着呢，难道她偏要你的人吗？玉容，你是差不多有一个星期没到这儿来了，今天难得你来，不是应该坐会儿去吗？我知道你所以不来的原因，是不是为了我这人不好，对不对？"

光辉两眼含了无限的柔情蜜意，向玉容的娇靥默默地凝望。玉容听他这样说，情不自禁地摇了摇头，表示并不是你的人不好。但她又害起难为情来，俏眼儿瞟了他一下，却是垂了粉颊。光辉瞧她这种娇羞的意态，心里倒是荡漾了一下，低声说道："那么你觉得我这人很好是不是？既然很好，为什么不时常来谈谈呢？"

"因为我有些怕到这里来。"

玉容并不立刻回答，良久，良久，方才低声地说出这一句话来。听进光辉的耳里，倒不禁为之愕然，忍不住哑声儿笑道："怕什么？这里可没有老虎，难道会吞吃你不成？"

"并不是怕这里有什么老虎，我怕受气。因为我来一次，回去总要无缘无故地挨一顿骂。你想，我还高兴到这儿来吗？"

玉容鼓起了脸腮，噘着了小嘴儿，似乎想着了被骂的苦楚，心里尚有些怒气未平的模样。光辉心里不免想起前两天玉辉妹妹对自己说的话，叫我别老和玉容多缠，免得玉容吃静霞表姊的冤气。现在听了玉容的话，可见静霞表妹一定常常拿玉容出气的。暗想：这又有什么用呢？我心里不爱你，你就是把玉容骂死了，我还是不会来爱你的。只不过太委屈了玉容一些。想到这里，把她的纤手轻轻抚了一会儿，安慰她道："这种人，你理她做什么？一个人到底要讲理的，你没有什么错处，她难道也好来骂你吗？"

"说也好笑，她真会无缘无故开口骂人的。我想着总是自己命苦，给人家做丫头，所以常挨骂。唉！"

无限的伤心渗入了她的心头。红粉的两颊笼上了一层抑郁的颜色，长长地叹了一口气，亮晶晶的眼泪已在她眼角边展现了。这意态是引起了光辉的楚楚可怜，把她的手儿拉得近了一些，望着她低声地说道："这都是我不好，累你受苦……本来我原想向老太太把你要了过来，但又怕这尖嘴薄舌的向老太太进谗，那倒反使你受老太太的注意。其实丫头也不是一个女孩儿吗？和小姐又有什么两样。我最不赞成用两种目光来对待人，玉容，你不用伤心，我晓得你貌相不错，将来一定有好日子过。"

玉容听他这样说，倒不禁又为之破涕嫣然。但既笑了出来，却又感到十分羞涩，背过身子，用手儿去揉擦自己的眼皮。

"玉容，你回过身来呀！我弹钢琴，你唱一支歌给我听听可好？"

光辉瞧着她娇小的背影，呆了一会子。不料玉容却也并不回转脸儿，呆呆地仿佛在想什么心事。这就熬不住站起身子，扳住了她的肩胛，向她轻轻地说着。玉容慢慢地绕过无限媚意的俏眼儿，向光辉含情脉脉地瞟了一下，摇头笑道："我不会唱歌。"

"你别说谎，在学校里不是你也念过四年书吗？念过书的人，怎么不会唱歌？玉容，来，来，你快唱一支。"

光辉说着，把她拉到钢琴的旁边。自己在凳子上坐下，拿了歌曲册子，拣了一曲，递到玉容的手里，笑道："玉容，你就唱这一曲。"

"二少爷，这……我真不会唱，你换别的吧！"

玉容接过一瞧，却是一曲定情歌。而开头第一句，又是"我爱你！"三个字，那怎么好意思唱出来呢？因此两颊是一圈圈地红起来，扭捏了一下腰儿，摇了摇头。

"你会唱的，我知道。玉容，你别推却，我就爱听你唱这一曲。来吧！我捺钢琴了，你预备着，一二三！"

光辉见她这样娇媚不胜情的意态，显然是怕着难为情。但自己所以叫她唱这一曲歌，原含有深刻的意态，怎么可以不唱呢？便含了满面的笑容，十指虽然已在钢琴上叮咚叮咚地响起来，偏昂了脸儿，明眸犹向玉容的粉颊脉脉地凝望。玉容见他口里喊着一二三，那自己又不得不唱的形势了，因此也只好含羞唱道："我爱你，我爱你，你我同在一条战线。纵海枯、石烂，也毁不了我们的贞坚！休在华晨月夕，留恋，留恋，便忘了责任在双肩。为民族的生存，要肉搏向前；为大众的幸福，要奋勇当先！任人海风狂，骇浪掀天。我俩的手儿相携，步儿相连。那时爱的精诚才见！爱的精诚才见！"

玉容想不到自己开口一唱，光辉同时也高声地合唱起来。而且唱"我爱你"这两句时，他的眼儿还向自己有所表示地脉脉地瞟。芳心之中真是又喜又羞。直待唱完了那曲定情歌，心里真感到万分不好意思，一个翻身，却是逃到窗前去了。光辉站起身子，也跟到玉容的身后，两手搭到她的肩上，哈哈地笑着叫道："玉容，我爱你，你唱得真好极了。"

光辉这几句话是带着双关的意思，听到玉容的耳里，自然是甜蜜无比。雪白的皓齿微咬着红润的嘴唇皮子，回眸过来，向他盈盈一笑，却是默然不答。光辉是略俯了身子，把脸儿偏着去望她，冷不防玉容侧过颊儿来，两人就险些吻了一下。不过光辉虽没有吻着，却已闻到了一阵处女的幽香从玉容雪白颈项里散出来。对此娇靥，未免有些想入非非，倒是呆呆地愕住了。

就在这个当儿，忽听哐当的一声，从门外推进一个少女，她本来是满面含着笑容，骤然瞧见了室中两人这个亲热的情景，那脸上立刻浮现了娇嗔，噘起了小嘴，冷笑了一声。光辉玉容慌忙回过身子，向前一瞧，各人心里都不禁别别一跳。原来进来的不是别人，却是表小姐静霞。

"我找了大半天要你的人，却没处找，原来却在这儿迷人哩！老太太买了你做什么来？你可要想明白一些吧！"

静霞瞧着两人局促不安的神情，秋波恨恨地向玉容白了一眼，指着她恶狠狠地说着。玉容的脸儿由红转变了灰白，她的眼眶子里已贮满了辛酸的悲泪，低着脸颊，一声儿不敢响地一步一步出了室门，急急向上房里奔去了。

"表哥，你也是个大学生，而且又是个主子，对于家中一个丫头，显出这种亲热的样子，不但被人家要笑话，而且也未免失了你的身份。"

光辉铁青了脸孔，眼瞧着玉容的娇小身影一步挨一步地、可怜地走出了室门，心中已经是万分不受用，不料静霞却含了满面的娇笑，姗姗地走了过来，带了冷讥热讽的口吻，向光辉轻轻地说着。光辉满腔的怒火再也忍不住了，不禁也冷笑了一声，瞅着静霞一眼，说道："表妹，你这几句话儿，未免有些不中听。照你平日的思想，似乎并没有这样的落伍。丫头是不是一个人？少爷是否人以外的人？奇怪极了，少爷和丫头说几句话，难道就会失身份了吗？"

光辉说完这两句话，忍不住又连连冷笑，回身自管走到写字台旁去，却给她一个不理睬。静霞听了这话，自然是讨了一个没趣，心里真有无限的哀怨。回眸盯着光辉的身子，叹了一声，说道："丫头终是个丫头，表哥以一个大学生的资格，难道真会爱上一个无知无识的贱丫头吗？"

"什么丫头、小姐、少爷、太太、老爷，不全都是一个人吗？谁生成的是老爷、太太、少爷、小姐？谁生成的是丫头、仆妇、车夫、奴隶？小姐就贵了，丫头就贱了？没有几个臭铜钿，也许我立刻也会贱起来。"

光辉猛可又回过身子，向静霞絮絮地说了一大套，却是不住地冷笑。静霞听光辉这几句话，想着自己的身世，显然表哥是有意地挖苦我，心里真有说不出的怨恨。无限愤怒陡上心头，倒竖了柳眉，圆睁了杏眼，哼了一声，似乎还要说几句话。但她的心里，不知又有了一个什么感触，她叹了一声，立刻回身急急奔出了松云小筑，直向上房里走去了。玉容到了上房，那眼泪就会像雨一般滚下来。翠环一见，心中吃了一惊，走上前来，拉住她手，急急地问道："玉容，你怎么啦？谁给你受委屈呀？"

"全是你不好，我原不肯送去的。从今以后，杀掉我的头，我也不再到松云小筑里去了。"

玉容摇了摇头，起初不肯说，但忽然咬着牙齿，又愤愤地自己罚着誓，同时她的眼泪扑簌簌地又滚湿了衣襟。翠环凝眸一想，这才理会了，咦了一声，奇怪地说道："表小姐她起来，我问她到哪儿去，她说到养花轩去的，怎么她到松云小筑里去的吗？你也不用怪我，我不是叫你胡桃一放就回来的吗？"

翠环说到这里，忽然瞥见窗外静霞气鼓鼓地从院子外进来。便拉了玉容一下衣袖，悄悄地说了两声她回来了。玉容一听，连忙用手背擦干了泪痕，很快地走进静霞房中去了。翠环也忙坐到沙发上，自管低头做活。只听一阵很响的皮鞋声，噔噔地进来。翠环抬头正欲招呼，静霞却早已步入后面自己房中去了。翠环见她意态是非常愤怒，好像正预备向人发作似的，一时倒替玉容捏了一把冷汗。意欲也跟着进去，用话来解散她的怒气，又恐自己也被骂，所以鼓不起勇气。坐在外面房中，心头是跳跃得厉害。不料好一会儿，却不听有什么动静，这才放下了一块大石。正在这时候，玉辉从外面回来，翠环告诉老太太到张公馆打牌去，玉辉点了点头，不说什么，便又匆匆回养花轩去。翠环意欲把玉容静霞的事告诉，但已来不及了。谁知玉辉走出上房还不到五分钟，忽然间听得一阵玻璃茶杯落地敲碎的声音。接着又听静霞尖声地骂道："你到底做丫头来的，还是做小姐来的？我喊你，三不应四不响，明天我和你回老太太去，我就让你也不要紧的。"

　　翠环一听，这事情不对，遂急急地走到静霞房中来。只见地上已泼了一地板的茶水，玻璃杯当然是敲得粉粉碎了。玉容双泪交流，一手还按在自己的左颊上，吓得全身有些发抖。静霞两手叉了腰肢，犹不绝地骂着贱丫头、野姑娘。翠环瞧着这情景，显然玉容是被打过耳光的。心中虽然是十分的不平，但表面上还不得不装出笑容，说道："哟，做什么啦！表小姐是个身体柔弱的人，玉容你这人真不懂事，干吗还怄表小姐生气？表小姐，你不能和她这种人一样见识，自己身子要紧，快耐耐火吧！玉容，你还站着做什么？快到外面去一会儿吧！"

　　翠环一面向静霞赔笑，一面又向玉容丢了一个眼色，意思是叫她快走开了，难道还挨骂吗？玉容当然十分感激，她便匆匆奔出了上房。脸耳光也挨着了，唉！这我做人还有什么趣味呢？整个的公馆里，谁是我的知音？我的委屈向谁去告诉好呢？除了二小姐以外，当然是没有的了。玉容这样想着，遂又向养花轩玉辉的房中走去。齐巧玉辉刚刚坐定，突然见玉容拉着自己的手儿，竟呜呜咽咽地哭起来。心里当然是吓了一跳，遂急急地问道："玉容，怎么啦？你别哭呀！到底为了什么事情，快好好儿地告诉我吧！"

"二小姐，你可怜我，你就向老太太把我要过来了，我情愿生生世世地服侍你，不然，我真做不下人去了。"

玉容停住了哭泣，但说到这里，那眼泪便又像雨点一般地滚下来了。红桃红梅瞧玉容这样伤心，所谓兔死狐悲，物伤其类，心中也觉悲酸，眼皮儿一红，忍不住也开口问道："玉容妹妹，究竟出了什么事情呢？你就快告诉二小姐知道吧！"

"翠环姊姊叫我把一饭盂碾好的胡桃霜送到二少爷那儿去，不料表小姐又向我寻事。她要茶喝，我倒给她。她说太热，我给加凉，她又说太冷。并说现在是什么时候，初冬的天气啦，你给我喝冷茶，可不是要害我生病吗？说着，便把那茶杯立刻掷到地上，同时伸手又打我一记耳光。……唉！无缘无故地受苦，这叫我怎过得下去？二小姐，你可怜我，你终得救救我。"

玉容听两人这样问着，遂把这事又告诉出来。因为今天这个委屈实在是太厉害了，玉容的心头是充满了无限的悲伤，忍不住又泪下如雨。玉辉、红梅、红桃三人听完了玉容的话，同时回眸去瞧玉容的脸儿，果然玉容粉嫩吹弹得破的两颊，左颊是特别的红，显然还有几个指痕。红梅红桃这就忍不住深深叹了一口气，因为是和玉容一样的地位，当然是格外地同情。玉辉心中暗想：我们家里自买丫头进来后，可说从来是没有打过人家，表姊现在居然打起人家耳光来。大家都是一个女孩儿家，那又何必施用这种虐待的手段，来对付一个柔弱的姑娘，真也不想想自己本来的面目，倒像煞有介事地摆出一面孔小姐的架子来。玉辉这样想着，当然也很生气，遂温和地安慰她说道："你别伤心，我明天准定给你向老太太要了来是了。"

玉容听玉辉这样说，感激得叩下头去。慌得玉辉连忙把她扶起，望了她一眼，笑道："你别傻了，那算什么意思？"

这时红梅却拧了一把面手巾给玉容揩泪，玉容又连连道谢。玉辉因为尚有许多话要和玉容说，碍着红梅红桃在旁边，不好意思问。沉吟了一会儿，乌圆的眸珠一转，这就有了主意。遂站起身子，拉了玉容的手儿，笑道："你也不用气在肚里，明天生起病来自己身子吃苦，那就犯不着哩！我和你到院子里去散一会儿心吧！"

玉容见二小姐这样爱惜自己，真可说把自己当作妹妹一样看待了。心中这一感激，几乎又要淌下泪来。遂悄悄地跟着玉辉，一同出了养花轩。

前面是一个池塘，因了时候已经到了初冬的季节，所以满池塘的荷叶都已枯黄得像死过去了一样的憔悴可怜。但池水依然是十分清洁，下面那游来游去的金鱼却是清晰可数。玉辉和玉容站在池塘的旁边，两人低头望着水中人影倒映在池面上，却是呆呆地出神。忽然一阵西风吹来，池水面微微地皱起了一圈圈波纹，水中的水影子荡漾了，玉辉和玉容两人的心也渐渐地荡漾起来了。

"玉容，你姓什么？"玉辉忽然毫无意识地问。

"我姓王。"玉容两眼依然望着池水，也毫不思索地回答。

"你姓王？到底姓什么？"玉辉偏昂了脸儿，含笑凝望了她。

玉容这才从荡漾中恢复了原有的知觉，立刻也回眸过去，正和玉辉瞧了一个照面。因为玉辉的两眼是含了神秘的目光，仿佛她已窥破了自己的神秘一样，这就忍不住两颊一红，倒是愕住了一会子。玉辉望着她很妩媚地一笑，低声儿说道："我知道你不是姓王，可不是姓陶的对不对？"

"咦，二小姐，你真奇怪了，你怎么……哦！哦！我也许有些明白……"

玉容的脸上是显出惊奇万分的意态，但她到底是个绝顶聪明的姑娘，不到一分钟之后，她的脑海里立刻又浮现起两个多月前使自己怀疑的一件事，她的心里因此就有了五分的把握。不过玉容这话听进在玉辉的耳里，她不禁也同样地奇怪起来，定住了乌圆的眼珠，向玉容怔怔地望着，说道："你这话就有趣，你也许有些明白，到底明白什么呢？"

"我明白你所以知道我姓陶的原因，一定是我哥哥告诉你的是吗？"

玉辉听玉容这样说，倒不禁为之愕然。暗想：玉容这妮子竟聪敏得这个样儿，但她如何会晓得我和她哥哥认识呢？但猛可也理会了，便笑道："我猜你哥哥一定也和你说起过我了吧！"

玉辉这一句话听到玉容的耳中，一颗芳心的喜欢顿时眉飞色舞，那酒窝这就始终不曾平复的了。其实玉容所以这样说，完全是根据两个月前自己在二小姐抽屉里瞧到哥哥一方手帕的事实所得。不料今听玉辉这样说，显然二小姐和哥哥是个很知交的朋友了。玉辉见她并不回答，只管哧哧地笑，便催问道："玉容，你怎么老是笑？快告诉我呀！"

"二小姐，哥哥平日对我虽然很亲热，但对于他的女朋友，怎么肯告诉我知道呢？所以这事情并不是哥哥告诉我的。"

玉辉听她这样说，两颊立刻浮上了一层红晕，白了她一眼，伸手又轻轻地向她打了一记，娇嗔道："你快别给我胡说吧！那么既然不是你哥哥告诉，你怎么晓得我和你哥哥认识的呢？"

"二小姐，我告诉你吧！两个多月前的夜里，就是我回家去探望妈的病回来的一夜，老太太不是叫我拿蜜橘到二小姐房中来吗？二小姐叫我在抽屉里拿一张帕儿，我就发觉抽屉中有一方手帕绣着我哥哥的名字。那明明是我哥哥的东西，当时我心中虽然很奇怪，但却不敢问你。现在二小姐竟晓得我不姓王，这不是我哥哥告诉你，还有谁呢？不过我原是胡猜一猜，想不到二小姐果然和我哥哥认识的嘛！"

玉辉听她扬眉得意，笑盈盈地说出了这几句话，心中方才恍然大悟。暗想玉容这孩子心细如发，果然与别个姑娘不同。情不自禁偎了她身子，握住了她的玉手，嫣然笑道："其实你也不能怪你哥哥不告诉你，因为那时候我和你哥哥也只不过见了两次面的朋友罢了。不过话得说回来，直到现在，也只不过见面第三次哩！"

"哦，直到现在还只有见过三次面吗？这话奇怪，那么我哥哥的手帕为什么会在二小姐的地方呢？"

玉容听到这里，似乎有些迫不及待，哦了一声，又笑盈盈地问着。从她的脸部表情上看来，显然是含了无限的神秘和喜悦。玉辉当然是很羞涩，逗给了她一个似嗔似恨的媚眼，这才慢慢地把自己和松雪认识的经过，从头至尾向玉容告诉了一遍。玉容连忙说道："哦，原来老爷的名字就是许万仁，你瞧我这人可糊涂，今日二小姐不说出，我还在鼓里呢！……在当初我哥哥也非常地奇怪，董事长怎么突然会把自己提拔起来了呢？这个疑问现在方明白了，原来都是二小姐暗中在帮忙。哎，二小姐这样恩惠，真不知叫我们如何感激才好呢。那么我哥哥现在可曾明白了没有啦？"

"刚才我在南京路碰见你哥哥，这回才只有第三次。彼此在无意中都露出了马脚，因此大家索性直爽地说明了。他方晓得许万仁是我的爸，我也方晓得你就是松雪的妹子。"

玉容彻底地明白了，她慢慢地垂下头来，明眸又浸在池面上了，水中两个娇小的人影很显明地映在眼帘下。一颗芳心是充满了甜蜜的滋味，暗暗地思忖，原来哥哥是救过二小姐的性命。看二小姐的情景，听二小姐的说话，显然她是很倾心着我哥哥，所以她会暗中嘱她爸爸提拔我的哥哥。想不到二小姐竟会和二少爷一样没有贫富的界限。二少爷他不是也对我说过吗，他绝不因贫富的不同，而分出两种眼光来对待人。可见二少爷也不因我是个丫头而存了鄙视的心理。刚才他偏偏和我合唱一曲定情歌，这在他的心里，不是含有深刻的意思吗？玉容这样呆想，脸上浮现了欣慰的微笑，对着那水中自己的人影，自不免愣住了一会子。

"玉容，所以我劝你不用伤心，只要你存心不坏，将来终有好日子过。你不要以为你是丫头，其实人人能做小姐，人人能做丫头，也无非是被环境支配着罢了。"

"二小姐！……唉！像你这样好性情的小姐，能有几个呢？我也说不出什么感激的话，总之，我心里是有二小姐这么的一个人，永远永远不会消灭的。"

玉辉见她这样出神，伸手拍了她一下肩胛，又向她低声儿安慰。玉容回身过来，面对着玉辉，脉脉凝望了一会儿，却是涌出了一颗晶莹莹的眼泪。玉辉知道她这是感激自己的表示，心里当然也很感动，握着她手儿，摇撼了一阵，笑道："玉容，别难受吧！我们期待着，不久的将来，光明会降临到我们的头上。"

玉容听了，不禁又破涕为笑，明眸里含了无限的柔情蜜意，点了一下头。两人携着手儿，离开了池旁，一步一步向那边假山面前走。忽然玉辉瞥见那面板桥上站着一男一女，女的是静霞表姊，男的却是雨梅表哥。静霞似乎在淌眼泪，雨梅拿帕儿给她揩拭，意态颇形亲热。玉辉遂拉了拉玉容，叫她注意。玉容瞟了她一眼，却是并不回答。玉辉牵了她手，遂掉转身子，避过静霞和雨梅，慢慢地向养花轩里走。心中忽然想起松雪的话："我和你表哥在路上遇见过你姊姊，你姊姊和一个西服少年挽手同行。没有说了几句，就分手的。"显然雨梅表哥追求姊姊的希望是成泡影了，无怪他不得不转变了爱的方针，而倾心于静霞表姊的身上去。齐巧静霞表姊空虚的心灵正需要现实的安慰去填补她。玉辉这样想着，心里忍不住好笑，自言自语地说道："倒也是很相称的一对。"

玉辉加上倒也是三个字，显然是推己及人的口吻。待她自己理会了，两颊上也不禁添上了两朵桃花。玉容听她突然这样自语着，所谓很相称的一对，究竟是指点谁呢？大概有些心虚的缘故，她的粉颊上也会不自然地红起来。

夕阳拖长了她的影子，慢慢地向西山脚下沉沦了。整个院子里，是笼上了一层灰暗的色彩。玉辉玉容抬头望着天空中掠过的几只归鸟，显然夜之神是已降临了人间。

第十二章

重拾旧欢分钗希再合
金迷纸醉酒绿与灯红

这是一个两楼两底的房子，里面至少住着五六份人家。客堂和下厢房大概是二房东自己住着，所以收拾得颇为清洁。在自来水的龙头旁边，站着一个年约三十七八岁的妇人，低了头，正在洗着午饭后的碗筷。这时后厢房里就有个少妇走出，手中也端了一面盆碗筷，见了那妇人，便含笑叫道："陶太太，用过中饭了吗？"

"吃过了，你们呢？……哦！请等会儿见，我就洗好了让你……"

陶太太一面说着话，一面已是回过头来瞧，见她手中也端着碗筷，遂忙又含笑向她点了点头。手中的工作加快了一些，便拿了面盆，自回到客堂楼去了。

这位陶太太就是松雪的妈，她一面向楼上走，一面心中暗想：今天是星期六，松雪是要早些回家的。下午我得烧些点心给他吃吃，这孩子真做人家，早出晚归，总是两脚步行，怪令人可怜的。心里想着，已是步进了房中。松雪自欧阳路迁居到三马路群益里，把破旧家具都卖些去，同时又添了几件新的。所以母子两人住了一个客堂楼，地方倒也收拾得很清洁，显然生活是好了许多。

紫燕把碗筷放进竹橱里，在铜勺子里又倒了一面盆水，对着镜子洗了一个脸。紫燕究竟还只有四十不到的妇人，近两月来的安闲生活，使她人儿又胖了许多。况且她本来也长有一副好容貌，所以梳妆以后，对镜自照，觉虽已徐娘半老，但风韵犹存。可见环境的厉害，能使人年纪变老，也能使人年纪变轻。紫燕想着，自不免轻轻地叹了一口气。正在这个当儿，忽然见门帘掀处，显出一个中服的男子来。身穿天青花缎的袍子、黑缎的马褂，头戴蓝呢大帽，年纪五十多岁，但为了营养得好，脸儿是白白胖胖，十分的丰腴。他手中拿了一截雪茄烟，因为是提起在胸前，从窗外射进来的阳光，映到他的手指上，发出耀人眼睛的光芒，显然他手指上尚戴着一枚挺大的钻戒。

"请问这儿可不是陶松雪家里吗？"

他半探了身子，向房中打量了一会儿，方才含笑向紫燕问。紫燕觉得这个人有些面熟，遂站起身来。走到房门相近，望了他一眼，说道："您贵姓，找松雪有什么事？"

"我就是许万仁……你你你……莫非就是韩紫燕吗？"

紫燕做梦也想不到万仁会到这儿家里来，虽然是有十八年没见了，但万仁到底是和自己曾经同衾共枕的人。听他喊出自己名字，定睛向他仔细一瞧，哟！不是他这个冤家，还有谁呢？这就情不自禁地向后倒退了两步，也不知道为了什么，心里只觉得无限的悲酸。眼皮儿一红，别转身子去，说道："哼，你倒还认识我这个苦命的人吗？"

紫燕说着话，身子已伏到床上去，竟是窸窸窣窣地抽噎起来。万仁见她这个样子，倒是出了一会子神。方才跨进房中，轻轻走到床边，意欲坐下去拉她身子，又觉得不方便。似乎十八年没见了，倒反而有些羞人答答的模样。因此望着她一起一伏正在哭泣的身子，不免又愕住了一会子。这才低声儿说道："紫燕，你别伤心吧！我是曾到杭州城里来找过你，但你已经不知去向了。唉！总是我负情了你，不过现在事情已过去这许多年了，当然再也没有什么办法了。凭天良说一句话，我的心里是没有一天不在记挂着你。"

　　紫燕伏在床上虽然是哭泣着，但她的神经当然是相当地注意万仁。今听他这样说法，一颗芳心不免又软了下来，暗自细想：万仁虽然负我，但我自己到底也有不是之处。假使我直到现在仍没有嫁过人，这当然可以理直气壮地责备他。现在我未几，便即另嫁他人，这叫我又如何说得出口？他说曾到杭州来找过我，倘若我肯多忍耐几月，也许可以重逢吗？这样说来，倒还是自己的不好了。不过环境如此相逼迫着，我又岂情愿急于另嫁他人呢？紫燕想着，觉得万仁还会来瞧自己，究竟尚不失是个有良心的人，我总不应该过分冷酷地对待他。于是从床上翻身又坐了起来，眼泪模糊地凝望着他，低声儿道："你不要以为我又嫁了人，到哪儿你要明白，我一个才产下孩子的弱女子，拿什么来活口啊！唉！现在我给你孩子已养得这么大了，总也对得住你了。"

　　万仁听她说完，眼泪又扑簌簌地滚了下来。这种楚楚可怜的意态，怎不令人感到辛酸？万仁并没回答什么，眼泪竟也夺眶而出。良久，方说道："我害了你，使你苦了这许多年。"

　　紫燕对于万仁会淌泪，这当然也是一件意想不到的事情。同时也听他这样说，心里愈加感动。但是愈感动，也就愈觉得伤心。坐到床边，两手在梳妆台上一伏，忍不住又哭了起来。万仁泪眼望了她一会儿，说道："紫燕，你也不用伤心了，老是哭着，不是叫我瞧了也难过吗？"

　　紫燕听他话声是带有哽咽的成分，一时也不忍过分地伤他心。遂慢慢地站起身子，把脸水换了一盆，拧了一把手巾，交给万仁擦脸，然后自己也洗过了面，方又倒上一杯茶，用了无限哀怨的目光向他脸上逗了一瞥，问道："松雪在大成纱厂里做练习生也有一年多了，你怎么直到现在方晓得他是你的……唉！"

　　万仁见她说到这里，却再也不说下去，深深叹了一口气，慢慢地垂下了头。当然瞧此情景，心里也有无限的感触。遂在桌边坐了下来，望着她轻轻地说声你坐。紫燕似乎不忍拒绝，于是也在他的对面坐下。万仁这才说道："事情是很复杂，我的二女儿那天放学回家，从电车上跳下，一不小心，竟跌倒在马路中心。那时有辆汽车驶来，幸而松雪援手相救，得以保全性命。大概松雪和我二女儿玉辉曾有一度谈话，知道松雪在大成纱厂里做练习生。玉辉一心欲报答松雪救命之恩，所以暗中嘱我提拔松雪。我听松雪这样勇敢，既然就是我厂中练习生，要提拔他也很容易。所以过了两天，便到厂里去访问。当时我一见松雪，就觉得他很像二儿光辉，心里十分奇怪，遂有一搭没一搭地问他身世。直听到他说出有个舅父名叫韩紫炳，我才知道松雪就是自己的骨血。那时我心头只觉无限疼痛，几乎要淌下泪来。"

万仁说到这里，回眸望了紫燕一眼。不料紫燕明眸也正在默视万仁。四目相接，大家都感到有些说不出的滋味。紫燕暗想：当时我早就料到尚有其他的缘故，原来是松雪救了他的二女儿。但是松雪这孩子，怎么却并没说起这一回事呢？遂又问他说道："松雪救了你二女儿，这事我却并不知道。不过我听他告诉董事长许万仁竟这样地提拔他，我心中是完全明白的。我瞧着孩子又高兴又怀疑的神情，我心中真有说不出的苦。唉！我怎么能够告诉他许万仁就是他亲生的爸啦！"

万仁到此，方知松雪对于自己为什么要这样提拔他，他是仍在鼓中。见紫燕又在淌泪，想想伤心，也不免叹息不止。紫燕拿手帕擦了擦眼皮，又低声儿问道："你现在膝下共有几位少爷和小姐？太太想也健在着吧？"

"她现在年纪也老了，万事都不管账。孩子共有四个，两男两女。"

万仁说着，紫燕并不作答，低头望着自己的脚尖，却是出神。万仁抬头向房中打量了一会儿，忽然若有所思地回眸也向紫

162

燕问道："我听松雪说，不是还有一个妹子吗？她到哪儿去了？"

"唉，我这个苦命的孩子……在你未认识松雪前一星期，我的病势生得厉害。可怜我这两个孩子是急得走投无路，为了要救治我的病，他们竟瞒着我，由隔壁邻居张大嫂做介绍，我这玉容孩子竟情愿卖身给人家做丫鬟去。唉！我思想起来，真好伤心啊！"

紫燕忽然听他问起玉容，无限伤心陡上心头，还未说话，那泪水又像泉水一般涌了出来。万仁听卖给人家做丫头去，而且是张大嫂做介绍，又听她喊出玉容，一时便咦咦地想起来，说道："什么？她叫玉容吗？可不是十六岁了？"

"正是十六岁，你如何晓得？"

"啊哟，照你说来，这孩子竟就是我家里那个了。"

紫燕听他这样说，陡然想起玉容曾说这家主人姓许，当时我倒也曾疑心过，想不到果然就是他的公馆里。一时心中又惊又喜，忍不住急急地说道："这样说来，我可怜这孩子竟在你家做丫头了。唉！"

"紫燕，环境如此，那有什么办法？现在你病果然痊愈，总算也没辜负她一片孝心。好在这孩子是在我家做丫鬟，吃苦两字，那当然不用忧愁。不过这样子下去，总不是个事，我想待明春看机会，和太太商量一下，把你娘儿三人都认了来，不知你的心里可情愿吗？"

万仁所以问她情愿，当然是因为紫燕已嫁过了陶信存。不过在紫燕的耳里听来，心中自然激起万分的悲哀，叹了一声，呜咽道："我还有什么不情愿的吗？只是我心里也感到对不住你……"

"你不用说这些话，终是我害了你的……你有什么对不住我呢？"

万仁见她说完这话，又掩了脸儿扑簌簌地淌泪。一时想起已往的两人恩爱，哪有不伤心的道理？眼皮儿一红，泪水又在眼角旁涌了上来。两人相对默默地淌了一会儿泪,紫燕忽然想着今天是星期六,回头松雪回家,瞧见了这个情景,那可算什么意思?便慌忙又收束泪痕,站起身子,拧手巾给万仁拭泪,说道:"今天是星期六,松雪也许就要回来了,我瞧你还是早些走吧!"

万仁猛可记得,觉得在未说明之前,对着这一个儿子,究竟也有些未便。遂点了点头,一面伸手在袋内摸出皮匣,取出一个存折,交到紫燕的手里,说道:"这是一个一万元的活期存折,你拿着,万一有什么急用,就不会着忙了。"

说了这话,身子已站起来。意欲和她去握别,但又觉不好意思。只好点了一下头,自管步出房去。紫燕见他这样想得周到,也不可谓不多情,心里自然十分感动,情不自禁地送出房来。万仁跨出房门,听后面的脚步声,当然也理会她是跟了出来。遂回身转去,齐巧和紫燕打个照面。这就趁势和她的手儿握了握,柔声地说道:"别送了,外面我汽车等着。"

紫燕点了点头,眼瞧着万仁的身子在扶梯口消失了,方才回身转入房中来。把那个存折打开瞧了一瞧,只见早已开好韩紫燕户,可见他是存心这样做的。一时把十几年来的怨恨也就完全消尽了,觉得万仁到底还是个有良心的人。遂把存折藏入抽屉中,偶尔抬头见镜中自己脸儿,眼皮是通红的。暗想,松雪回来,见此情景,不是又要疑心了吗?便忙走到面汤台边,重新洗个脸儿,敷上了一层香粉,在她意思,当然是要避免松雪的注意。坐在椅上,想了一会儿心事,万仁将来若果然再肯承认我是许家的人,那我不但和玉容母女仍可以团聚,而且这两个孩子也再也不会吃苦了。紫燕想到这里,心中自然很喜欢。以为有了钱,就是多花费一些,也不在乎此。于是紫燕又走到外面南货号里,买了两斤桂圆。回家剥了肉,放在小锅里,倒了些开水。燃着了洋风炉子,把小锅子搁在上面,烧碗桂圆汤给松雪这孩子吃。天气渐渐地冷了,吃了桂圆,到底也可以补身子的。

164

待桂圆汤滚开，只见松雪满脸含笑地进来。口里喊着妈妈，手里已把头上的呢帽脱下，挂到衣钩上面。紫燕也装作毫不介意的神气，含了微笑，说道："松雪，我给你煮好了桂圆汤，你肚里饿吗？我盛给你吃好吗？"

"妈，我刚吃了点心，你自己吃吧！……妈妈，这真是一件意想不到的事情，我告诉你，你也会喜欢。玉容的主人家原来就是许万仁的公馆里呀！"

紫燕正在拿碗盛桂圆汤，忽然听松雪说出这个话来，虽然自己也已知道了，不过松雪他又如何晓得呢？心里当然也很惊奇，连忙回过身子。只见松雪已笑嘻嘻地挨到自己的身旁，便望了他一眼，笑问道："这个你如何晓得的呀？"

"妈，我详细地告诉你吧！你道我所以被董事长这样地提携，是果然为了舅爸的关系吗？这个完全猜错了。妈，你晓得究竟是为什么吗？"

松雪听妈这样问，两颊红了一红，在红晕里面，又浮上了得意的憨笑。这种意态在慈母的面前，显然还带有了淘气的成分。紫燕暗想：为了舅爸关系，这也原是你自己的猜测，其实我是早已知道的了。但心里虽然这样想，表面上不得不装出稀罕的模样，问道："这我哪里晓得呢？傻孩子，你快告诉我，到底是什么缘故呢？"

"妈，在两个多月前，我曾救过一个女学生，她姓许叫玉辉，当时她十分地感激我，问我在哪儿办事，姓什么，叫什么。我并不介意，遂告诉了她。过了约莫一个星期，我就被董事长提携了。在当初我心中始终有些疑惑，直到今天，我又在南京路遇到她，彼此无意中一说，这个疑窦方才明白。原来这个许玉辉小姐就是许万仁的二女儿，而且我的玉容妹子，也就是在许小姐家里做丫头。妈，你想，这事儿巧不巧呢？"

紫燕听松雪絮絮地告诉，方才明白他和许玉辉在今天见过了。这样听来，两面的话儿齐巧是接合的，可见这事情是千真万确的了。心里这一喜欢，真是十多年来所从没有过。遂把松雪的手儿拉来，满面含笑地说道："真的吗？那么你可曾问问许小姐，玉容在公馆里还好吗？"

"妈，我问过了，许小姐说玉容妹妹因为生得模样好儿，性情儿好，所以公馆里的人，没有一个不喜欢她。同时玉容妹妹因为和许小姐有些相像，所以许小姐也不当妹妹为丫头看待，好像姐妹一样的亲热了。"

"那也真是这孩子的造化了。松雪，妈给你桂圆盛出了，你就吃些吧！"

紫燕听了这话，除了喜欢外，心头又得到了无上的安慰。觉得凡事都有一个数，陡然忧急也是没有用的。所谓谋事在人，成事在天的两句话了。一面含笑频频地点头，一面放了松雪的手，把两碗盛出的桂圆汤，端到松雪的面前。松雪在外面虽已吃过了点心，但却不过慈母爱子之心，只得在桌边坐下。望了紫燕一眼，笑道："妈，那么这碗你吃。"

紫燕点了一下头，娘儿两人坐在桌旁，遂默默地吃桂圆汤了。松雪拿了小羹匙，只管在碗里掏着桂圆，却是并不送到嘴里去。两眼只向碗里滚圆的桂圆望着出神，脸上浮现了笑容，这情景显然是在想什么心事。

"既然她明白玉容就是我的妹妹，她却一些没有显出鄙视我的态度，想不到一个贵族的小姐，竟有如此平等的思想，真也难得了。"

紫燕见他呆呆地出了一会子神，忽然自言自语地说出了这几句话来。一时心头，好生惊讶。暗想道：瞧这孩子的神情，仿佛许小姐有爱上他的意思。假使真的话，那可好了，因为他们都是万仁亲生的儿女，兄妹俩人如何能够谈起爱情来呢？想到这里，又忍不住好笑。遂悄声儿问道："松雪，你在说什么话呀？可不

166

是许小姐对你有爱的表示吗?"

松雪被妈这样一问,方才把那一颗已到玉辉身上去的灵魂,重又归入了他的躯壳。两颊盖上了两圆圈的红晕,羞涩地支吾了一会儿,憨憨地笑道:"没有这一回事,她的爸爸是拥有家产千万的富翁,怎么肯爱上我一个穷少爷呢?"

紫燕听他这样说,暗想,她的爸爸何尝不就是你的爸爸呢?这样想着,自不免轻轻地叹了一口气。但立刻又镇静了态度,瞟了他一眼,微笑道:"你不是说许小姐没有鄙视你吗?她既然暗中这样地帮助你,叫她的爸爸提携你,这份深情,她不是明明地爱上了你吗?"

松雪嘴里虽然这样回答,但脸儿已是羞得像喝过几斤老酒那样红了。他把脸儿低垂,低垂,几乎要垂到桂圆碗里去了。紫燕回眸见桌上的钟已指在五点钟上,于是她又量米开始煮晚饭了。预备给松雪吃了晚饭,可以早些上夜校里去。

明辉原是浪漫成性,三年前早已出入于歌台舞榭,在女子身上具有特长的手段。在前三四个月中,因为在家里迷恋着爸的两个姨太太,所以很安静地住在家里玩弄着两个现成的姨娘。不过男的既然是个纨绔儿脾气,女的又是个水性杨花的性情,日子一久,自然慢慢地也会感到没有兴趣起来。于是最近明辉又到交际场上去找他的新鲜去了。

星期六下午,原是一个绝好的机会。明辉从学校里走出,自然不会向家里来走。他便立刻坐车到桃花宫舞厅,这时候茶室开始,舞厅里早已挤足了人。明辉是个老主顾,侍者见了,便忙给他安排了一个座位。明辉坐了一会儿,喝了一口茶,一会儿音乐悠扬地奏起,于是他站起身子,一直跑到舞池里,在一个身穿绯色软绸的舞娘面前,点头含笑叫声"陈美丽,你早"。美丽一见,早已在娇靥上展现了倾人的笑容,有些像跳的姿势那样站起来。勾人灵魂的媚眼,向他含情脉脉地一瞟。樱口微开,雪齿微露,嫣然叫声许先生，先给了他一个小温存。

陈美丽是桃花宫里一个红舞星，她为什么对明辉有这样亲热的表示呢？其实这没有什么稀奇，美丽所以亲热，是亲热他的钞票。假使你有一叠一叠钞票塞到她皮匣子里去的话，美丽也会对待明辉一样亲热的情形来对待你。不过这也并不是美丽一个人如此，和美丽同等地位的姑娘，大多数都是如此。

"美丽，前天晚上和你跳的那个西装少年，是熟客还是生客?"

明辉搂着美丽的腰肢，偎着她软绵绵高耸耸的乳峰，贴着她热辣辣的脸颊，在舞池里舞那么一圈。这才轻轻松开了手，微仰了脸儿，望着美丽粉和胭脂混合的娇靥，笑盈盈地问。"是生客。"美丽态度是相当的悠闲，很随口地回答。

"罢呀，这样亲热的模样，是生客吗?"明辉瞅了她一眼，有些不相信。

"唉，为了吃饭，应酬客人，那是没法子啦!"

美丽虽然是带了感叹的口吻但这感叹的口吻，是并没见带着悲哀的成分。因为她倾人的娇容，兀是浮着妩媚的甜笑。明辉自然被她说得哑口无言，只有望着她呆了一会子。美丽见她这样，又恐怕他生了气，把纤手由搭在他的肩上而挽到脖子里去，憨憨地笑道："许先生，你又不肯讨了我去，我这碗断命饭再也不要吃了。"

"讨了你也不难，待我明年毕了业，我准可以讨你去。"

明辉在她这样柔媚的手腕之下，一时心荡漾了，情不自禁又偎过身子去，贴着她滑腻腻的面孔，低声儿笑着说。美丽的腰肢儿扭怩了一会儿，给予肉感的引诱，笑道："许先生，你这个话可当真吗?"

"当然真的，你瞧我可曾对你说过一句谎来?"

"假使你不讨我去的话，那你一定要做瘪三。"

美丽说着，紧紧贴着明辉的脸儿，咯咯地笑起来。明辉有些神魂飘荡，心醉神迷。暗想：我爸有两三千万家产，做瘪三今生是无论如何不会做了。正欲再向她说笑几句，音乐便停了下来。于是两人互抓了一下手心，含笑分开。

明辉到了座位，一会儿音乐又起，正待上前去跳，却早被别人捷足先得。明辉暗想，今日她的舞客一定很多，若要把她占为己有，倒要先落手为强。于是他在皮匣里取出五十元钞票买舞票，叫陈美丽坐台子。照桃花宫里规矩，每个钟点十元。茶室二时开始，五时为止，其间也只不过三个钟头，买足三十元舞票，不料明辉是大少爷的身份，当然格外要显得阔绰些。侍者见了，当他像个老祖宗，立刻含笑点头。到账房间换了舞票，待音乐停止、美丽归座的当儿，侍者便走上前去，笑盈盈地把五十元舞票交到美丽手里，说道："许先生请你坐台子去。"

美丽含笑点头，把舞票在皮匣里一塞，遂姗姗地走到明辉的座位上来。明辉早已给她泡好一杯牛奶茶，把手一握，请她坐下。美丽盈盈地一笑，两手十指尖尖地抬到头上去，拢了拢拖在背后发髻的长发，这意态是摩登姑娘专有的风韵。明辉望着美丽的粉颊，身子靠近了一些，笑道："今天是星期六，我知道你的舞客特多，这样一次不停地跳着，我怕你两腿会发酸，所以还是请你来坐会儿。"

"多谢你……"

美丽听他这样说，绕过无限媚意的俏眼，脉脉含情地向他斜乜了一下，抿嘴嫣然地笑了。这在明辉的眼中瞧来，自然是觉得十分的好看。但是给旁边几个也跳美丽的舞客瞧来，只感到有些酸溜溜。每个人的脸上，显现了一副尴尬的面孔。

明辉和美丽一会儿谈笑，一会儿到舞池里去欢舞，灯红酒绿中的时光，是很容易地过去。只觉得一霎那间，手表上的短针又指在四点多了。明辉拉了美丽的纤手，正欲往舞池里走，忽然迎面走来两个青年男女，似乎正找不着座位模样。明辉仔细一瞧，男的就是前天晚上跳美丽的舞客，女的却是自己妹妹梨辉。梨辉这时也瞧见了哥哥明辉，既然大家都在，总不能够装作不认识。遂含笑走了上来，招呼道："哥哥，你也在这儿吗？坐在哪里？我们可找不着位置了。"

"咦，是邵先生吗？我道是哪个。"

明辉还没有回答，美丽的俏眼已瞥见了品三，因为也是一个阔客，遂情不自禁地笑盈盈招呼。梨辉见哥哥的女朋友竟和品三认识，心中好生奇怪。及至彼此介绍，方知那陈美丽是本宫的舞女，梨辉见品三和舞女也都认识，显然他是个胡调的少年，一时心殊不乐。明辉道："妹妹和邵先生既找不找坐位，就和我们一块儿去坐坐怎样？"

"不，我们还是到别处玩去吧！"

梨辉所以和哥哥招呼，本意也是如此，不料晓得品三和美丽认识以后，她就大不高兴，拉了品三的手儿，和明辉一点头，匆匆地向外就走。品三不敢违拗，自然也只好跟她走出了桃花宫舞厅。

"哦哟，许先生，你瞧你的妹子醋心阿要厉害，我只不过招呼一声邵先生，不料她就噘着嘴儿给我白眼看了。邵先生可曾和你妹子订过婚啦？怎的管束得这样紧呀？"

"你倒不要怪我妹妹醋心厉害，这样爱情才专一呀！其实在我的心里，也同样希望你不要和别个男子去太亲热。"

美丽见品三和梨辉出了舞厅，也噘了小嘴儿，冷笑一声，又似开玩笑又似讽刺般地向明辉笑盈盈说。明辉因为前天晚上瞧见美丽对待品三的情形，亲热得未免有些超出范围之外，心头有些不受用，趁此机会，便也故意向她这样笑着说。美丽瞟他一眼，笑道："傻子，我不是早和你说过吗，要吃饭有什么办法？你现在又不娶我回去。"

美丽说着，故意装出无限哀怨的目光，又逗给了他一个白眼。明辉听了，他并没有彻底地想一想，他觉得美丽做舞女确实有相当的苦楚，于是在他心中起了相当的同情。点了点头，遂携了她手，到舞池里去欢舞了。

　　茶室的时间快完了，接着五点到七点是茶舞。做茶室的舞女，大都要走了。明辉望着美丽娇靥，微微地一笑，温和地说："美丽，你今天别回去，我请你吃晚饭。"

　　这不是第一次，美丽当然含笑应诺。一会儿，茶室的舞女走完了，茶舞的舞女也渐渐坐满了。跳茶舞的时候，大多数都自己带了女朋友来，所以茶室客人一走，茶舞的客人立刻接踵地会坐满了整个的舞厅。真也奇怪，想不到自有这一班吃饱饭没事干的青年男女，进进出出地在这个场所里流连。明辉和美丽在茶舞的时候，又跳了好多次。伸手在金手表上一看，时已六点十五分，明辉方欲向美丽说到外面吃饭去。忽然瞧见有两个少妇，倚偎着两个小白脸，笑声咯咯地走进来。明辉暗想，这两个女子倒也骚得恶形。不料定睛一瞧，这两个少妇不是别人，却是二姨娘夏潇云、三姨娘秋月芳。一时心头好生着恼，觉得像爸这样大的年纪，自己既没有能力来管理，实在是不应该去讨这种年轻的女子来做妾。现在爸爸自己做了硬背的不算，连儿子也晦气在内了。明辉这样想着，同时又恐两人发觉自己。反正又不是我的老婆，管他什么屁事。于是遂向美丽悄悄地说道："美丽，我们吃饭去了。"

　　明辉说着，喊侍者拿上大衣呢帽，付去了账，挽着美丽的臂膀，遂走出桃花宫舞厅去。两人就在斜对面的锦江饭店去吃饭，吃掉八十五元四角钱。明辉付去九十五元钱，余者做额外酒贺。美丽见他如此挥金如土，心里暗暗欢喜，却故意披上大衣，道了一声谢，就要作别。明辉急问她到哪里去，美丽露齿嫣然一笑，秋波水盈盈地斜乜了他一眼，说道："已七点半啦！上舞场去的时候到了。回头太迟到，舞女大班又要出闲话哩！"

"出什么断命闲话，回头打个电话去是了。晚舞七时开始，八时、九时、十时、十一时、十二时、一时、二时、三时、四时，算足也不过九十元舞票，稀奇什么？美丽，这儿两百元钱，一百元明天给你买舞票，一百元我给你买些胭脂粉擦。自己人，请你别客气。"

明辉听她这样说，便屈了手指一个一个地算着。同时立刻又取出两百元钞票，轻轻地塞到美丽手中拿着的那只黑漆皮匣里去。美丽并不拒绝，含了满面的娇笑，连声地道谢。明辉也早披上大衣，挽了她手臂，又到大都城舞宫里去跳舞了。

在大都城舞宫里狂欢了三个半钟点，明辉见时候已十一点半了，遂悄悄地向美丽央求，要她同到大中华饭店里去。美丽听了，不胜娇媚而又不胜羞涩地瞟他一眼，却是嫣然地笑了。两人到大中华饭店到底做什么去？这个作书的也就不得而知了。

梨辉含了醋意，拖着品三出了舞厅，便向他冷笑一声，秋波恨恨地瞅住了他，说道："好呀，你不是向我说过吗？自从和我交了朋友，你就不敢向别个女儿去胡调，现在你怎连舞女都认识了呢？"

"在马路上你就这样闹起来，那像个什么样儿？这舞女又不是我新近认识的，那差不多还是两年前曾和她跳过一次舞哩！梨辉，这一些事情你都忍耐不住，那你的醋劲儿可也太厉害了。"

品三见她薄怒含嗔，急急地说着，便只好赔了笑脸，轻轻地拉了她衣袖，意思是叫她别高声地嚷。梨辉听他说自己醋劲儿厉害，一时又觉非常难为情，绯红了脸儿，啐了他一口，说道："我是为你的好，外面这种女人，看相你什么？看相你的钱呀！她真会来爱上你吗？我是一片好心，把你当作自己的……看待，不料你还怨我，唉！"

"我又不是木人，怎么会不明白呢？梨辉，你别难过了。这

172

个舞女真的是我两年前认识的，目前从来没有和舞女跳过一次舞。你不信，我又要罚誓了。……你既恨我罚誓，我就不罚了。梨辉，你放心，我现在心目中除了你一个人外，是一切也没有的了。……此刻我们到百乐门去吧！"

品三见她说到这里，又轻轻地叹了一口气，大有盈盈泪下的神气。一时心中不免感动，但也不得不装出深情蜜意的样子，又要向她罚誓了。梨辉听他又要罚誓，因为真心爱他，所以白了他一眼，不许他罚誓。品三心里是不停地荡漾，于是又灌了几句甜言蜜语的迷汤，和梨辉一同跳上车子到百乐门跳舞去了。

这夜照品三的意思，要梨辉到大中华饭店继续再去宿一夜。梨辉因有两夜不回家，恐怕妈妈起疑心，遂坚决地不答应。品三没法，只好在十点钟的时候，送梨辉回家。

梨辉回到家里，先到自己房中，却不见红桃的人儿，遂高喊了几声。只见红桃匆匆地奔了进来，梨辉便问在哪儿。红桃道："在二小姐房中，大小姐，今天表小姐又和玉容吵闹，打玉容耳光。齐巧老太太打牌去，幸亏翠环劝开了。玉容受了委屈，向二小姐来哭诉，要二小姐可怜她，情愿在二小姐房中服侍。晚上老爷太太都回来了，二小姐向老太太说，表小姐既然讨厌玉容，就和我的红梅交换一个，那么省得老惹表小姐生气。老太太还没答应，不料老爷却先一口答应说好。我想老爷是素来不管这种闲事的，今天居然也说话了，这不是很奇怪吗？"

"那也没有是什么奇怪，老爷平日因为事情多，所以对于琐碎的事务都不要问。今日他所以开口说话，我知道他还是讨厌事情烦哩！"

红桃听小姐这样说，觉得这话也不错，近来花纱的上落真大，老爷虽然是赚着钱，但心思是多么的不宁呢，哪里还喜欢家里有这种吵闹的事情发生吗？其实万仁今天所以这样愿意玉容到玉辉房中去服侍，他当然是另有深意的了。

173

光阴如箭，日月如梭，不知不觉地早又到了腊月的季节了。许公馆里的仆妇们大家又忙碌起来，预备过新年。明辉这几个月来，完全恋着陈美丽一个人，在美丽的身上，至少花去了一万多元。但是金钱虽然是多，精神可是有限的，所以明辉曾病了几天。这天他的精神已完全复原，便趁空到南京路买些东西。不料经过东亚旅社的门口，只见邵品三挽着陈美丽的手臂，笑盈盈地正向旅馆里面走。明辉瞧此情形，心中这一气，他的眼睛里几乎要冒出火光来了。

第十三章

镜里看花风流恩爱假
草头着露妻妾富贵空

"大小姐，你呕恶不出什么东西，你就别呕了。呕得肚里翻漾漾的，不是怪不舒服吗？我给你漱了口，歪在床上去息息吧！"

养花轩里梨辉的房中，梨辉站在沙发前的那只痰盂旁，手臂撑在茶几上，低了头，只管呕恶着。红桃站在旁边，拿了一杯开水，见小姐的粉颊是呕得绯红，但除了清水外，又没有什么别的东西。一时心中好生奇怪，这仿佛是怀孕的模样，但大小姐连姑爷还没有的姑娘，怎么能够有起喜来了呢？这事就透着有些稀罕。红桃心中虽然这样想，但口里终不能够说出来。所以走上一步，拉了她的手臂，只劝她息一息了。

梨辉回过头来，就在红桃手中拿着的杯中，喝了一口开水，又吐到痰盂里去。右手在羊毛短大衣袋里摸出一方绢帕，拭了一下嘴角。红桃把茶杯放在桌上，便扶着梨辉躺到床上去了。给她轻轻地在胸前盖了一张鸭绒的线毯，凝望着梨辉红晕的娇容，低声儿问道："大小姐，你到底有什么不舒服啦？"

"我没有什么不舒服，红桃，你别大惊小怪地去告诉老太太。我觉得嘴里淡淡的，你在瓷罐子里拿块奶油糖我吃。"

红桃听了大小姐这样说，心中益发猜疑。嘴里淡淡的，要想东西吃，那不是完全有身孕的现象吗？这就在梨辉已带羞涩而哀怨的脸上，逗了她那一瞥猜疑的目光。但她立刻又答应了一声，走近梳妆台旁，把上面放着的瓷盖子打开，取出一块奶油糖，剥去了锡纸，塞到梨辉的嘴里去。梨辉微闭了眼睛，好像欲养回神儿的样子。红桃不敢惊动她，遂悄悄地退出了房中。

其实梨辉怎么能够睡得着？她闭了眼睛，耳里听着窗外飒飒的西北风，心里就会感到一阵说不出的难受。于是她又睁开眼来，微昂了脸儿，望着窗外灰暗的天空中那密布的彤云，心里不免又暗暗想起心事来。

我这个身孕，大概就是两个月前大中华饭店里那夜得的吧！那日我曾顾虑到这一层，不料果然腹中竟有了小生命。假使我现在和品三正式结了婚，一旦腹中有了喜，那是多么令人感到喜欢的事。不过如今我还是一个姑娘哩！这叫我在爸妈那里如何说得出口？想到这里，不免蛾眉颦蹙，粉颊上笼罩了一层忧愁。一会儿又想，品三照例每星期至少有两次电话给我，为什么近一个月来，却连一次电话也没有呢？难道他生了病吗？难道他忘记了我吗？他家里的电话我是晓得的，不过我并没有打给他过，今天何不给他一个电话，约他四点钟的时候，在大东茶室会面？腹中既然有了小生命，那么总要想个善后的办法。这事情品三究竟也有一半责任，他难道可以推得一些不管账吗？现在幸亏只有两个月身孕，若能够赶紧地结婚，这个秘密也许还不至于会揭穿。

梨辉这样一想，心里便喜欢起来，觉得这事情愈快愈好。一时她便从床上坐起，掀去了线毯，两脚套上绿呢的软底鞋子，匆匆到后面那间电话室去了。

梨辉拿了听筒，伸指在号码机上拨了五一九四三，不多一会儿，就听对方有个小姑娘的尖锐口吻，问是哪家。梨辉不便告诉真姓，只说找你们品三少爷说话。对方说声请等会儿，便把听筒搁在旁边，嗒嗒地去喊人了。

在梨辉的心中，满以为这次来接电话的人，定是品三自己了，不料又是一个女子的声音。她不待梨辉开口说话，就恶狠狠地骂道："全是你们这班烂腐货、不要脸的女人，把我家少爷迷得夜夜不回家，害得我心头多么可恨！你还要打电话寻上门来，若给少奶奶知道了你的姓名和地址，我不把你这个贱货痛打一顿，怎消少奶奶心头的恨呢……"

这仿佛是个晴天中的霹雳，梨辉骤然听到了这一阵骂声，她的脸儿已气得没了人色，全身发抖，内心一阵惨痛，竟是昏倒在电话间里了。

当梨辉跌倒在电话间里的时候，齐巧玉辉一脚跨进房中来。突然听到砰的一声，心中猛吃一惊。因为姊姊并没在房里，遂急急地奔到后面房间里来。只见姊姊竟昏倒在电话机旁，那个电话听筒犹宕在离地二尺之上。玉辉以为姊姊得了什么急症，吓得把梨辉身子抱起，连喊姊姊。好一会儿，梨辉方才悠悠醒来，微睁星眸，见妹妹抱着自己，正在淌泪。一时伤心已极，偎着玉辉的脸儿，呜咽地哭起来了。

玉辉原是个聪明的姑娘，她起初以为姊姊得了急症，现在见姊姊这个情景，同时又见电话听筒没搁上，这显然姊姊是得了一个恶消息。但是这消息，究竟是关于哪一项的呢？不免凝眸沉思了一会儿。心中陡然想起松雪那天的话，姊姊曾和一个西服少年挽臂同行的，那么姊姊的昏厥，大半是关于失恋一方面的成分居多。玉辉心中这样想，一面把梨辉扶起，一面低声儿问道："姊姊，是谁来的电话？怎么你竟伤心得这个样儿呀？"

梨辉说什么好呢？她在一个纯洁天真的妹妹面前，怎么好意思告诉出自己被侮辱的耻事呢？她摇了摇头，除了默默地淌泪以外，她实在一句话儿也回答不出。玉辉扶着姊姊，已是走到了外面房中，给她在床上躺下。梨辉抚着玉辉的手儿，叫她在床旁坐下。叹了一声，又掉下泪来，说道："妹妹，现在的社会，是个万恶可杀的社会。满地是密布着荆棘与陷阱，你若一不谨慎，就有失足的危险。你是一个前途有光明的人，更应该留心才是。"

玉辉听姊姊好端端忽然说出这个话来，一颗芳心自然是万分地骇异。暗自细想，莫非姊姊已经失身于人了吗？一时粉脸失色，急急问道："姊姊，你……你怎么说出这个话来？难道姊姊已受了人家的委屈了吗？"

　　"不……并不……妹妹，社会上的人心太不良了，你总要坚强了意志，认清楚了人……唉！"

　　梨辉不愿把自己的腐败在妹子一颗纯洁的心灵里印有了一个恶印象。她竭力熬住了心头的惨痛，不得不勉强地谎辩着。但是她那满眶子里的眼泪，却又纷纷沾上了满颊。玉辉见姊姊这种神情，显然是神经受了极度的刺激，所以她会念念不忘地痛恨着社会。一时心中愈加猜疑，不过姊姊既然否认有这样的事，我做妹子的当然不能硬说她在外面有不正当爱的发生。遂含泪劝慰她道："既然并不受委屈于人，那一定是恋人变了心了吧？但是姊姊你要想得明白，男女两人之爱所以能够持久，就是二人同心。现在他既然无情，那就是不同心。不同心的人儿，眼前虽然相爱着，将来不还是要变心吗？所以我劝姊姊切勿伤心，像我们这样人家的女孩儿，难道配不着一个好的……吗？"

　　玉辉以姊姊对待妹妹的口吻去劝慰姊姊，但是说到这里，觉得以下的话，实在再也不好意思说下去。因此两颊一红，便顿了这一会子，明眸凝望着梨辉的带雨海棠般的脸庞，单加上了一个吗字。梨辉再也想不到一个十七岁的妹子，竟有这样的见识。一时愈加惭愧，暗想：我假使没有失身，那当然没有关系。不过这话又叫我怎能说得出口？也只得竭力忍住了伤心，点了一下头。一会儿拿了手帕，亲自给她拭去了泪痕。梨辉握着妹妹的手儿，陡然生出无限的感情来，亲热地说道："妹妹，金钱太多，会害我们姊妹没有亲热地说话的机会，我觉得过去的生活是错误到了万分。唉！妹妹，社会的黑幕会使你睁眼不开，人心的变幻更会使你捉摸不到。你是一个年轻的女孩子，千万要留心……不过我

178

晓得妹妹是个不平凡的姑娘，也许更比姊姊早知道一些吧！"

梨辉想着自己的受骗，所以又向妹妹郑重地叮嘱。但是忽然有个感觉告诉她，妹妹到底是个意志坚强、未染摩登浪漫恶习惯的姑娘。只要听了她劝慰自己的几句话，已经可以晓得妹妹准较自己强得多。心中这样想着，不由自主地两颊会浮上了一层羞惭的红晕。玉辉明白梨辉说的句句都是心里话。在她一颗小心灵里，自然是激起了无限的感触。觉得姊姊虽然没有失身于人，至少也曾受过人家一些委屈的。想着姊姊好几夜里不回家的事情，那就是一个疑窦。不过做妹妹的，究竟不好追根揭底地去问她。于是也只好含糊地安慰了一番，自管到上房里去。

许老太太见了玉辉，向她招了招手。玉辉遂轻轻地偎到妈的身上去，装出小女儿撒娇的模样，含笑问道："妈妈，你叫我做什么啦？"

"我这人糊涂，还只有最近看出来。静霞和光辉的感情大不如前了，还是和雨梅倒很不错，今天两人约着又一块儿出去了，我想他俩倒也是一对。"

"妈，你以为二哥从前和表姊很好吗？其实二哥原不爱她，因为表姊的脾气太古怪，性子又刁。二哥倒很爱玉容，妈，你相信吗？"

玉辉听妈妈这样说，便噘着小嘴儿，表示自己和表姊感情也不好。但说到二哥很爱玉容的时候，她微昂了脸儿，望着妈妈又娇憨地笑了。

"玉容这孩子虽然生得模样儿不错，但到底是个丫头的身份。你二哥既然喜欢她，将来就给你二哥做了侧室也好。"

"妈妈，你这种思想就是造成了二哥不良的恶习。照民国的法律，一个人是不能娶两个女子的。现在所以娶妾的人这许多，一半固然是资产阶级的人儿黄金在作祟，而一半也是贫苦的姑娘太多了。譬如说，男子可以有两个妻子，那么女子是否可有两个丈夫呢？所以妈妈这个意思千万不可以和二哥说，这也许是给二哥种下了贪得无厌的恶习惯，将来是要害二哥的。其实只要孩子生得模样儿好、性情儿好，管她出身低微呢？从前替汉高祖打天下的韩信，不就是一个例子吗？所以我最恨阶级观念，同时我也最不赞成门当户对的一句话。一个人，既不是娶金钱，又不是嫁金钱，只要人儿心意合，就是吃口咸菜淡饭都乐意哩！"

玉辉后面这一篇言论，并不是专给二哥做说客，却是推己及人借题发挥的好机会。但许老太当然不晓得她说的完全是心里话，抚着她纤手儿，笑道："那么照你意思，把玉容正式给你二哥结婚吗……但你爸的意思是否喜欢，是一个问题哩！"

玉辉方欲再说，只见明辉慢慢走进房来。许老太一见，便忙说道："明辉，你今天没有出去吗？很好，天气这样冷，外面又有什么好玩呢？你倒拿面镜子自己照照看，今年冬天是清瘦多哩！"

明辉没有回答，只唔地应了一声，自管坐到沙发上去翻报纸看。其实报纸里的字，是并不会映到他眼睛里去。他只觉得模糊的一片，同时在模糊之中，又现出一对正在搂抱接吻的男女。于是他心头会激起一阵强烈的怒火，恨不得立刻把这两人咬个半死。但他表面上是竭力平静着态度，站起身子，慢步地又到后面爸爸吸烟的一间套房里去了。

明辉心中痛恨的那两个男女究竟是谁呢？原来前星期明辉在东亚旅社门口瞧见了品三和美丽进去后，心里就觉得不受用。谁知这一星期来，明辉到桃花宫去跳舞，美丽却并不十分和明辉亲热了。明辉当时竭力忍住愤怒，犹含笑问她为什么生气，美丽假意说他有几天不来，一定在别个舞场里游玩。明辉忙说自己是因为生了几天病，何曾在别个舞厅里游玩？谁知陈美丽始终却和他冷淡起来。明辉暗想：那你明明有了品三，所以把我抛弃了，因此心头是非常地怀恨，预备来一个痛快的报复。

明辉悄悄地走到爸爸一间吸烟的套房里，望着窗外天空出了一会子神，轻步地又走到写字台面前，两手正欲去开抽屉，但自己胸口那颗心跳跃得厉害，慢慢回过头去又向室门口望，似乎怕有什么人发觉般的。他一面回头向室门望，一面已是拉开抽屉。手儿伸到里面，已是触着一支硬冷的枪柄。明辉慌忙转过脸儿，把那支爸从捕房里领出来的自备手枪插到自己西裤袋里去。于是他心中仿佛落了一块大石，轻快地合上抽屉。刚刚在这个当儿，忽听背后就有一阵细微的脚步声响进室中来。明辉心头大吃一惊，立刻把身子伏到写字台面上去。两手托着了下颚，微昂了头，望着灰暗天空中的彤云，装出毫没事儿的神情。

　　"大哥，你在做什么？我瞧你这脸色，好像有什么心事般的，不知能够和妹妹我说出来听听吗？"

　　明辉的背上，觉得有只柔软巧小的手儿按上来。这声音分明是二妹的口吻，遂镇静了态度，回过身子，把她小手儿轻轻握来，微微地一笑，说道："我有什么心事？妹妹，你瞧，天空彤云密布，大有落雪的意思哩！"

　　明辉竭力把自己有心事的话打岔开去，但他瞧着妹妹脉脉含有猜疑的秋波，心头又有些跳跃着。玉辉见哥哥的脸色，不但是清瘦，而且还笼上了一层灰暗。芳心暗想，近来大哥不常在家，所以使他脸色弄得如此憔悴，实在是在外白相处女人所致。便忍不住开口说道："大哥，你这人也很奇怪，妈给你定个亲，你又偏不要。外面这种歌台舞榭中的女人，究竟谈不到'情'之一字。我瞧你常常出去，想来一定在这种地方玩。一个年轻的人，这种地方，逢场作戏也未始不应该。不过有了迷恋两字，那就会丢送青年的前途。既伤金钱，又伤身子，这实在很不上算。哥哥，你想，妹子这话说得对不对？这几个月来，你零用的钱可用完了没有？妹妹可以分些给你。我听妈说爸爸这两天做多头，花纱和标金都跌了两百多元，爸爸瞧它要回上来，所以还没有轧平，但爸爸心里的焦急，夜里整夜睡不着哩！"

玉辉这样絮絮地说了一大套，明辉心里感动得几乎要淌下泪来。紧紧握着她的手，摇撼了一阵，说道："妹妹，你这话说得是，不过我在外面也并没有过甚的胡调。妹妹，你瞧着，也许我将来为国家去出一些力。"

明辉为什么会说出这个话来呢？因为他想着这件惨案发生之后，自己若当场被捕，那也不用谈了。万一侥幸给自己逃过法网，那他也绝不留恋在这万恶的上海了。但是玉辉怎么能够明了他的意思，还以为大哥果然有些觉悟了，心里倒颇喜欢。遂把娇躯倚偎到明辉的怀里去，乌圆的眸珠一转掀着酒窝，娇媚地笑道："大哥，值此国家多事之秋，妹妹正希望你去干一番轰轰烈烈的事业，那我才高兴哩！"

明辉瞧了这样妩媚天真的妹妹，心头是充满了无限的悲酸。幼时的二妹是曾经扬着两手，叫我亲热地抱过。当然小妹子在大哥的面前，总有那种撒娇的憨态。他觉得这时候也许和妹妹是最后的一番亲热，这是值得纪念的一幕。于是他情不自禁地低下头去，在玉辉的额上吻了一下，笑道："好，好，我听从妹妹的话，准定这样来干一下。"

玉辉经他一吻，忽然又害起难为情来，两颊一红，望着他哧哧地一笑，却是转身逃到室外去。明辉呆在室中，出了一会子神。他猛可又想起一件事情，遂匆匆地到养花轩梨辉的卧房里去了。

"咦，梨辉，你为什么淌眼泪？有什么不舒服吗？"

明辉一脚跨进房内，就见梨辉躺在床上扑簌簌地淌泪，一时心里好生奇怪，倒是吃了一惊。梨辉见大哥进来，慌忙拭去了泪痕，从床上靠起身子，勉强微笑道："稍许有些头疼，也没有什么大病。"

"妹妹，我问你一声，你和品三的友谊深不深？"

182

明辉听她这样说，遂也在床沿旁坐下，望着梨辉的两颊，脉脉地出神。梨辉陡然听大哥这样问，当然芳心也不免跳了一跳。颦蹙了眉尖，含了猜疑的目光，问道："哥哥问他做什么？可有什么别的意思吗？"

"是个普通友谊，那也就罢了。假使很深的话，我不能不劝告你，这人不是好种，他和舞女在开房间，妹妹千万防着些，不要上他的当。"

梨辉是已经明了品三有妻子的人，他仗了自己有钱有貌，无非在玩弄我们女性罢了。哥哥的劝告虽是，不过现在已是来不及了。只觉有股辛酸冲鼻，那眼泪几乎又要夺眶而出了。但她又不得不装出毫不介意的神气说道："哥哥，我原和他是个普通朋友，这种没人格的少年，我早已看穿了，所以我现在和他完全没有友谊关系了。"

"那很好，我怕妹妹深深爱着他，倒叫我有些下不了手。既然妹妹已和他绝交，我心里就觉放下得多了。妹妹，你好生儿养息着吧！"

明辉一面说着话，一面身子已经站起来，匆匆步出房外去了。梨辉听哥哥这样说，心中好生不解。意欲喊住他，问个详细，但哥哥早已走远了。一时心中暗想：这事透着有些奇怪，莫非哥哥要去向品三寻事吗？但他们究竟有什么冤仇呢？想来恐怕是只有为女人问题了。唉！我既这样的腐败，不料哥哥也会这样糊涂。那我们的良心上，怎能够对得住年老的爸妈呢？唉！况且我腹中断命这孽障，要一天一天大起来的。假使爸妈知道了，叫我再拿什么脸儿来见人？那么求医生去打胎吧！但打胎是件多危险的事情，我岂愿意为了品三这浪子，而冒险干这性命交关的事情呢？那我将来还想图个好呢……梨辉凝眸沉思了一会儿，觉得唯一的办法还是离家到乡村地方去住一年，待养下了这个孩子，再作道理。假使是个男孩，我立刻把他弄死，是品三这贼的种子，大起来也是不会好的。倒还是养个女孩子，我心里会引起伤心，瞧着哇哇啼哭的女儿，想着她可怜的母亲……想到这里，梨辉的眼泪又会像泉水一般地涌上来。一会儿又想，这事情说做就做，倒不要迟疑。因为我恶心呕吐的样子，已经是引起红桃的疑窦。丫头是个嘴快的东西，万一传到妈妈的耳中，妈妈细细来盘问我的时候，难免又要秘密揭穿。

"好吧，别留恋，我就准定今天晚上走吧。"

梨辉下了一个决心，轻轻地说出了这几句话。于是她是忍着无限的悲痛，从床上坐起，趁空整理了一只小皮箱，同时把每月积蓄的一个存折也放入箱中。一切舒齐，依然装出毫无一些事情模样，在床上闭眼躺着养一会儿神。在她一颗芳心中，果然开始存了出走的动机。

做投机的人，大多数喜欢赌和嫖。其实投机的本身就是一个赌博，而且这个赌博，是任何赌博中最厉害的一种。不要说十万二十万，就在这一霎那间，就是百万千万，也可以在一刻之间来来去去。所以有人说："前面汽车洋房，后面便是黄浦江。"这意思是发财了，自然坐汽车住洋房。假使蚀本了，那就要跳黄浦江。所以做投机生意的人，那是最最危险的。我们不要瞧着这班坐汽车住洋房的人儿有些眼痒，有些羡慕。以为坐汽车里的人，个个都是快活得赛过活神仙。其实骨子，他坐汽车里也不会感到什么快乐，心里只管盘算今天行情看好，还是看小？一肚皮的全是心事。倒不是黄包车夫，三餐淡饭，夜里倒头便睡，因为白天里乏力的缘故，所以睡得格外香甜来得一些没有心事。

有人问做投机生意的说："你们白天里既然要用心思眼光去瞄准行情的上落，那么晚上应该好好儿休息把精神养充足了才是。怎的反而开房间又抹雀牌，喊向导女子游玩，吃花酒白相呢？"他们听了，便会谈一口起回答你："这你不做投机生意，你当然不知道。我们又何尝喜欢这样花天酒地呢？实在其中有说不出的苦衷。"

　　那你假使听了他们这几句话，心中一定要奇怪得了不得。但当你听他们说出一个理由来，你就会哦哦响着，他们有不得已的苦衷。

　　譬如说，我在标金市场或者纱布市场，做了买进的多头，当天并不轧直，那我的眼光就是看它明天一开盘，行情就要大好。不过我究竟不是有先见之明，所以看行情好，也无非是一种猜测而已。假使果然行情飞涨的话，那我就发财了。不过万一行情惨跌呢？这我就要蚀本，蚀本也就是破产的代名词。那么试问你，我今夜睡在床上，是否还能够安安心心地熟睡吗？失眠是一件极痛苦的事，而且也是一件极伤精神的事。那么既然开着眼睛睡在床上，倒不如起来消磨于花天酒地里比较好。因为反正是一个睡不着，想心事到底没玩女人来得快乐。直到子夜两时以后，所谓人也倦神也疲，要再想心事也不由你想了，这样稍会闭了几个钟点眼睛，也就算数了。否则，你睡在床上，直到东方发白，你仍会睡不着。

　　以上这几句话，细细地想来，其实倒的确不错，他们并非有意喜欢胡调，实在欲借此来度过他们忖心事的难关。这样看来，做投机生意的人简直在活受罪。但是一般世人，做投机生意的为什么还有这许多？这当然因为做投机的人，把金钱看得太轻易获取，利欲熏心，凡人个个都有了黄金迷。其实黄金这样东西太多也没有用处，饥不能饱腹，寒不能御冷，说是人死了，把黄金一块一块放在棺材里带了去，又有什么用呢？倒反而压得死人也怪不舒服吗？可惜世界上的人们，一个也没有想明白。就是作书的也觉黄金是件可爱的东西，它的力量之伟大，简直可以左右世界。不过作书的虽然也爱着黄金，却并不愿冒了绝大的危险性去过分地强求罢了。

　　许万仁的眼光瞧花纱一定要涨出二千元开外，当然他做的是买进。不料最近几天里，几家小厂家维持不下，多头纷纷出笼，以致数天来行情惨跌三百多元。万仁做的买卖并不是小数目，起码近万以上，所以这一阵惨跌，把他前时赚下的五六百万元钱，顷刻之间，早已化为乌有。不过在万仁心中还并不着慌，他始终看行情还要飞涨，所以他还不肯放松，依然硬挺，而且同时又收进三万包花纱，连前两万凑成五万包。因为许万仁在上海各界也着实算个闻人，大家当然也都信用得过他。

这天下午四时光景，万仁约了邵世雄等友人数个，正在小花园莲香院里吃花酒。在万仁的意思，为了这两天来心思不宁，假此来娱乐一下，放宽自己的胸怀。莲香院里的红倌人华八玲小姐，今年才十八岁，生得芙蓉其颊，美目流盼，浅笑含颦，正在暗里送情。世雄见万仁馋涎欲滴的神气，便笑道："许老这样爱着老八，老八就给许老做四姨太去吧！"

"我阿有这种福气啦？邵老你瞧得起我，你阿有肯给我做个媒人呢？"

华八玲说着话，横眸又向万仁嫣然一笑。万仁瞧此娇媚的意态，心里不免荡漾了一下。于是众人都哄然笑了。正在花天酒地嬉笑声中，忽听老鸨阿陈姐来喊许老爷听电话去。万仁一听，心中吃了一惊，暗自细想，这还是喜报，抑是凶报？心里这样沉吟，身子就不得不站了起来。疾步走到里面电话间，握起听筒，按在耳旁。只听那边有人气喘喘说道："你是许先生吗？……下午各厂多头纷纷出笼，行情一泻千里，由一千六百元，直跌到一千三百九十元。我见行情仍有下跌之势，遂把许先生交易完全轧清。果然到下午收盘，行情为一千二百五十元，计跌三百五十元，如此惨跌，真是空前所未有的创见，闻上海数十家纱厂，都为之拉倒。幸许先生交易，已在一千三百九十元时轧平，实为不幸之大幸耳！"

这消息仿佛是天打煞的一个霹雳，万仁手中一抖，电话听筒早已掉了下去。便慌又拿起再听，那边已是没有声息了。万仁的脸色，由青白而变成死灰。他暗中盘算：一千六百元跌至一千三百九十元，计跌两百十元，五万包花纱，共亏一千零五十万，我全部家产，除不动产外，也只不过一千万左右……想到这里，"破产"两字猛可刺入了他的脑海，神经受"破产"两字剧烈地震动，他几乎要昏倒在电话间里了。

"许老，什么事情？可不是太太有命令来喊你回家了吗？"

"不是，不是，我有一件极紧要的事情。本来我做主人，不能早走，现在只好请诸位原谅，失陪了。阿陈姐，这里三百元钱，你请收下……"

万仁从里面出来，华八玲还笑盈盈地和他开玩笑，做媚眼。但这个时候，媚眼、甜笑，已不足以引起万仁的注意了。他脸色是苍白得可怜，话还不曾说完，就把一叠钞票塞到阿陈姐的手里，也不及别人的回答，身子早已向外直奔了。世雄追到门外，意欲问他到底是谁来的电话，不料万仁已经跳上汽车开去了。

"老爷，你要到什么地方去？"

"一直开……"

阿六回过头来，向主人低声儿问。万仁毫不思索地回答了这三个字，他的脸儿是向下低垂。阿六当然答应一声是，朝东一直开，便是大马路外滩。阿六因为再向前是不能开了，遂回过头，又向万仁问道："老爷，你要到什么地方去？"

"一直开……"

万仁依然回答了这三个字，听进在阿六的耳里，一时倒不禁为之愕然。暗想：一直开，开到黄浦江里去吗？老爷想什么心事？莫非和我开玩笑吗？便说道："老爷，前面是黄浦江了，一直开是没有路了。你且说出来，要到什么地方去，不是一样吗？怎的老说一直开？"

"哦，你给我开回公馆里去。"

万仁被阿六这样一说，方才如梦初醒般地回答。阿六心里这就忍不住好笑，公馆是在闸北，你怎么只管叫我朝东开呢？心里想着，嘴中自然没有什么话，遂拨动机件，直向四川路开去了。

"你今天怎的这样早回来了？莫非有什么不舒服吗？"

万仁回到公馆，一脚步进上房。许老太见丈夫的脸色与平日不同，心中吓了一跳，忍不住站起身来急急地问着。万仁摇了摇头，说并没有什么，便自管走到里面一间吸烟的房中来。许老太放心不下，便也跟着到了里面，问他："阿要吸烟？"说着，一面已把烟盘取出，放在红木的炕榻上，让万仁横倒，亲自给他装烟，问道："我瞧你今天面色不大好，莫非蚀本了吗？不是吗？……那么身子有些不好过吗？抽筒烟提提神也好。"

万仁见许太太这样关心体贴，觉得结发之情究竟不同。一时对于许太太，倒有些抱歉自己娶妾的不该了。他心里虽然难过得像刀割一样，但表面上绝对不显露一些痕迹。过了一会儿，便问道："明辉、光辉、梨辉、玉辉这班孩子都在家里吗？"

"都在家里，你要叫他们吗？翠环，你把大少爷、二少爷、大小姐、二小姐，都去喊来，说老爷喊他们哩！"

翠环答应一声，便自管去喊了。不多一会儿，翠环来道："大少爷刚才出去了。"许老太听了，带了埋怨似的口吻，说道："这孩子，我刚才还叮嘱他，叫他大冷天别出去乱逛，他却又出去了。"

说时，玉辉光辉在前一跳一跳进来，后面随着梨辉，她的眼皮有些微红，经过香粉的遮掩，还可以避去她是并没有哭过。三人走进房中，含笑叫声爸爸，问什么事情。万仁向三个孩子凝望良久，梨辉的一个心是别别地乱跳，她自暗暗想着，自己今夜要离家出走，爸爸不知会知道吗？但仔细一忖，那是我神经太衰弱了，我自己心中的心事，既没有告诉人，旁人怎么能够晓得呢？这时听万仁温和地说道："平日我因事务纷繁，也没有机会来和你们谈话。不过我晓得你们都是有作为的青年，将来终能够给爸争一口气的。大冷的天，没有事也不用出去，还是各自到房中去温习温习书本吧！"

听到爸的训话，今天还是第一次。梨辉的脸儿也有些红，她以为爸已经知道自己的腐败，所以故意这样说的。不过爸是对三个人而说，又不是单和我说的，恐怕这又是我的心虚罢了。大家听爸这样说，便连声应是，默默地退出房去。

光辉回到松云小筑，想着爸突然对我们说出这几句话，显见是有些奇怪。不过做父亲的对儿女训话，那又有什么稀奇？这样想着，也就不疑心了。玉辉的心中，虽然和光辉有同样的感觉，不过她也想不出一个所以然来。梨辉回到房中，躺在床上，想着爸爸这两句话："不过我晓得你们都是有作为的青年，将来总能够给爸争一口气的。"无限羞惭激起她心头无限的伤心，再也止不住她满眶子里晶莹莹的泪水，纷纷地沾上了满颊。在光辉、玉辉、梨辉三个人的心中，当初怎能够猜想得到爸爸这几句教训，也就是他最后的遗言。

吃晚餐的时候，万仁的视线慢慢望着过去。许老太、夏潇云、秋月芳、梨辉、玉辉、光辉，静霞和雨梅也回来吃饭的，团围坐了一桌，只是缺少了一个明辉，心里未免难过。当他回过头去叫人添饭的时候，来接饭碗的齐巧是玉容。万仁骤然见了玉容，心里猛可又想着松雪和紫燕，于是两人的脸庞又在脑海里浮现。两眼凝望着玉容的两颊，几乎要滚下泪来。玉容见老爷目不转睛地盯住了自己，一时好生奇怪。万仁猛可理会了，慌忙放了饭碗，立刻回转头去，竭力平静了面部的表情，态度显出十分的自然。

这一餐饭，梨辉、潇云和月芳三个人吃得最少，同时态度相当的局促，似乎有满腹的心事一样。不过这在旁人，当然是注意不到这许多。

潇云、月芳听万仁说今夜睡在上房里的吸烟间内，心里都万分喜欢，这真所谓天助我们的愿望了。诸位记着，潇云、月芳在外早已拣中两个小白脸，预备实行她们的卷逃。

当当，已深夜十二时了。万仁独个儿在房中，兀是背手徘徊在那盏七十五支光的电灯下。满地板上只见一段一段的烟尾，但是他口里尚不停地猛吸。整个的许公馆里的人儿，都已睡在黑甜乡里去。万仁想着名誉破产、地位破产，什么都完了，完了。于是他硬起心肠，在橱里拿出一块生鸦片，用一杯白兰地，吞入腹中，静静地躺在炕榻上……

"唉，许万仁，许万仁，你竟会到如此下场，我想不到，我想不到……"

约莫几个小时后，万仁腹似刀绞，口吐白沫，自言自语地说出了这两句话。他的脑海里陡然想起许老太，我的妻。明辉、光辉、松雪、梨辉、玉辉，我的儿女……他的眼泪涌上来了。室中那盏七十五支光的灯泡虽然是很亮，但万仁眼角旁滚下来的泪水，笼罩着他眼皮，使他模糊地瞧着那电灯的光芒，也会暗淡得像死过去一样的惨然了。

第十四章

心血忽来潮立书遗嘱
神经中刺激一病成疯

太阳的光由地平线升起，而直悬到天空中去了。从天空中照射到一间卧室里，只见下首那张半木床上，尚睡着一个少年，鼻息鼾鼾，显然是十分的香甜。当当的时钟的鸣声，突然把那少年惊醒，两手一揉眼皮，坐起身子，向桌上的时钟一望，竟是八点钟了。那少年啊哟了一声，哟声未完，就见室外走进一个妇人，手拿一份报纸，脸上兀是含着微笑。少年一面披衣下床，一面便向那妇人叫道："妈妈，已八点钟了，你怎么不早些喊醒我呀？"

"八点钟也不迟，快些洗脸漱口，吃了点心，就到公司里去时间正好哩！"

这就是紫燕和松雪母子俩，紫燕的脸上是含了慈祥的笑，把手中报纸放到桌上，一面便拿面盆给他洗脸。松雪早已扣上纽襻，穿上皮鞋，趁空先把报纸翻开，就在翻开的时候，便有"舞国大血案"五个大红字映入眼帘。因为这张报是专注重社会新闻，想来这件血案定然又是曲折离奇。遂坐在旁边，仔细瞧到：

舞国大血案
舞后陈美丽满身血花飞溅　凶手许明辉逃逸无踪
舞客邵品三与美丽做生死鸳鸯
血案真相：陈美丽为桃花宫有名红星，一九某某年

被选为舞国王后，富商闻人前往伴舞者，不知几许？陈以彼等白发苍苍，虽运用灵活之手腕，周旋其间，然一颗芳心，等于过眼烟云。今春有富商许万仁之子明辉，与美丽相识，两人有啮臂盟。许明辉固一翩翩者流，且一掷万金，绝无吝啬。故美丽以全部热情贡献明辉，卿卿我我，风流恩爱者凡数月。夏秋两季，美丽以明辉未曾一面，显然心存抛弃，一时怨恨万分，以为男子之心，全不可靠。适有投机商邵世雄之子品三，亦风流倜傥一公子哥儿也。与美丽相值，一见倾心，未几即发生恋爱。今冬许明辉复往桃花宫觅陈，软语温存，百般体贴，欲重温旧梦。美丽虽嗔彼负心，然生财之道，多多益善，故仍然纳许做入幕之宾。乃未几许突然发觉美丽与品三入旅社，不禁醋性勃发。诘问美丽，责彼不该与他人相恋。陈以许曾一度相抛，今反束缚己之自由，遂以白眼相向。明辉由怨成妒，竟以惨毒手段，置彼俩于死命云：昨晚十二时二十分，品三买舞票百元，挽美丽至百乐门舞厅，预备通宵狂欢。由九号侍者招待入座一四六号台子，约一时三十五分间，突有一舞客，匆匆自外奔入。侍者即上前招待，彼谓且慢，先欲找友，侍者遂即离去，讵料该少年平步至一六四号台子前，突袖出手枪，向美丽品三胸部猛击。时正灯红酒绿，歌舞狂欢。忽闻枪声，劈啪不绝，舞客舞女，均为魂飞，纷纷逃避。一时秩序大乱，凶手即在混乱中逃逸无踪。舞厅当局鸣警到场，当将品三美丽车送医院。伤重毙命。当由死者家属领尸至殡仪馆，定今日下午三时入殓。美丽生前友好之闻人、富商等，均前往吊祭。一睹舞后最后芳容，无不辛酸触鼻，纷纷垂泪。闻此次陈美丽血案之发生，其震惊上海社会之人心，实不下于数年前电影明星阮玲玉之自杀云。

松雪瞧完了这则新闻，不禁咦咦地叫起来。紫燕把面盆水放到桌上，便问他看见了什么消息，这样奇怪。松雪两眼犹望在报纸上出神，口里答道："许玉辉的哥哥明辉，他竟枪杀了舞后陈美丽呢！"

"啊哟，这是为什么啦？你快洗脸，让我来瞧瞧。"

松雪于是把报纸交给妈妈，同时将面盆水移近到自己面前，拧手巾洗脸。还只有揩擦了一把脸，突然听妈也竭声叫了一声啊哟。这一声啊哟，不但是代表万分的惊奇，而且尚有些表示内心无限的沉痛。这倒使松雪心中大吃一惊，急问妈又瞧到什么新闻。紫燕喉间有些哽咽，话声是带有了颤抖的成分。

"许万仁……他……竟……自杀了……"

这骤然来的惊人消息，使松雪一颗心几乎从口腔外跳出来。也无心揩脸，急把妈手中的报纸夺过来，只见下面果然尚有一则新闻，标题系用特号黑体字刊排。只见载道：

黄金惨跌中的一片卖花声
投机失败富商许万仁服毒自杀

昨晚子夜一时三十五分，陈美丽血案发生后，捕房当局得悉凶手系富商许万仁之子明辉，遂于今晨五时左右，派中西探捕前往许公馆搜查。不料许公馆内，正一片哭声震天。记者问询之下，知许氏昨因花纱惨跌，亏资千余万，投机失败，觉一生心血，尽化乌有。愤恨之余，竟起厌世之念，当夜服毒自杀。延至黎明，经其夫人方氏发觉，许氏业已一瞑不视矣！许氏今年五十五岁，生前为人慷慨仗义。方氏生两子两女，明辉系长子。方氏痛夫服毒，又得明辉杀人消息，竟至昏厥数次。闻许氏定今日午后二时于本宅成殓。至亲友好得讯，均无不为之惊讶失色云。

松雪瞧毕，一时也不晓得为什么，心里竟有这样的悲酸，那眼泪就像雨点一般滚下来。也不要吃点心，说声我得立刻前去探视，放下报纸，身子竟向楼下直奔了。

紫燕并没有拦住他，她的心头好像有万把尖刀在刺一样的痛。万仁，万仁，想不到你会这样下场。唉，紫燕，你的苦命真是苦到极点的了。紫燕她悲伤极了，她内心难受极了，她再也忍不住倒在床上呜呜咽咽地哭起来了。

松雪急急驱车赶到许公馆，三脚两步地奔入内厅。只见大厅上，已是全扎素彩素帷，万仁的遗体想是移到大厅里了。只见厅上挤满了人，哭泣之声，令人酸楚，不忍卒听。松雪眼皮儿一红，竟也淌下泪来。不料正在这时，忽见妹妹玉容满颊是泪地抢步奔来，猛可拉着松雪的手儿，哭起来说道："哥哥，哥哥，你来得正好，许万仁就是我们的爸爸呀！"

玉容这几句话儿骤然听进松雪的耳里，一时真所谓弄得莫名其妙，倒是怔怔地呆住了一会子。玉容见哥哥呆若木鸡的神情，显然他是有些不明白，正欲详细告诉。这时玉辉也已发觉松雪来了，便泪人儿般奔上前来，竟抱住了松雪的脖子，号啕大哭起来。松雪在还未完全明了之前，一颗心当然是不胜骇异。急急问道："妹妹、许小姐，啊呀，这究竟是怎么一回事呀？"

在大厅里正在痛哭的光辉，忽然见妹妹抱住一个少年大哭，而那个少年又酷肖自己。一时猛可理会，遂也奔下石阶，一面在袋内取出一张信笺，交给松雪，一面淌泪说道："你……不是松雪弟吗？爸爸死了……这是爸爸的遗嘱。"

松雪见那少年，身材和自己差不多高，穿着青花哔叽驼绒袍子，和自己脸儿甚为相像。今听他叫自己为弟弟，并把他爸遗嘱给自己看，一时愈加地不明白了。但妹妹既然说许万仁就是我们的爸爸，显然其中定有缘故。遂急把信笺展开念道：

明光儿收目：

　　汝父一生心血，已被昨日花纱惨跌尽矣！计亏资达千余万之多，想父虽不死，不可得也。所恨汝母风烛残年，汝妹年幼尚待字闺中。此后岁月，仰事俯育，全仗吾儿奉养，以慰父心。则余虽在九泉之下，亦当瞑目无牵挂也。又本年新近发觉十八年前余在杭经商时，曾纳一女，名韩紫燕，育儿一，名松雪，现已改姓为陶，在东亚银公司任职。其妹玉容，即吾家丫头是也。此三人皆身世堪怜，我死后，望儿等即转禀汝母，乞即收留至家，万勿歧视，是为至要！心乱如麻，草此数行，聊代遗嘱，至盼至盼！

父万仁绝笔十二月二十五日夜

　　松雪瞧毕此信，心中恍然大悟。原来自己乃是万仁嫡血，大约后因万仁回家，紫燕迫于环境，再嫁信存，妹子玉容方是信存所生。不过这里爸爸并无明显表白，把玉容也算为己出，可见爸爸完全还顾全妈妈的面子。因为这种消息是做梦也想不到，所以在得悉之后，悲喜成分只不过十分之三，而惊奇的成分倒有十分之七。因此松雪两手拿着这张遗嘱，他完全呆住了。大约有了三分钟之久，松雪内心惊奇的成分渐渐地消尽了，整个心头是充满了悲喜的成分。而悲伤的成分，要占喜悦的五分之四。因此他那满眶子里惨痛的眼泪像江潮般地涌了上来。

　　"三哥，这就是二哥光辉……"

　　玉辉泪痕模糊地望着松雪灰白的脸色，终于先开口说了这一

195

句话。松雪也理会了，同时他心头也哀痛极了，把手中遗嘱交给了玉辉，他伸开两手，把光辉的脖子抱住，兄弟两人这就伤心地哭起来。玉辉和玉容都说不出一句话，眼望着两人哭了一会儿，眼泪在颊上也就没有干过了。

松雪抱住光辉哭了一会儿，猛可地又推开他身子，好像疯狂似的向大厅上直奔，撞入素帷里面，伏在万仁遗体上，顿首号哭。光辉等三人慌忙跟着上来，只听他哀声直号地哭道："爸爸啊，你为什么不早些说明呀？唉！苦命的孩子，要想再和爸爸说一句话，今生是永远不能够了……"

说到这里，再也说不下去，哭得声嘶力竭，兀是哭个不休。玉辉玉容因他撞撞颠颠把爸爸尸体几乎要翻动了，遂把松雪身子拖开，含泪说道："三哥，你快不要多哭了，妈妈已经昏厥了好多次，她听见了哭声，心头又要难过的。大哥枪杀了陈美丽和邵品三，捕房里在五时就来调查，现在大哥下落未知，你可晓得这件事吗？"

"我知道，我全在今天报上……瞧见的……唉！我怎想得到……就是我的爸……"

松雪听玉辉这样说，只得收束泪痕。但他如醉如癫的又自语到此，心头一阵剧痛，忍不住又失声哭泣。正在这时候，静霞从上房里哭来道："你们快来啊，姑妈已昏厥了呢！"

四人一听，早已吓得心乱跳，大家三脚两步地奔到上房里。只见许老太躺在沙发上，口吐白沫，翠环一面哭喊，一面捏住了她的人中。玉容玉辉立刻上前，一个拿开水，一个拿霹魂丹，给许老太灌服。良久，良久，许老太方哭出声来。这时李雨梅也从外面赶到，大家相见，又哭了起来。松雪也早已步到许老太面前，跪了下来，哭喊妈妈。许老太见了松雪，只道是光辉，后来光辉告诉了，许老太才明白了。抚着松雪的脸儿，望了他一会儿，淌泪说道："好孩子，你起来吧，你爸爸害了你，但他自己竟死了。"

许老太这一句话，引得众人又抽噎不停。雨梅因松雪是自己同事，见了这个情形，自然十分不明白，遂悄悄地问静霞。静霞告诉了，他方才明白。这时阿六走进来告诉，说外面吊客都到，竟没人招待呢。玉容听了，便奔出去，到灵帷里哭了，光辉忙也出去。雨梅道："大家且别伤心，料理事情要紧，哭昏了可不行。玉辉表妹，两个姨娘和你的姊姊呢？她们怎不来照料一切呢？"

玉辉一听雨梅这样说，长叹了一声，摇了摇头，泪如雨下，说道："我们发觉爸爸服毒，大家无不前来哭泣，不料偏不见两个姨娘和姊姊。经翠环到醉月邨乐天居去看望，才知里面橱门打开，箱子颠倒，连阿菱阿香也不知去向。去问门役，方知两个姨娘带着丫头昨夜十时左右出去的，这情景显然串通阿香阿菱一同卷逃了。我们正在愤怒悲痛之时，忽然又有中西探捕前来搜查大哥的人，说大哥枪杀了陈美丽和邵品三。妈既痛爸死，又愤姨娘卷逃，再加上得到大哥的消息，可怜我妈竟昏厥了三四次哩！"

"那么你姊姊呢？她到什么地方去了？"

玉辉说到这里，雨梅和松雪方知同时还发生了这样不名誉的事情，一时也长叹不息。雨梅见玉辉并不把梨辉说出，忍不住又急急地追问。玉辉听了，眼泪又淌了下来。遂在袋内又摸出一张信笺，放在桌上，给两人看道："唉，想不到姊姊会忍心抛家出走了，她上了人家的当。我昨天瞧了她的情景，我就有些猜想到……"

松雪雨梅听了，心中都别别地一跳，连忙走近桌边。两人凑下头去，只见上面写道：

爸爸妈妈！女儿不孝，以致受骗于人，心中痛愤，莫可言宣！窃思父母养儿育女，所望为祖宗光耀门楣。今女以一时失足，铸成终身大错。唉！有何面目再见堂上双亲及诸弟妹乎？兹女决心忍痛抛家远去，韬隐自悔，待后稍有成就，再请罪于爸妈之前。虽自知罪孽深

197

重，有伤父母之心。然事已如此，亦徒唤奈何！幸爸妈膝下承欢尚有弟妹。万望爸妈切勿以女儿为念也，譬如女儿早死，则一身之罪恶，或可稍减轻耳！临别依依，还望大人善自珍重，不胜感盼之至！

不孝女梨辉临别百拜

两人瞧完此信，也都不禁又为之涕泗滂沱。暗想，一夜之间，竟发生了四件不幸的事情，这也可谓祸不单行、福无双至了。雨梅想起往事，更觉心痛，因此泪如雨下。许老太望着众人，耳听外面和尚念经声、吹打声，夹着玉容已成破沙的哭声，她的眼泪再已流不出来了，叹息道："雨梅，我想不到有此惨变，完了，我家完了，完了。"

"妈，你不用伤心，大姊我料她见了报纸后，也许仍会回来的。"

松雪见许老太这样情景，恐她年老的人受不起这样深重的刺激，所以走到沙发旁，蹲下身子，拉着许老太的手儿，轻轻地安慰，显现出无限的亲热。许老太失了一个大儿，得了一个三儿，失了一个大女，得了一个三女。听他这样说，仿佛心灵上稍许得了一些安慰，点了点头，抚着他手儿，又淌下泪来说道："孩子，你知道你爸为什么会自杀？你大哥为什么会去枪杀舞女？你大姊为什么会出走？你姨娘为什么会跟人卷逃？唉！这都是受了黄金的祸害啦！对于亏资一千万，我并不爱惜。我所以心痛的，黄金拆散了我的家庭，酿成了我们家庭中的大惨剧！我恨！我恨！唉！"

"但是还有二哥，还有二妹，还有我……还有三妹……我们决不会让黄金来祸害。妈，你放心，我们从今以后，终要打开一条光明大道，好好儿地来做一个人……"

"妈，三哥的话说得是，你老人家终要想得开一些。假使你老人家再伤心出病儿来，剩下我们这许多年纪轻的孩子，怎么好呢？"

玉辉见松雪这样地安慰妈妈，遂也蹲到妈沙发的右边，和松雪成了一个相对形。许老太听两人的话，瘦黄的脸颊挂着辛酸的眼泪，不禁也展现了一丝苦笑。良久方又说道："我是上了年纪的人，一场痛伤以后，事情愈加不会办了。你们又都是没有头绪的孩子，所以松雪还是把你娘接了来吧！"

松雪听许老太亲自说这两句话，一时自然感激心头，遂站起身子，连连答应。玉辉道："你坐阿六车子去好了。"说着，已是跟着松雪走出房去。到了院子里，两人便并着肩儿走。松雪回眸望她一眼，不料玉辉的俏眼儿，含了无限情意而又说不出感触的目光，也向松雪的脸上逗了那么一瞥。四目相对，两人不约而同地叹了一口气。玉辉低声儿说道："我怎么想得到你就是我的哥哥？"

"但是……我又如何想得到你就是我的妹妹？"

松雪停住了步，伸手握住了玉辉的纤手，同样地说出这一句话。玉辉心里有了沉痛和辛酸的伤心，她的粉颊上又沾了晶莹莹的眼泪。松雪的泪水也让它扑簌簌地滚下来。经过了五分钟的静默，松雪放脱了她手，说道："妹妹，你进去吧！伴着妈妈劝她别伤心要紧。"

玉辉点了点头，遂转身到上房里去。松雪轻轻叹了一声，方才匆匆转到大厅。阿六见了，便叫声三少爷，同时又笑道："我真想不到你就是我的三少爷！三少爷，其实老爷可以不必死，钱是什么地方来，当然从什么地方去。那是没有什么稀奇的一回事。譬如像我们穷光蛋，不还是一样地要做人吗？唉，真可惜，真可惜！好好儿的为什么要自杀呢？我跟老爷近十年来，倒也惯常了，一旦分离，也真叫人伤心。唉，做人到底是空的。"

阿六起先还是含了微笑，这微笑因为大成纱厂里的自己常称他为小陶的，不料竟就是自己的三少爷，那多半是被好奇心所激动。但说到后来，问题又涉到老爷的身上去了，他又滚下几点泪来。松雪对于阿六的话，并没有加以特别注意，单说道："老太太叫我去接妈妈到这里来料理一切，你快把车子开了我去吧！"

　　阿六听了，答应一声，遂忙到汽车旁，拉开车厢，叫松雪跳上，于是便开出许公馆，直向三马路群益里驶去了。

　　汽车到群益路门口停下，松雪立刻跳下车厢，三脚两步地到了家里。一步跨进房中，只见妈妈伏在床上，兀是呜呜咽咽地哭着。松雪对于妈妈的哭，照理应该要大吃一惊，不过他现在完全明白了。听了妈的哭声，自己的眼泪也会像泉水一般涌上来。

　　紫燕万万也想不到松雪不到一个钟点就会回家里来了，一时心中倒是跳了跳，连忙收束泪痕，翻身从床上坐起，微红了两颊，说道："松雪，你怎么就回来啦？"

　　"唉，妈，你瞒得我好苦啊！"

　　松雪说了这一句话，身子已投向紫燕的怀里，呜咽地哭了起来。紫燕原也是个细心聪明的人，她听儿子只说了这一句话，心中已完全明白这个事情万仁在临死前一定已揭穿了。

　　因此她把眼泪又痛痛快快地淌着，抚着松雪的脸儿，哭道："唉，我的孩子，你虽然责问得是，但是你也应该可怜妈内心的苦衷吧！现在你既已明白了这一回事，我也不得不把十八年前的进退两难的事情告诉你吧！"

　　紫燕说完了这两句话，一面把松雪扶起，一面把过去的往事向松雪原原本本地诉说了一遍。松雪听了，泪又夺眶而出，点头说道："妈，我并非是责问你，我知道妈心头的痛苦。但爸虽然从前不好，现在他已死了，而且是死得这样的伤心，我们又怎能够再忍心去怨恨他呢？况且他在临死之前，犹不忘我娘儿三人，他在遗嘱上，只说我改姓陶，可见他是易于许老太收留我们，他又有说玉容妹妹也是他生的意思，唉，爸爸为我们想得这样周到，可怜他竟已死了。……妈，老太太也很好，此刻汽车等在外面，叫我把妈接到公馆里去料理一切，因为她自己昏厥了数次，她伤心得真可怜。"

这一个消息，照理紫燕是应该很喜欢。但是现在呢，喜欢的成分一块儿并到悲哀上去。万仁自己已经死了，但对我娘儿三人犹这样照顾，所以这是更增加无限的心痛。为了要急于去看万仁的遗容，一时也就无暇哭泣，立刻站起身子，也不换衣，也不洗脸，遂把房门关上，和松雪走出家门，跳上阿六的汽车，直向许公馆里开去了。

汽车到了许公馆，这时大门口早扎素彩牌楼。亲友纷纷前来吊祭的，很多很多。松雪引紫燕入内，到了大厅，光辉已是匍匐跪在旁边，答谢来宾的吊祭。玉容在孝帷里已是瞥眼瞧见了母亲，遂半探身子，表示相迎。紫燕一脚跨进孝帷里，她再也熬不住了，猛可扑到万仁的遗体上去，不禁抚尸大哭。这时玉容静霞也都在旁边，瞧此情景，也各纵声号哭。其声之惨，如夜半鹃声悲啼，如巫峡猿声哀号。吊客闻之，均纷纷垂泪，无不为之黯然神伤。

玉辉在上房里听到这样哀声直号的哭声，知道松雪的妈妈来了。遂急急地走出上房，从后面绕到厅堂的孝帷里，只见一个四十左右的妇人，披头散发地伏在爸爸尸体上痛哭不已。玉容和静霞两人却并不相劝，跟着只管哭泣。玉辉便含泪把紫燕拉开，望了她一眼，说道："这位想是二妈妈了，你快不要哭了，就到上房里去息一会儿吧！"

玉容静霞见玉辉拉着紫燕，于是停止了哭泣，也前来劝慰。玉容便向两人介绍说道："妈妈，这就是二姐玉辉，这就是表姐静霞。"

紫燕到此，自然也不好意思过分地伤心，只好收束泪痕。拉了玉辉静霞的手儿，表示亲热一会儿。一面便跟着玉辉到了上房，和许老太相见。许老太见紫燕朴素稳重，一望而知是个贤德的女子，显然和夏潇云、秋月芳大不相同，心里颇甚重视。两人握了一会儿手，却是哭了起来。紫燕见老太太这样和自己亲热，一时感入肺腑，这就愈加涕泗横流。这时松雪含泪走进房来，玉辉在椅上撩过一件麻衣，说道："这件是三哥的，你试穿一穿，合不合身？"

"唉，还管它合身不合身？其实我们现在还真不应该穿这种的衣服……"

松雪接过麻衣，试了一试腰身，仍旧放在椅上，忍不住又长叹一声，那泪又纷纷地滚下。因为生恐光辉一个人在外乏力，遂走出去给他掉换。玉辉恐玉容静霞喉咙哭哑，便也出去替换。

时间是毫无情感的，它一分一刻地走，终于到了下午二时了，大厅上的孝帷已拆去了，衣衾棺椁陈列在厅上，这是触目伤心的东西，怎不要令人心酸落泪呢？许太太、紫燕、光辉、松雪、玉辉、玉容身披重孝，静霞、雨梅、翠环、红梅、红桃、阿六、阿三以及家中大小仆妇也个个身穿白衣白帽，环立在那具楠木棺材的四周，眼瞧着万仁穿一件衣服，那吹打便响了一回。衣服一件一件地加上去，吹打一回一回地响着。连遗容都要永诀的时候，也就一秒一秒地近起来。这时候满厅里的空气是充满了哭声。除了悲惨的哭声外，是只有那一阵吹打声。这吹打的声音并不像新娘上轿时那样的喜气洋洋。掺和在这痛入肠的哭声里，这音调是含了无限的悲酸，令人有些不忍卒听。当万仁的遗体放入棺材里去的时候，许太太和紫燕两人哭得撞撞颠颠，披头散发，若没有翠环、红梅、红桃三个人把她们俩身子抱住了，也许两人真会进棺材里去。

"盖棺了！"

一切舒齐，脚夫们这一声叫喊，那吹打便立刻大响起来。但是这一声喊，触进到光辉、松雪、玉容、玉辉的耳里，真仿佛是一枚尖锐的利箭，猛可穿进了他们一颗血淋淋的心眼儿上，于是众人的哭声更惨了，眼泪更狂流了。但是就在那一刹那之间，万仁的遗容也就永远和世界长别了。

这次万仁的丧事，除了衣衾棺椁比较考究，其他一切并不过甚铺张。出殡的一日也并没有特别排场。愈冷静愈感到悲伤，所以景象至惨，路人见之，也不禁为之凄然。

万仁的墓地筑在中国公墓里，当夕阳西沉、晚风拂面的时候，众人在万分依恋不舍之下，挥着那无限辛酸的悲泪，跳上汽车，许太太和紫燕两人尚呜咽在归家的道上。

废历正月初一，不料齐巧是万仁的首七。别人家都是兴高采烈，许公馆里却个个垂泪满面。别人家里敲新年锣鼓，许公馆里除了叮叮咚、叮叮咚和尚的敲打和念经声外，是只有玉辉玉容等呜咽之哀声了。

这是一个大雪纷飞的下午，许太太在上房里睡觉。紫燕玉容在玉辉房中闲谈，说起爸爸死了已近半月，光阴过得真快。大哥又不知逃到哪儿去，大姊又不知漂流在哪处，三人忍不住又默默地淌了一会儿泪。红梅红桃忙又拧手巾给三人拭泪，劝慰了一会儿。

许公馆里自从万仁死后，明辉、梨辉出亡，潇云、月芳带了阿菱阿香卷逃，从此便觉怪冷清的。晚上在园子里，不敢有人走路。虽然有紫燕、松雪两人加进来，但醉月邨和乐天居两个房子已然闲锁着。松雪睡在明辉的房中，玉容睡在梨辉的房中。紫燕在上房里添一张床，与许太太做伴。

万仁虽然破产，但究竟东亚银公司里还有股子，什么实业社里也有股子，而且许公馆的地产及洋房，都是自己买下来筑造的。所以现金虽已没有，单说那不动产也值一百多万。若和贫穷人比较起来，实在还是个天堂里人。可是在万仁的环境中，他却要闹着自杀了。可见一个人的环境，要由小化大，先苦后甜，那方快乐。若由大缩小，先甜后苦，这实在是一件痛苦的事情了。许太太在这半个月里，把公馆里二十几个仆妇都给资遣散，以便节省开支。

玉容、紫燕在玉辉房中坐着，方才收束泪痕。只见光辉松雪一前一后进来，见了三人，便微微笑了笑，说道："我知道二娘在妹妹的房中哩！"

"外面雪下得很大，你俩人打哪儿来？"

紫燕望着两人的脸儿，也微微地笑。光辉说从松云小筑来，一面向玉容瞟了一眼，说道："三妹二妹又哭过了吧！"

玉容秋波盈盈的俏眼儿向光辉回瞟了一眼，却是摇了摇头。光辉想起前时两人互唱定情歌的事情，心里自然很觉感触。玉容似乎亦有同情，两眼也只管向光辉凝望出神。玉辉这时和松雪也在脉脉地互望，四人互望的结果，不约而同地忍不住都叹了一声。紫燕在旁边瞧着这情景，从几天中得来的经验，哪有不知道的理由。她心中暗想，松雪和玉辉完全是亲姊妹，当然万万也不能够配成一对。至于玉容和光辉倒是很可以结为一对玉人，不过他们既已认了亲兄妹，这个主意当然也只好作罢了。况且松雪和玉容究竟是兄妹，假使玉容嫁光辉的话，那么玉容将怎样称呼松雪呢？这事情不是有着这一层缠绕吗？紫燕正在沉思，忽然翠环脸色慌张地进来，口吃着道："二太太、少爷、小姐！……啊哟！……不知怎的，太太躺在床上独个儿只管说心病话，愈说愈多，后来便从床上坐起，一会儿说老爷你回来了吗？一会儿说大小姐你为什么要出走？妈妈是不会骂你的，你还是回来吧！一会儿又说大少爷，那天我原叫你别出去，不料你竟杀人去了。你也想想娘是费了多少心血把你养大的啊！一会儿又骂二姨太三姨太到底是堂子里贱骨头，竟跟人会卷逃了。一会儿笑，一会儿哭，一会儿又骂黄金祸害了我们的家庭……表小姐劝老太太别胡思乱想，静静地躺一会儿。不料老太太偏不听，拉了表小姐的手，一会儿喊老爷，一会儿喊大小姐，一会儿又喊大少爷……表小姐有些害怕，所以叫我来请你们快过去。"

翠环这一篇话听进在众人的耳里，个个都大吃一惊。因为照这情景看来，显然许老太神经受了极大的刺激，使她态度失了正常。于是大家站起身子，都急急地奔向上房里来。见许老太站在房中，抓住了静霞，一会儿对她笑，一会儿又对她发怒，一会儿又对她扑簌簌地落泪。静霞吓得脸上成了灰白，却只管呆着出神。

"你这不要脸的贱货，你竟会卷逃了吗？老爷还没有死哩！"

"妈……妈，她是静霞表姊呀！你别弄错人了。"

玉辉见妈突然对静霞恶狠狠的神气，心里非常难受，便走上去向她说明。许老太听了，向静霞望了一会儿，忽又笑了，哦了一声，抚着静霞面孔，好像很抱歉地说道："静霞，我看错了，你别生气。我并不是有心骂你，你知道吗啊？……啊哟，你是梨辉吗？竟狼狈得这个样子了，我怎能够舍得你呢……"

许老太说到这里，忽然又显出伤心万分的神气，抱住静霞当梨辉哭起来。光辉知道妈脆弱的神经禁不住四种惨事的刺激，半个月的苦闷，到今日才发出她的病象来。"这是成了疯子了呀！"有一根神经这样告诉着光辉，无限的伤心激起他曾经沧桑的心灵，忍不住含了眼泪，走上前去，拉了许老太太的手，向床边走，说道："妈妈，你心定一定，躺会儿养一会儿神吧！"

"我心本来很定呀！你们为什么都向我呆望呀？你们可知道老爷真的死去吗？……我想老爷一定没有死去，他到南京去旅行了，是不是？你们都瞒我、骗我是吗？"

许老太说着，眼睛转也不转地望着众人出神。大家听她竟说出这样荒乎其唐的话来，一时几乎不相信她是自己的妈妈。大家知道妈的病是很深了，心头是蕴藏着无限的惨痛，但是谁也不敢淌眼泪，悲酸的热泪只有向嘴里咽下去。松雪悄悄问翠环道："你听前两天老太太可有说些什么来？"翠环道："这半个月来，老太太自言自语一个人是常常地说着，有时候只叹着气。不过像今天情形，还只有第一次。"松雪淌下泪来，说道："妈的病势不止一日了，蕴藏在她心里已有半个月，今日只不过才发出来罢了。……唉，这怎么办？"

"谁说我病呀？我好好儿的会病吗？你们都冤我，都瞒我、骗我……"

"姊姊，没有谁说你病呀，你该躺会儿了。"

紫燕听许老太的耳朵是相当尖锐，她愤愤地表示无限的不平。松雪吓得不敢响一声儿，紫燕慌忙走上去，按她躺下，柔声地安慰。许老太见了紫燕，便笑道："我认识你，你是我的妹妹！我的命很苦，但是你比我更苦。他们都说老爷死了，昨夜我分明瞧见的，他们全都骗我，妹妹不会骗我，你告诉我吧！"

"不错，老爷没有死去，他过几天就会回来的……"

紫燕含泪回答着，但是许太太却哈哈地笑了，而且笑得这份有劲。许老太愈笑得厉害，各人的心头愈像刀割那样的痛，大家再也忍不住要掉下泪来。但许老太笑了一会儿，又哇的一声哭了。哭了一会儿，却又骂起来。众人劝也没有用，这样直闹到吃夜饭，方才安静些。晚上，大家不敢睡，伴在上房里。上半夜很安静地睡着，众人以为夜里是不会吵的，所以都去睡了。不料下半夜许老太披头散发又闹起来，急得紫燕忙又着翠环把众人喊来，冬天的雪夜，大家又冷又怕，又愁又急，真弄得一些没有法子。直到天明，方才略为安静了。于是众人走到外间，大家含泪商量办法。紫燕道："老太太是身子衰弱的人，若这样发下去，恐怕是不中用了。所以非赶快医治不可，但什么医生好我是不懂的，这要你们去打听才是呀！"

光辉、玉辉、玉容、松雪四个人听了，点头称是，于是冒着狂风大雪，出外各到朋友那里打听去。家里只留紫燕和静霞两人伴着许老太。起先还安静，后来又渐渐骂起人来，越闹越厉害，哭笑无停顿。紫燕、静霞正在没法，幸喜四人都已回来。说人家都说神经受刺激的人，最好给她送到神经疗养院去医治。这时候雨梅也匆匆来了，听舅妈发疯了，一时心头也无限悲酸，泪水夺眶而出。玉容、玉辉、静霞也都哭了。光辉、松雪瞧了，也不禁掩面而泣。雨梅见众人都伤心，只好自己先收束泪痕，说道："哭也没有用，我想这病是要医治得快。我有一个朋友，她是在神经病医院里服务，此刻就打电话去，叫他们开病车来接好不好？"

"我们正从外面打听回来，说也只有神经疗养院能医治。既然表哥有朋友认识，那是再好没有了。你就快去打电话吧！"

光辉听雨梅这样说，便急急地催他。雨梅遂匆匆到电话间去了，不多一会儿，出来说道："立刻就放车子来了，那么你们快去预备一些什么东西吧！"

"不过是否可以有亲人做伴？我想去伴在那儿。"

玉辉的泪盈盈下了，她的话声是带有些哽咽。玉容拉了她手，也落泪了，说道："这个也许是可以的，我和姊姊一同去伴着妈好了。"

"这横竖往后再说吧！此刻最要紧的不知舅妈肯不肯去，这是一个问题。"

"我们大家都伴了妈妈去，她老人家自然放心了。那么表哥最好还要去骗她一下，说你请妈去看戏是了。"

松雪听雨梅这样考虑，倒也未始不是，遂又这样设计。大家赞成，便走到上房里去。许太太见这许多人进来，便说"外面闯祸了吗？你们都逃进来"。雨梅忙道："哪里闯什么祸？今天因为是假日，我想请舅妈瞧戏去，不知喜欢吗？"

"看戏我喜欢，他们去不去？"

"我们也去的，妈妈，我们都伴你一块儿去看戏。"

许老太的眼光望着众人，大家都齐声含笑地回答。许老太沉吟了一会儿，忽又道："那么家里谁看管呢？这我可有些不放心。"

"家里我看管，你们都去好了。"

"妹妹看家吗？那我就放心了。"

众人听许老太这样说，大家又要淌泪了，但却又不得不镇静了态度，表示很快乐的神气。这时门役来报告，说病车已开到大厅前了。雨梅点头意会，向许老太说："那么我们走吧！"于是玉容玉辉静霞各披大衣，扶着许老太的身子，光辉等跟在后面，也一同步出上房。到了大厅，只见满天雪花飞舞，满院子里一片白银世界。许老太从皮斗篷里探出半个脸儿，望着纷纷大雪，又望着那辆白漆的病车，便笑道："那雪下得实在大极了，怎么连那辆汽车也盖成了白的了呢？"

大家并没有回答，扶着她走下石阶级。车夫早已开了车门，玉辉玉容扶许老太跳上车厢，光辉、松雪、雨梅、静霞也都跟着跳上。许老太从车厢里望着送出来站在大厅阶级上的紫燕，摇了一下手，还表示很快乐的神气。紫燕见她这个样子，当然也含笑向她招了一下手。不料许老太望着满地白雪，忽然有了一个什么感觉，竟大嚷起来。

"呀，这满地的全是白银吗？白银是和黄金一样的可恶，我不要它，我不要它，阿三、阿六，你们快把满地白银都扫去了。……唉，黄金拆散了我的家庭，黄金祸害了我的家庭，使我美满的家庭酿成了人家的大惨剧、大悲剧！"

许老太大声地嚷着，但车厢的门已砰的一声合上了。车夫跳上开车处，拨动机件，呼的一声，车身便向前开了。站在大厅前石阶级上的紫燕，眼瞧着车轮在雪地上经过，显出黑黑的一条轮痕来。但雪片不停地飘着，没到几分钟后，轮痕又平复了，地上原是白茫茫的一片。只是汽车的影子，已在她的眼帘下消失了。只有许老太尖锐的几句话儿，仿佛犹在紫燕的耳际隐隐地流动。

"黄金拆散了我的家庭，黄金祸害了我的家庭，使我美满的家庭酿成了人家的大惨剧、大悲剧！"

一九四零年初秋　作者

附　录

从鸳鸯蝴蝶派谈到冯玉奇小说

裴效维

《民国通俗小说典藏文库·冯玉奇卷》将收录冯玉奇的百余种小说作品，此举极其不易。现在，我愿以这篇文章给出版者呐喊助威。尽管我人微言轻，但我毕竟是一个中国文学的研究者，为鸳鸯蝴蝶派说些公道话是我的责任。

冯玉奇是一位鸳鸯蝴蝶派作家，因此我们要想了解冯玉奇，必须首先厘清有关鸳鸯蝴蝶派的一些问题。

一、何谓鸳鸯蝴蝶派

鸳鸯蝴蝶派作家平襟亚在《关于鸳鸯蝴蝶派》（署名宁远）一文中对鸳鸯蝴蝶派的来历说得很清楚：

> 鸳鸯蝴蝶派的名称是由群众起出来的，因为那些作品中常写爱情故事，离不开"卅六鸳鸯同命鸟，一双蝴蝶可怜虫"的范围，因而公赠了这个佳名。
>
> ——载香港《大公报》1960 年 7 月 20 日

可见鸳鸯蝴蝶派并不是一个有组织有宗旨的小说流派，而是因为当时流行的言情小说多写一对对恋人或夫妻如同鸳鸯蝴蝶般

213

相亲相爱，形影不离，因而民间用鸳鸯蝴蝶小说来比喻这种言情小说，那么这种言情小说的作家群当然也就是鸳鸯蝴蝶派了。这种说法应该是可信的，因为民间常用鸳鸯和蝴蝶来比喻恋人或夫妻，很多民间文学作品中不乏其例。这一比喻非常形象生动，但并无褒贬之意，因此不胫而走。

传到新文学家那里，便加以利用，并赋予贬义，作为贬低对手的武器。但新文学家对鸳鸯蝴蝶派的界定并不一致，大致有两种看法。

一种看法认同民间的比喻说法，即将鸳鸯蝴蝶派小说局限为通俗小说中的言情小说，将鸳鸯蝴蝶派局限为言情小说作家群。鲁迅是这种看法的代表，他在1922年所写的《所谓"国学"》一文中说："洋场上的文豪又作了几篇鸳鸯蝴蝶派体小说出版"，其内容无非是"'卿卿我我''蝴蝶鸳鸯'"（载《晨报副刊》1922年10月4日）。又于1931年8月12日在社会科学研究会做了《上海文艺之一瞥》的长篇演讲，其中对鸳鸯蝴蝶派小说更做了形象而精辟的概括：

> 这时新的才子＋佳人小说便又流行起来，但佳人已是良家女子了，和才子相悦相恋，分拆不开，柳阴花下，像一对蝴蝶、一双鸳鸯一样。

——连载于《文艺新闻》第20、21期

此外，周作人、钱玄同也持这种看法。周作人于1918年4月19日在北京大学文科研究所小说研究会做《日本近三十年小说之发达》的演讲中，就说现代中国小说"还有《玉梨魂》派的鸳鸯蝴蝶体"（载《新青年》第5卷第1号）。次年2月，周作人又发表《中国小说里的男女问题》（署名仲密）一文，认为"近时流行的《玉梨魂》，虽文章很是肉麻，（却）为鸳鸯蝴蝶派小说的鼻祖"（载《每周评论》第 5 卷第 7 号）。与周作人差不多同时，钱玄同在 1919 年 1 月 9 日所写的《"黑幕"书》一文中也说："人人皆知'黑幕'书为一种不正当之书籍，其实与'黑幕'同类之书籍正复不少，如《艳情尺牍》《香闺韵语》及'鸳鸯蝴蝶派小说'等等皆是。"（载《新青年》第 6 卷第 1 号）这种看法后来被人称之为"狭义的鸳鸯蝴蝶派"看法。

另一种看法却将鸳鸯蝴蝶派无限扩大，认为民国年间新文学派之外的所有通俗小说作家都是鸳鸯蝴蝶派，他们的所有通俗小说都是鸳鸯蝴蝶派小说。这种看法的代表人物是瞿秋白和茅盾。瞿秋白从小说的内容方面来扩大鸳鸯蝴蝶派小说的范围，他在《财神还是反财神》一文中说，"什么武侠，什么神怪，什么侦探，什么言情，什么历史，什么家庭"小说，都是鸳鸯蝴蝶派小说（见人民文学出版社 1953 年 10 月版《瞿秋白文集》）。茅盾则从小说的形式方面来扩大鸳鸯蝴蝶派小说的范围，他在《自然主义与中国现代小说》一文中认定鸳鸯蝴蝶派小说包括"旧式章回体的长篇小说""不分章回的旧式小说""中西合璧的旧式小说""文言白话都有"的短篇小说（载 1922 年 7 月《小说月报》第 13 卷第 7 号）。这种看法后来被人称之为"广义的鸳鸯蝴蝶派"看法，而且逐渐成为主流看法，以致后来的文学研究者都接受了这种看法。

新文学家不仅在鸳鸯蝴蝶派的界定问题上分成了两派，而且在鸳鸯蝴蝶派的名称上也花样百出。如罗家伦因为徐枕亚等人好用四六句的文言写小说，便称其为"滥调四六派"（见署名志希的《今日中国之小说界》，载 1919 年《新潮》第 1 卷第 1 号），但无人响应。郑振铎因为《礼拜六》杂志为鸳鸯蝴蝶派的主要刊物之一，便称其为"礼拜六派"（见署名西谛的《新文学观的建设》一文，载 1922 年 5 月 21 日《文学旬刊》第 38 号）。这一说法得到了周作人、茅盾、瞿秋白、朱自清、阿英、冯至、楼适夷等人的响应，纷纷采用，以致使用频率越来越高，知名度越来越大，终于成为鸳鸯蝴蝶派的别称了。于是"鸳鸯蝴蝶派"和"礼拜六派"两个名称便被新文学家所滥用。如郑振铎在《新文学观的建设》一文中称"礼拜六派"，而在《〈文学论争集〉导言》一文中却称"鸳鸯蝴蝶派"（见上海良友图书公司1935年10月出版的《新文学大系·文学论争集》卷首）。还有人在同一篇文章里既称鸳鸯蝴蝶派，又称礼拜六派。如阿英在1932年所写的《上海事变与鸳鸯蝴蝶派文艺》一文中说：张恨水的所谓"国难小说"，与"礼拜六派的作品一样，是鸳鸯蝴蝶派的一体"，"充分地说明了鸳鸯蝴蝶派的作家的本色而已"（见上海合众书店1933年6月出版的《现代中国文学论》）。

茅盾在20世纪70年代觉得统称鸳鸯蝴蝶派或礼拜六派都不合适，于是提出了一个折中的看法，他在《紧张而复杂的生活、学习与斗争（上）——回忆录（四）》中说：

我以为在"五四"以前，"鸳鸯蝴蝶派"这名称对这一派人是适用的。……但在"五四"以后，这一派中有不少人也来"赶潮流"了，他们不再老是某生某女，而居然写家庭冲突，甚至写劳动人民的悲惨生活了，因此，如果用他们那一派最老的刊物《礼拜六》来称呼他们，较为合式。

——载1979年8月《新文学史料》第4辑

事实是该派在"五四"前后没有根本变化，都是既写言情小说，又写其他小说，将其人为地腰斩为两段，既显得武断，又无法掩盖当时的混乱看法。

这些混乱的看法导致后来的文学研究者无所适从：或沿用"鸳鸯蝴蝶派"的说法（如北大本《中国文学史》和《中国小说史稿》、复旦本《中国文学史》和《中国近代文学史稿》等）；或沿用"礼拜六派"的说法（如山东师院本《中国现代文学史》等）；或干脆别出心裁地称之为"鸳鸯蝴蝶—礼拜六派"（见汤哲声《鸳鸯蝴蝶—礼拜六小说观念的价值取向及其评价》，载《苏州大学学报》1992 年第 2 期）。这可真算是中国小说史上的一出有趣的滑稽戏了。

二、如何评价鸳鸯蝴蝶派

鸳鸯蝴蝶派的开山作品是 1900 年陈蝶仙的言情小说《泪珠缘》，因此鸳鸯蝴蝶派应该是指言情小说派，这也就是后来的所谓"狭义的鸳鸯蝴蝶派"，但被新文学家扩大为"广义的鸳鸯蝴蝶派"，实际上也就是民国通俗小说派。

鸳鸯蝴蝶派与同时期的"南社"不同，既没有组织，也没有纲领，而是一个在思想倾向和艺术风格上大体相同或相近的小说流派，连"鸳鸯蝴蝶派"这一招牌也是别人强加给它的。然而客观地说，鸳鸯蝴蝶派确实是一个产生过巨大影响的小说流派。在"五四"以前的近二十年间，它几乎独占了中国文坛；在"五四"以后的三十年间，虽然产生了新文学，但新文学只是表面上风光，而鸳鸯蝴蝶派却一派兴旺发达景象。我对"广义的鸳鸯蝴蝶派"做过不完全的统计：该派作家达数百人，较著名者有一百余人，所办刊物、小报和大报副刊仅在上海就有三百四十种，所著中长篇小说两千多种，至于短篇小说、笔记等更难以计数。在此前的中国文学史上，还没有哪个文学流派有过如此宏大的规模，产生过如此巨大的影响。

鸳鸯蝴蝶派由于规模宏大，又处在历史的一个巨变时期，其成员的确鱼龙混杂，其作品也良莠不齐，但总体来说，它形象地记录了中国二十世纪前五十年的历史，为中国读者提供了丰富的精神食粮，对中国小说的传承起过积极作用，因此应该给予充分的肯定。

鸳鸯蝴蝶派小说已经不是中国传统通俗小说的复制，而是一种改良的通俗小说。在形式方面，它既采用章回体，也采用非章回体，甚至采用了西洋小说的日记体、书信体等，至于侦探小说则更是完全模仿自西洋小说。在艺术手法方面，受西洋小说的影响非常明显，如增加了人物形象和景物描写，结构与叙事方式也趋于多样化，单线和复线结构并用，第三人称和第一人称叙述法兼施，还采用了倒叙法和补叙法。在内容方面，鸳鸯蝴蝶派小说已经扩大了描写范围，反映了当时社会生活的各个方面，甚至已经紧跟时事，及时反映当前的社会现实，被称为"时事小说"。如李涵秋的《广陵潮》描写辛亥革命，而他的《战地莺花录》则描写五四运动，这种及时反映当时发生的重大政治事件的小说，与多写历史故事的古代小说完全不同，显然是一大进步。鸳鸯蝴蝶派的言情小说，也不同于古代的才子佳人小说，而是一种新才子佳人小说。古代的才子佳人小说因面对森严的封建礼教，只能写才子与佳人偶尔一见钟情，以眉目传情或诗书传情的方式进行交流，最后皆是有情人终成眷属的大团圆结局。而这种大团圆结局完全是人为的：或出于巧合，或由于才子金榜题名，皇帝御赐完婚，这就完全回避了封建包办婚姻的问题。而民国年间的封建礼教已经在一定程度上松绑，尤其像上海、北京等大城市得风气之先，恋爱自由和婚姻自主思想已经渐入人心。因此有些鸳鸯蝴蝶派的言情小说也突破了古代才子佳人小说的窠臼，才子佳人已经敢于"相悦相恋，分拆不开，柳阴花下，像一对蝴蝶、一双鸳鸯一样"。其结局也不再全是有情人终成眷属的大团圆，而是"有时因为严亲，或者因为薄命，也竟至于偶见悲剧的结局……这实在不能不说是一个大进步"（鲁迅《上海文艺之一瞥》，连载于 1931 年 7 月 27 日、8 月 3 日《文艺新闻》第 20、21 期）。言情小说由大团圆结局到悲剧结局的确是一个大进步，因为前者是回避封建包办婚姻礼制，而后者是控诉封建包办婚姻礼制。而这一进步的开创者是曹雪芹和高鹗，他们在《红楼梦》里所写的婚姻差不多都是悲剧。因此胡适称赞《红楼梦》不仅把一个个人物"都写作悲剧的下场"，而且最后"作一个大悲剧的结束，打破了中国小说的团圆迷信"（《〈红楼梦〉考证》，见 1923 年亚东图书馆版《胡适文存》）。可见鸳鸯蝴蝶派的言情小说在一定程度上继承了《红楼梦》开创的爱情婚姻悲剧模式，因而具有相当的反封建意义。我们可以徐枕亚的《玉梨魂》为例加以说明，因为该小说被新文学家指为鸳鸯蝴蝶派的代表性作品。

《玉梨魂》的故事很简单——清末宣统年间，小学教员何梦霞与年轻寡妇白梨影相爱，但两人均认为他们的这种行为是不道德的。为了得到感情的解脱，白梨影想出个"移花接木"的办法，即撮合何梦霞与自己的小姑崔筠倩订了婚。然而何梦霞既不能移情于崔筠倩，白梨影也无法忘情于何梦霞，结果造成了一连串的悲剧——白梨影在爱情与道德的激烈冲突下郁郁而死；崔筠倩因得不到何梦霞之爱而离开了人世；白梨影的公公因感伤女儿、儿媳之死而一病身亡；白梨影的十岁儿子鹏郎成了孤儿。何梦霞为排遣苦闷，先赴日本留学，继又回国参加了辛亥武昌起义（即辛亥革命），壮烈牺牲。

《玉梨魂》不仅描写了一个爱情婚姻悲剧，而且不同于一般的爱情婚姻悲剧。一般的爱情婚姻悲剧都是由封建势力造成的，即由包办婚姻造成的；而《玉梨魂》所写的爱情婚姻悲剧，其原因却是何梦霞和白梨影自身的封建道德。他们既渴望获得恋爱自由和婚姻自主的权利，又不能摆脱封建道德和封建礼教的束缚，两者激烈冲突，造成三死一孤的惨剧。从而揭露了封建道德和封建礼教的影响力是多么巨大，它已深入人们的骨髓，使其不能自拔。因此，它的反封建意义比一般的爱情婚姻悲剧更为深刻。

其实，新文学阵营也不是铁板一块，虽然大多数新文学家对鸳鸯蝴蝶派全盘否定，但也有少数新文学家态度比较客观，他们对鸳鸯蝴蝶派也给予一定的肯定。鲁迅是其中最突出的一位，他不仅认为某些鸳鸯蝴蝶派的悲剧言情小说是"一大进步"，而且不同意某些新文学家对鸳鸯蝴蝶派消极影响的夸大其词。他说：

> 至于说他流毒中国的青年，那似乎是过虑。倘有人能为这类小说所害，则即使没有这类东西也还是废物，无从挽救的。与社会，尤其不相干，气类相同的鼓词和唱本，国内非常多，品格也相像，所以这些作品也再不能"火上添油"，使中国人堕落得更厉害了。

> ——《关于〈小说世界〉》，载《晨报副刊》
> 1923 年 1 月 15 日

这种客观的观点与前述周作人无限夸大鸳鸯蝴蝶派作品能使国民生活陷入"完全动物的状态"乃至"非动物的状态"的观点形成了鲜明对比。当抗日战争爆发后，鲁迅更提倡文学界的抗日统一战线，主张团结鸳鸯蝴蝶派一起抗日。他说：

> 我以为文艺家在抗日问题上的联合是无条件的，只要他不是汉奸，愿意或赞成抗日，则不论叫哥哥妹妹，之乎者也，或鸳鸯蝴蝶都无妨。但在文学问题上我们仍可以互相批判。

> ——《答徐懋庸并关于抗日统一战线问题》，
> 载《作家》月刊第 1 卷第 5 期

鲁迅不仅提倡团结鸳鸯蝴蝶派一起抗日，而且主张新文学派与鸳鸯蝴蝶派在文学问题上"互相批判"，这种平等对待鸳鸯蝴蝶派的度量，也与那些视鸳鸯蝴蝶派如寇仇，必欲置诸死地而后快的新文学家形成了鲜明对比。

　　对鸳鸯蝴蝶派给予肯定的不只鲁迅，还有朱自清和茅盾。朱自清认为供人娱乐是中国传统小说的特点，因此不赞成将"消遣"作为罪状来批判鸳鸯蝴蝶派小说。他说：

　　　　在中国文学的传统里，小说……更是小道中的小道，就因为是消遣的，不严肃。不严肃也就是不正经，小说通常称为"闲书"，不是正经书。……鸳鸯蝴蝶派的小说意在供人们茶余酒后的消遣，倒是中国小说的正宗。

　　　　　　　　　　　　——《论严肃》，载《中国作家》创刊号

　　茅盾也承认鸳鸯蝴蝶派小说也"写家庭冲突，甚至写劳动人民的悲惨生活"。他还从艺术性方面对鸳鸯蝴蝶派小说给予一定肯定。他认为鸳鸯蝴蝶派的有些长篇小说"采用西洋小说的布局法"，如倒叙法、补叙法，以及人物出场免去套语、故事叙述"戛然收住"等等，这一切是对"旧章回体小说布局法的革命"。还认为鸳鸯蝴蝶派的有些短篇小说学习了西洋短篇小说"截取一段人生来描写，而人生的全体因之以见"的方法："叙述一段人事，可以无头无尾；出场一个人物，可以不细叙家世；书中人物可以只有一人；书中情节可以简至只是一段回忆。……能够学到这一层的，比起一头死钻在旧章回体小说的圈子里的人，自然要高出几倍。"（《自然主义与中国现代小说》，载 1922 年 7 月 10 日

《小说月报》第 13 卷第 7 号）

　　鲁迅、朱自清、茅盾毕竟属于新文学派，因此他们对鸳鸯蝴蝶派的肯定是有限的。我们应该摆脱成见与束缚，从中国文学史的角度，对鸳鸯蝴蝶派做出客观公正的评价。

三、如何看待冯玉奇的小说

　　我们澄清了以上有关鸳鸯蝴蝶派的三个问题，等于为介绍冯玉奇的小说提供了一个坐标，也等于为读者提供了一把参照标尺。读者用这把标尺，就可自行评判冯玉奇的小说了。

　　冯玉奇于 1918 年左右生于浙江慈溪，笔名左明生、海上先觉楼、先觉楼，曾署名慈水冯玉奇、四明冯玉奇、海上冯玉奇。据说他毕业于浙江大学（一说复旦大学）。1937 年九一八事变后寄居上海，感山河破碎，国事蜩螗，开始写作小说以抒怀。其处女作为《解语花》，由上海春明书店出版。出版后旋即由东方书场改编为同名话剧，演出后轰动一时。那时他才十九岁。由此一发而不可收，至 1949 年 7 月《花落谁家》出版，在短短十来年时间里，他创作的小说竟达一百九十多种，平均每年近二十种，总篇幅应该不少于三千万字，只能用"神速"来形容。这时他只有三十一岁。近现代文学史料专家魏绍昌先生（已去世）所编《鸳鸯蝴蝶派研究资料（史料部分）》（上海文艺出版社 1962 年 10 月出版）开列的《冯玉奇作品》目录只有一百七十二种，也有遗珠之憾。不过我们从这一目录中仍可确定冯玉奇是一位以写言情小说为主的通俗小说作家，因为在一百七十二种小说中，言情小说占有一百二十二种，其他小说只有五十种：社会小说三十四种、武侠小说十四种、侦探小说两种。

　　冯玉奇不仅是一位写作神速且极为多产的通俗小说作家，还是一位热心的剧作家和剧务工作者。早在他二十六岁（1944 年）

时，就担任了越剧名伶袁雪芬的雪声剧团的剧务，并为之创作了《雁南归》《红粉金戈》《太平天国》《有情人》《孝女复仇》五大剧本，演出效果全都甚佳。在他二十七到二十八岁（1945～1946）时，又与他人合作，前后为全香剧团和天红剧团编导了《小妹妹》《遗产恨》《飘零泪》《义薄云天》《流亡曲》等二十多个剧本，演出效果同样甚佳。可见冯玉奇至少写过十几个剧本。

冯玉奇一生所写的小说和剧本总计不下两百五十种，总篇幅可能达到四千万字以上，是名副其实的"著作等身"，是当之无愧的中国最多产的作家，号称多产的同派小说家张恨水也难望其项背。当时的文学作品已是一种特殊商品，冯玉奇的小说如此畅销，其剧本演出又如此轰动，这足可以证明其受人欢迎，这就是读者和观众对冯玉奇的评价，它比专家的评价更为准确，也更为重要。遗憾的是，我们无法看到他的剧作和三十岁以后的作品，也不知其晚景如何，卒于何年。

从冯玉奇的生活年代和创作时段来看，他显然是鸳鸯蝴蝶派的后起之秀，所以尽管他作品如此之多，影响如此之大，而同派的老前辈却很少提到他，这也是"文人相轻"的表现之一。

按说要介绍冯玉奇的小说，应该将其全部小说阅读一遍，但我没有这么多时间，也没有这么大精力，因而只向中国文史出版社借阅了《舞宫春艳》《小红楼》《百合花开》三种，全都是言情小说。因此我只能以这三种言情小说为例加以介绍，这可能会犯以偏概全的错误，因此只能供读者参考。

《舞宫春艳》写了两个纠缠在一起的爱情婚姻悲剧故事：苏州富家子秦可玉自幼与邻居豆腐坊之女李慧娟相恋，由于门第悬殊，秦可玉被其父禁锢，二人难圆成婚之梦。不幸李慧娟生下了一个私生女鹃儿，只好遗弃，自己则郁郁而死。鹃儿被无赖李三子收养，长大后卖到上海做伴舞女郎，改名卷耳。中学生唐小棣

223

先是爱上了姑夫秦可玉家的婢女叶小红,不料叶小红失踪,于是移情于卷耳,但无钱为卷耳赎身,两人感到婚姻无望,于是双双吞鸦片自尽。

《小红楼》的故事紧接《舞宫春艳》:曾经被唐小棣爱过的叶小红的失踪,原来也是被无赖李三子拐卖为伴舞女郎,小棣、卷耳自杀后,小红才被救了回来,并被秦可玉认为义女。经苏雨田介绍,与辛石秋相识相恋而订婚。同时石秋的姨表妹巢爱吾也爱石秋,但石秋既与小红订婚在先,便毅然与小红结婚。爱吾为了摆脱难堪的地位,离家出走,下落不明。石秋奉父命赴北平探望二哥雁秋,在火车站被人诬陷私带军火,被军人押到司令部。可巧爱吾此时已成为张司令的干女儿兼秘书,便设法救了石秋一命。但张司令强迫石秋与爱吾结婚,二人既不敢违命,又固守道德,便以假夫妻应付。后来石秋回到家里,终于与小红团聚。

《百合花开》写了两个紧密相关的爱情婚姻故事:二十岁的寡妇花如兰同时被四十二岁的教育家盖季常和十八岁的革命青年盖雨龙叔侄俩所爱,而盖季常的十六岁侄女盖云仙又同时被三十六岁的银行家杨如仁和十九岁的革命青年杨梦花父子俩所爱。经过许多曲折后,终于两位长辈让步,盖雨龙与花如兰、杨梦花与盖云仙同场结婚。

由以上简单介绍可知,冯玉奇的这三种小说共写了五个爱情婚姻故事,其中两个是悲剧结局,三个是有情人终成眷属。这正如鲁迅所说:"有时因为严亲,或者因为薄命,也竟至于偶见悲剧的结局……这实在不能不说是一个大进步。"其次,这三种小说的五个爱情婚姻故事,倒有四个是三角爱情婚姻故事,但它们的情况并不雷同。唐小棣、叶小红、卷耳的三角恋是一男爱二女,辛石秋、叶小红、巢爱吾的三角恋是两女爱一男,而盖季常、盖雨龙、花如兰和杨如仁、杨梦花、盖云仙的三角恋更为异想天开,竟然都是两辈嫡亲男人(叔侄、父子)同爱一个女子。

可见冯玉奇极有编故事的才能，从而使作品更具吸引力和娱乐性。又次，这三种言情小说的描写极为干净，没有任何色情描写。除了秦可玉与李慧娟有私生女外，其他人都非礼勿言，非礼勿行。如辛石秋与叶小红因婚礼当天石秋之母去世，为了守孝，新婚夫妻在百日之内没有圆房。而辛石秋与姨表妹巢爱吾为了对得起叶小红，虽被张司令强迫成亲，却只做了几天假夫妻。

从表现形式和艺术手法来看，我觉得冯玉奇的小说与当时新文学的新小说都受了西洋小说的影响，基本相同。譬如：两者都突破了传统小说书名的套路，不拘一格，尤其采用了一字书名和二字书名，如冯玉奇有《罪》《孽》《恨》《血》和《歧途》《逃婚》《情奔》等；而巴金有《家》《春》《秋》，茅盾有《幻灭》《动摇》《追求》。两者的对话方式也突破了传统小说的套路，灵活自如：对话既可置于说话者之后，也可置于说话者之前，还可将说话者夹在两句或两段话之间。至于小说的结构法、叙述法与描写法，更是差不多的。譬如人物描写不再是"沉鱼落雁""闭月羞花""倾国倾城"之类的千人一面，景物描写也不再是"落红满地""绿柳成荫""玉兔东升"之类的千篇一律，而加以具体描绘。这里随便举一个例子：

> 小红坐在窗旁，手托香腮，望着窗外院子里放有一缸残荷，风吹枯叶，瑟瑟作响。墙角旁几株梧桐，巍然而立。下面花坞上满种着秋海棠，正在发花，绿叶红筋，临风生姿，可惜艳而无香，但点缀秋色，也颇令人爱而忘倦。

这是《小红楼》对莲花庵一角的景物描绘，虽然算不上十分精彩，但作者通过小红的眼睛描绘了院中的三样东西——风吹作响的"枯荷"、巍然挺立的"梧桐"、正在开花的"海棠"，从而衬托出莲花庵幽静的环境，曲折地表明了时在秋季。频繁使用巧合手法是冯玉奇小说的显著特点，可以说把所谓"无巧不成书"用到了极致。巧合手法有助于编织故事，缩短篇幅，增加作品的吸引力等，但使用过多则时有破绽，有损于作品的真实性。冯玉奇的某些小说也采用了章回体，但只是标题用"第×回"和对偶句，"却说""且听下回分解"之类的套语已不再经常出现，因此并非章回体的完全照搬。况且章回体并非劣等小说的标志，它在我国小说史上发挥过巨大作用，产生过杰出的四大古典小说。因此用章回体来贬低冯玉奇的小说，也是毫无道理的。

冯玉奇的小说也有明显的缺点。它们与其他鸳鸯蝴蝶派小说一样，主要注重小说的娱乐性，而忽视小说的社会性和艺术性，因此没有产生杰出的作品。他是南方人而小说采用北方话，加之写作速度太快，无暇深思熟虑，导致语言不够流畅，用词不够准确，还有许多错别字和语病。还有使用"巧合"法太多，有时破绽明显，这里不再举例。

总而言之，冯玉奇既不是"黄色"和"反动"小说家，也不是杰出小说家，而是一位勤奋多产、有益无害的通俗小说家，他应在中国小说史尤其是中国现代小说中占有一席之地。

2017 年 6 月 4 日于北京蜗居

图书在版编目（CIP）数据

纸醉金迷／冯玉奇著. — 北京：中国文史出版社，
2018.3

（民国通俗小说典藏文库·冯玉奇卷）

ISBN 978 - 7 - 5205 - 0049 - 4

Ⅰ．①纸… Ⅱ．①冯… Ⅲ．①长篇小说 – 中国 – 现代
Ⅳ．①I246.5

中国版本图书馆 CIP 数据核字（2018）第 010348 号

点　　校：周艳玲

责任编辑：蔡晓欧

出版发行：**中国文史出版社**

社　　址：北京市西城区太平桥大街 23 号　　邮编：100811

电　　话：010 - 66173572　66168268　66192736（发行部）

传　　真：010 - 66192703

印　　装：廊坊市海涛印刷有限公司

经　　销：全国新华书店

开　　本：720 × 1020　1/16

印　　张：14.75　　　　字数：177 千字

版　　次：2018 年 8 月第 1 版

印　　次：2018 年 8 月第 1 次印刷

定　　价：45.00 元